AF375597

Vanessa Sommer-Josten, Jahrgang 1988, in Koblenz geboren, lebt mit ihrem Mann und ihren drei Kindern im Westerwald. Im Selfpublishing hat sie nun schon zwölf Bücher veröffentlich – darunter Liebesromane und Thriller. Alle unter dem Pseudonym/ihrem ersten Nachnamen laufend: Vanessa Sommer

VANESSA SOMMER

ROMAN

Erstausgabe März 2025

Copyright © 2025 dp Verlag, ein Imprint der
dp DIGITAL PUBLISHERS GmbH
Made in Stuttgart with ♥
Alle Rechte vorbehalten

Eine Handvoll Küstenglück

ISBN 9781917417921
E-Book-ISBN 978-3-98998-591-9

Covergestaltung: ArtC.ore-Design / Wildly & Slow Photography
Umschlaggestaltung: ArtC.ore Design
unter Verwendung von Motiven von
shutterstock.com: © keeplight
Adobe Firefly: © Christin Peulecke
Lektorat: Manuela Tengler
Satz: dp DIGITAL PUBLISHERS GmbH
Druck und Bindung: Books on Demand GmbH, Norderstedt

Für meine drei Kinder,
die mein eigenes Leben zur schönsten Geschichte machen,
für die es keine Worte gibt.

Kapitel 1

»Du bist gefeuert«, haut Jens mir um die Ohren, als ich nach dem Meeting an seinem Schreibtisch sitze, weil er mich sprechen wollte. Ich habe wohl mit vielen gerechnet. Mit einer Gehaltserhöhung für die letzten Anzeigen, die ausgezeichnet beim Kunden ankamen oder wenigstens einem Lob, aber garantiert nicht mit einer Kündigung.

»Was bin ich?« Ich bin schockiert.

»Finny, ehrlich, es tut mir leid. Aber was soll ich machen? Wir müssen Stellen abbauen und du bist nun mal zuletzt eingestellt worden«, erklärt Jens kläglich. Er wirkt ungewohnt reserviert.

Ich rümpfe die Nase. »Du wolltest doch, dass ich hier anfange. Du hast mich vor neun Monaten abgeworben und gesagt, ich sei das, was der Firma fehlt. Ich soll meinen Job kündigen und wechseln. Außerdem hast du mich regelrecht dazu überredet und jetzt lässt du mich schnöde fallen?«

Jens steht auf. Er atmet tief durch und nickt beharrlich mit dem Kopf. »Das ist scheiße, verstehe! Noch mal, es tut mir leid! Vielleicht kannst du zurück zu *Schilling-*

Printmedien?«, schlägt er vor, dabei weiß er genau, dass das keine Option ist.

»Ich soll dahin zurück, wo ich mit wehenden Fahnen weggegangen bin? Wo ich meiner Chefin gesagt habe, sie könne mich mal und wo ich eine Tasse habe mitgehen lassen?«

»Du hast eine Tasse mitgehen lassen?«

»Ach, Jens! Das ist mies! Gibt es keine andere Möglichkeit? Komm schon, lass dir etwas einfallen!« Ich brauche diesen verdammten Job. Wenn ich an die Stromnachzahlungsrechnung denke, die noch unbezahlt zu Hause liegt, wird mir übel.

»Das kann ich nicht tun. Wenn ich für dich eine Ausnahme mache, wollen alle eine Sonderbehandlung. Ich muss fair bleiben, Finny. Wirklich, es tut mir leid«, sagt er abermals.

»Und du willst mir jetzt sagen, dass das nichts damit zu tun hat, weil ich dich vor Kurzem verlassen habe?«, hake ich wütend nach.

»Wo denkst du hin? Ich trenne Berufliches und Privates, das weißt du. Das hier hat rein gar nichts mit uns zu tun.«

Ich glaube ihm kein bisschen. Jens hatte ziemlich sauer reagiert, als ich ihm mitteilte, dass ich keine Zukunft für uns beide sehe. Es war nie die große Liebe, sondern eher eine Freundschaft mit Zulage. So zumindest habe ich es gesehen. Jens hingegen teilte mir jedoch mit, dass er mehr für mich empfindet. Er versuchte mich zu überreden, es noch einmal mit ihm zu probieren. Doch mir war klar, dass das zwischen uns nichts wird und ich bin gegangen. Nun, kurze Zeit später kommt die Kündigung. Das kann doch kein Zufall sein.

Schnaubend stehe ich auf und möchte gerade hinausgehen, als Jens sich räuspert, worauf ich stehen bleibe.

»Solltest du vorhaben, hier auch eine der Tassen mitgehen zu lassen, will ich, dass du weißt, dass ich es niemandem verraten werde.«

»Toll. Eine Abfindung«, erwidere ich abschätzig und verlasse sein Büro.

Dämlicher Vollidiot!

Wie konnte es nur so weit kommen? Klar habe ich gesehen, dass einige Stellen abgebaut werden, aber ich war mir sicher, dass ich nicht dazuzähle. Jens selbst hat mich wochenlang überredet, hier anzufangen und dann so was. Er kann mir erzählen, was er will. Es liegt daran, weil sein Ego gekränkt ist.

An meinem Schreibtisch zurück, kommt Linda, meine Kollegin und mittlerweile auch Freundin angerannt.

»Ist es wahr, was ich gehört habe?«, fragt sie atemlos und mit großen Augen und ich nicke nur. »Nein, hör auf. Ich gehe sofort zu Jens und beschwere mich!«

»Dann wirst du auch gekündigt«, warne ich sie.

»Stimmt. Blöde Idee!«, rudert sie verlegen zurück. »Aber was machst du denn jetzt?«

Ich zucke mit den Schultern. »Keine Ahnung. Was soll ich machen? Ich werde mir eine neue Arbeit suchen und das so schnell es nur irgendwie geht. Ich kann es mir nicht leisten, arbeitslos zu sein.«

»Denkst du, er hat dich rausgeschmissen, weil du mit ihm Schluss gemacht hast?«

»Was glaubst du wohl? Natürlich tut er es deswegen. Ich mache einen verdammt guten Job und das weiß er auch!«, betone ich.

»Dann musst du ihn verklagen«, meint Linda.

»Und dann? Was habe ich für Beweise? Es werden doch tatsächlich Stellen abgebaut. Ich habe nichts in der Hand und für Jens wäre es nur ein gefundenes Fressen.« Frustriert verschränke ich die Arme vor der Brust. »Nein, wenn er meint, er bekommt nochmals so eine brillante Mediengestalterin wie mich, dann soll er sich mal auf die Suche machen.«

Linda schaut mich traurig an. »Du wirst mir hier sehr fehlen.«

Nun werde ich ebenso wehmütig. »Du mir auch, Linda. Du mir auch!«

Mit einem Glas Rotwein sitze ich gleich am nächsten Abend auf der Couch, mein Laptop auf dem Schoß und scrolle durch die Stellenangebote. Tatsächlich sieht es ziemlich mau aus, was mich schon wieder frustriert.

Da gibt es eine Stelle als Mediengestalter im Bereich für Digitalmedien von erotischem Spielzeug. Nein, danke. Da fühle ich mich nun wirklich nicht zu Hause. Obwohl ich nicht gerade prüde bin, ist mir das dann doch zu viel des Guten. Eine andere Stelle verweist auf die vielen Sonderzulagen, die sich anscheinend als Obstkorb in den Bürogebäuden tarnen. Dieser soll wohl das unterirdisch schlechte Gehalt rechtfertigen.

Ich schnaufe und trinke einen Schluck aus meinem Glas. So schwer kann es doch nicht sein, einen anständigen und gut bezahlten Job zu finden.

Motiviert und mit dem Bestreben, erst aufzuhören, wenn ich weiß, wie ich die nächsten Rechnungen bezahlen kann, suche ich weiter.

Dann stoße ich auf ein Stellenangebot, das sich interessant liest. Es handelt sich um eine einmonatige Stelle, bei der es darum geht, einem Unternehmer all seine Wünsche zu erfüllen. Offenbar ist dieser ein bekannter Inhaber in der Umgebung, der nicht ganz so einfach zu bedienen ist. Natürlich wird das mit wohlklingenden Worten wie herausfordernd und anspruchsvoll umschrieben. Das Gehalt ist sagenhaft und die Ansprüche und Qualifikationen, die gefordert werden, erfülle ich alle. Der Name des Unternehmens wird allerdings nicht genannt, was mich noch neugieriger macht.

Schnell stelle ich das Glas zur Seite und suche nach dem berühmten Haar in der Suppe. Ein Job, der so gut bezahlt wird und noch nicht vom Markt ist, *muss* einen Haken haben.

Plötzlich sehe ich das eine Detail, das mir bisher entgangen ist. Diese Stelle befindet sich direkt am Timmendorfer Strand an der Ostsee, sechs Fahrtstunden entfernt.

Sofort lasse ich die Schultern fallen und greife zu der Schokolade, die neben mir liegt. Nachdenklich stecke ich mir ein Stück in den Mund und überlege, an welchem Ort an der Ostsee ich in den Ferien als Kind immer war. Ich weiß, dass meine Großeltern irgendwo ein Ferienhaus haben und dort bin ich in jedem Jahr mit meinen Eltern und meiner Schwester gewesen. Irgendwann waren Anna und ich zu alt dafür und hatten keine Lust mehr, mit unseren Eltern in den Urlaub zu fahren. Schon gar nicht an die Ostsee, die wir ziemlich öde fanden, nachdem wir jedes Jahr dort waren. Wenn ich doch nur wüsste, wie der Ort hieß.

Während ich beginne, mir ein Abendessen zuzubereiten und die Nudeln in das kochende Wasser gebe, komme ich nicht umher, mir weiterhin Gedanken um diesen Job zu machen. Er ist einfach zu lukrativ. Ich würde einen unglaublichen Betrag für vier Wochen Arbeit erhalten und hätte danach die Möglichkeit, mir in aller Ruhe zu überlegen, wie mein nächster Schritt aussehen soll. Ich müsste mir keine Sorgen um Geld machen. Keine Ahnung, wann das mal der Fall in meinem Leben gewesen wäre. Es wäre eine Chance, mich bei großen Firmen zu bewerben, zu pokern und mir eine Arbeitsstelle zu suchen, die meinen Vorstellungen entspricht.

Während das Nudelwasser sprudelnd vor sich her kocht, suche ich in meinem Regal nach einem Fotoalbum aus meiner Kindheit. Meine Mutter hat für Anna und mich jeweils eines erstellt, und als ich es durchblättere, erkenne ich einige Urlaubsbilder. Mich am Strand im Badeanzug, auf einem Pferd sitzend und im Meer schwimmend. Doch wo das genau war, steht nirgends.

Kurzerhand schalte ich den Herd ab, ziehe mir meine Schuhe an und verschwinde mit einem zerzausten Dutt auf dem Kopf und ohne Make-up zur Tür hinaus.

Ich steige in meinen kleinen Renault und fahre die Viertelstunde einige Straßen weiter zu meinem Elternhaus, wo glücklicherweise noch Licht brennt. Das ist tatsächlich um neun Uhr am Abend nicht mehr so selbstverständlich. Ich steige aus und klingle, ehe ich nach dem Schlüssel greife und aufschließe.

»Hallo?«, rufe ich, als ich hereintrete.

»Finny? Bist du das?«, schreit meine Mutter vom ersten Stock runter und kommt parallel die Treppe herab. »Was machst du denn so spät hier?«

»Ist etwas passiert?«, fragt mein Vater, als er aus dem Wohnzimmer kommt und mich im Flur stehen sieht.

»Wo waren wir immer im Urlaub?« Sofort werde ich argwöhnisch von meinen Eltern angeschaut.

»Du kommst extra hierher, um das zu fragen?« Meine Mutter deutet mir, ihr zu folgen. In die Küche setze ich mich an den Tisch und sie bereitet sofort Tee, wie sie es immer tut.

»Ja, Entschuldigung, dass ich euch so spät störe, aber es ist wirklich sehr wichtig«, sage ich. »Also, wo waren wir immer im Urlaub, als Anna und ich Kinder waren? Es war irgendwo an der Ostsee, soviel ist mir klar.«

»Scharbeutz«, antwortet mein Vater knapp. »Du erinnerst dich nicht mehr?«

Genau in dem Moment, in dem er das sagt, fällt es mir selbst auch wieder ein und ich erinnere mich. »Das war es, stimmt.« Auf meinem Handy suche ich nach der Entfernung zwischen Scharbeutz und dem Timmendorfer Strand und bin erfreut, als ich feststelle, dass es lediglich ein zehnminütiger Fahrtweg ist.

»Warum lächelst du denn jetzt?«, hakt mein Vater nach.

»Okay, es ist ein wenig seltsam und eigentlich steht gar nichts fest. Ich meine, ich muss die Stelle erst mal bekommen. Aber wenn es klappt, wäre es bestimmt fantastisch. Außerdem ist es ja nur für einen Monat. Was ist schon ein Monat, nicht wahr?«, plappere ich wild drauflos.

»Finny, was ist los?«, fragt mein Vater bestimmt und ich sammle mich.

»Also schön, es ist so, ich habe meine Stelle verloren. Ja, ich weiß, schrecklich«, sage ich, ehe ich mir anhören darf, dass ich meine alte Stelle niemals hätte aufgeben dürfen. Meine Eltern waren von Anfang an dagegen und mochten Jens nie leiden. »Aber da gibt es ein Jobangebot direkt am Timmendorfer Strand, und es scheint perfekt für mich zu sein. Ehrlich, dieser Job ist wie für mich gemacht und dauert nur vier Wochen. Wenn ich in dem Haus von Oma und Opa unterkommen könnte, müsste ich nicht einmal Miete zahlen. Das alles wäre kein Problem.«

»Und was ist das für eine Arbeit?«, hakt mein Vater nach, der wie immer skeptisch ist.

»Das ist zu kompliziert, um dir das jetzt zu erklären. Ich muss mich beeilen, wenn ich nicht will, dass mir jemand die Stelle vor der Nase wegschnappt. Aber glaubt mir, es wäre fantastisch.«

»Aber du hast es dort immer gehasst«, erinnert meine Mutter mich.

Ich nicke kurz in Gedanken versunken. »Ja, ich weiß, aber das spielt doch keine Rolle. Ich ziehe dort ja nicht hin, sondern bleibe nur vier Wochen dort. Das ist eine so kurze Zeit, das schaffe ich schon.«

»Ich weiß ja nicht, Finny. Wieso solltest du eine Arbeit für einen Monat annehmen, anstatt dir gleich eine vernünftige Stelle zu suchen?«

»Weil man das heutzutage eben so macht, Mama. Man geht mal ein Risiko ein. Es ist nicht mehr alles so, wie es früher war. Nicht jeder Job befindet sich in einem Büro gleich um die Ecke von acht bis fünf Uhr. Hin und wieder muss man auch mal etwas wagen und ich habe ein so gutes Gefühl bei der Sache«, erkläre ich leicht genervt vom Pessimismus meiner Eltern.

»Und wir sollen Oma und Opa fragen, ob du in das Haus kannst?«, hinterfragt Mama weiter. »Dir ist klar, dass seit Jahren niemand mehr dort war. Das Haus ist sicherlich in einem miserablen Zustand.«

»Ach was, das bekomme ich schon hin. Wie gesagt, es sind nur vier Wochen.« Ich zucke locker mit den Schultern.

»Es wird bestimmt mehr zu tun sein, als du ahnst. Auch für vier Wochen musst du einige Dinge dort in Angriff nehmen und ich kann dich nicht begleiten. Nicht nach meinem Bandscheibenvorfall vor fünf Wochen«, meint mein Vater.

Ich muss zugeben, dass es schön gewesen wäre, hätte er mich begleiten können. Aber ich bin eine dreißigjährige Frau und werde verdammt noch mal selbst damit fertig werden. Es wäre doch gelacht, wenn ich das nicht hinbekommen würde.

»Ich schaffe das schon«, beschwichtige ich ihn, doch er scheint wenig überzeugt und zieht die Augenbrauen nach oben.

»Also, ich weiß ja nicht«, sagt meine Mutter nur. »Das alles hört sich ziemlich befremdlich an.«

»Mama, bitte«, erwidere ich lediglich und schaue sie mit einem Blick an, den ich seit der Pubertät perfekt drauf habe. Der Blick mit den großen Augen, der dafür gesorgt hat, dass ich den Roller bekommen habe oder mit auf ein Festival durfte, als alle meine Freundinnen zu Hause bleiben mussten.

»Gut, schön. Ich rufe deine Großeltern morgen an. Sie haben bestimmt nichts dagegen, also schreib deine Bewerbung«, sagt sie und knickt endlich ein.

Freudig springe ich auf und umarme sie. »Danke, danke, danke!«

»Aber du meldest dich sofort, wenn du dort angekommen bist«, fordert mein Vater streng.

»Erst mal muss ich die Stelle bekommen. Aber wenn, dann rufe ich natürlich direkt an. Es ist das Erste, was ich mache, wenn ich ankomme«, verspreche ich. Ich grinse wie ein Honigkuchenpferd und schlürfe an meiner Tasse Tee, die Mama mir hingestellt hat. In Gedanken gehe ich meine Bewerbungsunterlagen durch und kann es kaum erwarten, sie abzuschicken.

Kapitel 2

Zwei Wochen sind vergangen, seitdem ich meine Bewerbung an *Villa Bergmann* versendet habe. Nur einen Tag später hatte ich ein telefonisches Gespräch mit der leitenden Sekretärin, die mich über das Unternehmen aufklärte. Es handelt sich dabei um das größte Ferienhausunternehmen an der gesamten Ostseeküste. Sie vermieten rund um das Jahr Ferienhäuser und auch Wohnungen. Angefangen bei kleinen Ein-Zimmer-Wohnungen für die Berufstätigen, über Ferienhäuser für Familien mit kleinem Garten bis hin zur pompösen Villa mit eigenem Pool und Tennisplatz. Es ist alles vertreten. Auf der Internetseite habe ich recherchiert und dabei festgestellt, dass es sich um ein Familienunternehmen handelt, geführt vom Vater Leopold Bergmann.

Als mir gesagt wurde, dass mit meiner noch über dreißig weitere Bewerbungen eingegangen sind, hatte ich kaum Hoffnungen darauf, die Stelle zu bekommen. Doch es dauerte lediglich eine knappe Woche, als ich endlich den Anruf erhielt, dass ich den Job bekomme und so schnell wie möglich anfangen soll.

Nun bin ich im Auto unterwegs nach Scharbeutz und mein erster Arbeitstag soll bereits morgen stattfinden.

Mit Jens habe ich ein ernstes Wörtchen gesprochen und um einen Aufhebungsvertrag gebeten, damit ich aus der Firma so schnell wie möglich raus bin. Auch habe ich ihm durch die Blume angedroht, damit an die Öffentlichkeit zu gehen, sollte er mir Steine in den Weg legen. Kurz darauf war er nur zu gerne bereit, mir entgegenzukommen, und wir haben uns einigen können.

Laut des Navigationssystems dauert es nur noch dreißig Minuten, ehe ich an meinem Ziel, dem Ferienhaus meiner Großeltern, ankomme. Anhand der Landschaft erkenne ich deutlich, dass ich mich von der Großstadt entferne und der Ostsee immer näherkomme. Für Mai ist es erstaunlich warm. Ich habe das Fenster heruntergelassen und lasse ein wenig frische Luft hinein.

Straße für Straße nähere ich mich meinem Ziel und beobachte die Umgebung genau. Die vielen Häuser, die so ganz anders aussehen als bei uns im Rheinland. Während man bei uns viele Betonklötze sieht, die hoch hinausragen gen Himmel, sieht man hier eher kleine und bescheidene Häuschen. Die meisten besitzen einen eigenen Garten mit einer Schaukel, einem Trampolin und einem Grill. Die Nachbarn unterhalten sich angeregt. Die Kinder spielen auf den Wegen, ohne zu fürchten, von einem Auto angefahren zu werden. Als ich noch ein Kind war, haben sich meine Eltern ständig Sorgen gemacht, wenn ich draußen spielen war. Anna und ich mussten uns immer wieder zu Hause melden und Bescheid geben, dass alles in Ordnung war. In einer Großstadt aufzuwachsen hat viele Vorteile, aber eben auch einige Nachteile. Das bemerke ich allerdings erst jetzt durch die spielenden Kinder und die Entspannung, die ich in den Gesichtern der Eltern erkennen kann. Solch eine Entspannung habe ich noch nie im Gesicht meiner Mutter gesehen.

Doch heute als erwachsene Frau wäre mir das Leben hier vermutlich zu langweilig. Ich mag den Trubel der Stadt, die Lichter, den Lärm und dass immer etwas los ist. Wenn ich um zwei Uhr morgens Lust auf ein italienisches Gericht habe, dann finde ich immer ein Restaurant, das offen hat. Die angesagten Clubs sind nur wenige Meter von mir zu Hause entfernt und ich kann mich darauf verlassen, dass ich niemals Langeweile verspüren muss, wenn ich es nicht unbedingt will.

Ich fahre weiter, biege an der nächsten Kreuzung rechts ab und befahre die Straße, in der das Haus stehen muss, in dem ich für die nächsten vier Wochen wohnen werde. Auf beiden Seiten befinden sich wunderschöne Häuschen, die allesamt sehr gepflegt aussehen. Sofort weiß ich, dass keines davon das ist, in denen ich unterkomme. Als ich dann ein Stück weiter auf der rechten Seite ein Haus erblicke in einem nicht ganz so hervorragenden Zustand, ahne ich bereits, dass dies das Haus meiner Großeltern sein muss. Wie mir scheint, gibt mir das Navigationsgerät recht und verrät mir, dass ich mein Ziel erreicht habe.

»Na großartig.« Wenig begeistert stelle ich den Motor ab und betrachte das Haus vor mir. Sicherlich war das Reetdachhaus mal in einem wunderschönen und guten Zustand, wovon leider nicht mehr viel übrig ist. Hinter dem wild gewachsenen Vorgarten erkenne ich kaum etwas von der Schönheit, die es mal gehabt haben muss. Doch einige Erinnerungen meiner Kindheit blitzen in mir auf. Ich entsinne mich, wie schön es einmal gewesen war, als der weiß-blaue Fassadenanstrich noch frisch gewesen war und die Blumen an den einzelnen Fenstern erblühten. Auch erinnere ich mich an die Fensterläden, die wir als Kinder abends immer schließen durften, weil keine Rollläden vorhanden waren. Für Anne und mich war es ein Spaß. Als Kinder fanden wir dieses charmante Detail wunderschön. Heute würde ich einen elektrischen Rollladen bevorzugen.

Zaghaft steige ich aus dem Auto und schiebe mir die Sonnenbrille von der Nase auf den Kopf. Durch die vielen Bäume erhalte ich genügend Schatten, sodass ich sie nicht benötige.

Ich lasse die Straße mit dem Kopfsteinpflaster auf mich wirken. So wie die Häuschen aufgereiht sind, hat es den gleichen Charme wie in dem Film *Herr der Ringe*. Durch die vielen Reetdächer wirken sie wie viele kleine Hügel. Alles hat seinen ganz eigenen Liebreiz, den man wirklich nirgends anders findet.

»Also schön, dann wollen wir mal«, spreche ich mir Mut zu und zücke den Schlüssel, den meine Mutter mir vorgestern vorbeigebracht hat. Dann kämpfe ich mich durch den zugewucherten Vorgarten. Tatsächlich ist Gartenarbeit etwas Fremdes für mich und ich kann mir nicht vorstellen, dass ich daran Spaß haben könnte, aber ich muss hier dringend den Weg freimachen. Unter gar keinen Umständen werde ich mich hier vier Wochen langen mit meinen teuren Outfits vorbeiquetschen. Wahrscheinlich bleibe ich mit einem meiner Lieblingskostüme an irgendeinem Gestrüpp hängen. Kommt nicht infrage. Dafür greife ich sogar eigenhändig zur Heckenschere. Wäre doch gelacht, wenn das nicht in einer Stunde erledigt ist.

An der kleinen blauen Haustür angelangt, schließe ich auf und mit einem Quietschen geht sie auf. Kurz lasse ich den ersten Eindruck auf mich wirken und betrete dann das Haus. Es ist alles verschmutzt, was zu erwarten war. Überall liegt zentimeterdick der Staub, und ich frage mich, warum meine Großeltern nicht ein wenig Geld investiert haben, um das Haus zu verkaufen. Oder es wenigstens zu vermieten. Sicherlich suchen hier viele ein geeignetes Ferienhaus. Mit etwas handwerklichem Geschick könnte man ein echtes Schmuckstück zaubern.

Als ich ein kleines Loch im Dach feststelle, durch das die Sonne hineinstrahlt, bin ich nicht mehr so zuversichtlich.

»Ein bisschen mehr als handwerkliches Geschick«, nuschle ich vor mich her. Aber für das Gehalt schaffe ich es, vier Wochen unter solchen Umständen zu hausen. Die meiste Zeit werde ich vermutlich ohnehin in der Firma sein. Da kann es mir egal sein, wie es hier aussieht.

Um frische Luft in das Haus zu lassen, öffne ich die Fenster und die Fensterläden, wovon einer sofort herunterfällt. Aber auch davon lasse ich mich nicht abschrecken und gehe weiter. Ich erinnere mich an die kleine Küche mit dem Holzofen und die Einrichtung aus den Siebzigerjahren. Es bringt mich ein wenig zum Schmunzeln. Ich denke zurück an einen Urlaub, als ich mit Anna zusammen versucht habe, Marshmallows am Herd zu rösten. Damals war ich vielleicht acht oder neun Jahre alt und das Streichholz wollte nicht so ganz, wie wir es wollten. Plötzlich jedoch hat die gesamte Packung zu brennen begonnen und wir haben sie einfach fallen lassen. In einem Haus, das zum Großteil aus Holz besteht, natürlich fatal. Wir haben geschrien wie am

Spieß, bis mein Vater hereinkam und das kleine Feuer gelöscht hat.

Meine Güte, diesen Ärger werde ich mein Leben lang nicht vergessen.

Neben dem Wohnzimmer gibt es noch zwei Schlafzimmer und ein Badezimmer, das mit einer Badewanne statt einer Dusche ausgestattet ist. Doch auch das werde ich irgendwie meistern. Schließlich weiß ich, wofür ich das alles mache.

Ich muss gestehen, dass ich mich wohler fühlen würde, wäre mein Vater an meiner Seite. Hätte er nicht kürzlich diesen Bandscheibenvorfall gehabt, hätte er mich heute begleitet. Er würde sich um die ersten Reparaturen kümmern, mir alles zeigen und erklären, was wichtig ist und ein paar Tage hierbleiben, bis so weit alles in Ordnung ist. Nun muss ich allein klarkommen und kann nichts weiter tun, als ihn anrufen, wenn ich nicht weiterweiß.

Allerdings sollte ich mit meinen dreißig Jahren wohl imstande sein, mich um solche Angelegenheiten selbst zu kümmern. Wir reden hier schließlich von ein paar Kleinigkeiten, wenn man das Dach mal außer Acht lässt.

Voller Tatendrang gehe ich zurück zum Auto, lade die Koffer aus, die ich gepackt habe, und bringe sie zurück ins Haus. Was sich schwerer gestaltet, als mir lieb ist. Der Vorgarten erschwert mir mein Vorhaben und ich beschließe, mich noch heute dieser Aufgabe zu stellen. Wenn ich darüber nachdenke, dass ich später mit einer Menge von Einkäufen hier entlang muss, sollte der Weg zumindest frei sein.

Mühsam bringe ich die Koffer ins Haus, stelle sie dort ab und mache mich auf die Suche nach einer Heckenschere oder anderen Gartengeräten. Im hinteren Garten steht ein Holzhäuschen, doch dieses ist verschlossen, und wo der Schlüssel ist, weiß ich nicht. Auch der hintere Garten entpuppt sich als die reinste Katastrophe. Zwar habe ich nicht viel Ahnung von Blumen, Gärten oder Wildwuchs, aber mir ist klar, dass das hier das Resultat absoluter Vernachlässigung ist.

Wieder einmal stelle ich mir die Frage, wieso meine Großeltern niemanden engagiert haben, um hier gelegentlich nach dem Rechten zu sehen?

Nachdem ich das gesamte Haus nach irgendwelchen Geräten abgesucht habe, ist mir nichts anderes in die Hände gefallen als eine gewöhnliche Küchenschere. Damit begebe ich mich in den Vorgarten und beschließe, es auf diese unkonventionelle Art zu versuchen. So ein paar Äste werden sich wohl wegschneiden lassen.

Glücklicherweise ist niemand draußen zu sehen und auch umliegende Nachbarn scheinen nicht zu Hause zu sein, sodass mich niemand beobachtet, während ich versuche, mit einer kläglichen Schere das Gestrüpp zu entfernen. Selbstverständlich funktioniert es weniger gut als erhofft und alles, was ich erreiche, sind ein paar abgetrennte Blätter.

»So ein Mist aber auch«, schimpfe ich.

»Habe ich doch richtig gesehen«, höre ich plötzlich eine Männerstimme rufen und sehe mich hastig um. Auf der anderen Straßenseite erblicke ich einen Mann, der mein Alter haben dürfte, stehen. Er schaut zu mir herüber.

»Wie bitte?«, frage ich nach.

Lächelnd kommt er näher. »Habe ich doch richtig gesehen«, wiederholt er sich und bleibt am kaum sichtbaren Gartenzaun stehen. »Seit Jahren ist niemand mehr in diesem Haus gewesen.«

»Oh, ja. Es gehört meinen Großeltern«, erkläre ich kurz. Nicht, dass er denkt, ich dürfte nicht hier sein.

»Die Fischers sind deine Großeltern? Wie geht es ihnen?«

»Ähm, ganz gut, danke. Und wer bist du?«, frage ich nach.

»Ach, entschuldige. Ich bin Malte. Ich wohne gleich gegenüber.« Er deutet auf ein baugleiches Haus in einem tadellosen Zustand. Der liebevoll gepflegte Vorgarten stammt aus einem Bilderbuch. Die Fensterläden sind alle vorhanden und wirken stabil.

Fast schäme ich mich für die Umgebung, in der ich stehe. »Sieht sehr schön aus.« Ich nicke bekräftigend. »Dafür braucht es hier einiges an Arbeit.«

»Wenn du Hilfe brauchst, dann sag gerne Bescheid. Ich habe zwei geschickte Hände«, meint er, doch winke ich sofort ab.

»Nein, danke. Das bekomme ich schon selbst hin.«

»Du wohnst jetzt also hier?«

»Nur die nächsten vier Wochen«, sage ich schnell, um klarzumachen, dass ich keineswegs vorhabe, hier länger zu bleiben als unbedingt notwendig. »Daher mache ich nur das Nötigste.«

»Wie den Weg frei?« Er deutet mit einer Kopfbewegung auf die Schere in meiner Hand.

»Genau.« Krampfhaft versuche ich, nicht rot anzulaufen. »Natürlich ist das kein richtiges Handwerkzeug.

Ich war gerade auf dem Weg in den nächsten Baumarkt, um mir etwas Anständiges zu besorgen.«

»Dann hast du aber ein Problem«, erwidert Malte und wirft einen Blick auf seine Armbanduhr. »Wir haben bereits nach sechs Uhr. Der nächste Baumarkt, der jetzt noch offen hat, wird geschlossen sein, sobald du ankommst.«

»Wie bitte? So früh?«, hake ich skeptisch nach.

»Du kommst aus der Stadt?«

»Was spielt das für eine Rolle?«

Malte grinst. »Du solltest dich daran gewöhnen, dass die Uhren hier anders laufen. Hier wird der Feierabend für den Einzelhandel großgeschrieben und die Geschäfte schließen viel früher. Aber ich kann dir gerne eine Heckenschere ausleihen, wenn du magst?«, bietet er freundlicherweise an.

»Das wäre klasse.« Inzwischen sehe ich ein, dass ich unmöglich weiterkomme mit dem Werkzeug, das ich zur Hand habe.

»Ich hole mal was und bin gleich wieder da«, sagt Malte und ich nicke. »Ach, hast du eigentlich auch einen Namen?«

»Oh, klar, ich bin Finny.«

»Hi, Finny. Willkommen an der Ostsee«, begrüßt er mich, lächelt und geht zu seinem Haus.

Kapitel 3

Eine Viertelstunde später kommt Malte mit einer Schubkarre voll mit Handwerkzeug zu mir herüber. Auch zwei Flaschen mit kühler Limonade hat er dabei und reicht mir eine.

»Auf eine gute Nachbarschaft«, sagt er und wir stoßen an. Jetzt, wo er so dicht vor mir steht, erkenne ich erst, wie attraktiv er aussieht mit seinen dunklen Augen und dem lässigen Dreitagebart. Er trägt ein weißes Shirt und darüber ein offenes Flanellhemd. Die Ärmel hat er hochgekrempelt und man sieht bei jeder seiner Bewegungen ein Muskelspiel in seinen Armen, was durchaus schön anzusehen ist.

»Also, du nimmst die Heckenschere und ich kümmere mich um die morschen Äste am Baum dort«, schlägt er vor und zeigt auf den Baum gleich am Zaun.

»Die sind morsch?«

»Allerdings, schau genauer hin. Siehst du die vielen Ästen voller Blätter?«

Ich nicke.

»Und dann siehst du die Äste, die vollkommen blattlos sind. Daran erkennst du, dass sie abgestorben sind. Das kann schnell gefährlich werden. Bei einem der nächsten Stürme können sie abfallen«, erklärt Malte und wie mir scheint, hat er wirklich Ahnung von dem, was er tut. Wenn ich mir seinen Vorgarten anschaue, dann überrascht das mich wenig.

»Gut, dann schneide ich hier mal alles zurecht!«

So beginnen wir mit der Arbeit, trinken zwischendurch unsere Limonade und hören gar nicht mehr auf zu reden. Oder anders gesagt, ich rede.

»... Dann habe ich meinen Job verloren und natürlich musste schnell etwas Neues her. Aber ich wollte nicht einfach wieder irgendeine Stelle anfangen und wie es der Zufall will, habe ich hier eine neue Chance bekommen.«

»Eine neue Chance? Für vier Wochen? Das klingt aber interessant. Was ist das für eine Chance?«, fragt Malte interessiert nach.

»Ich fange bei Villa Bergmann an. Das soll wohl ein wahnsinnig großes Unternehmen sein und bekannt ebenso. Sagt dir die Firma etwas?«, frage ich Malte, während ich die abgeschnittenen Reste in die Mülltonne lade.

»Ähm, ja, das sagt mir was. Und denkst du, du wirst es die nächsten vier Wochen hier aushalten, wo du doch das Stadtleben gewohnt bist?« Malte streckt sich, um den nächsten Ast abzuschneiden. Dabei wird ein Stück seines Bauches sichtbar und ich riskiere einen kurzen Blick.

»Wie bitte? Ach, aber natürlich. Ich bin ziemlich anpassungsfähig und ich weiß ja auch, dass es nur ein Monat ist. Das ist doch gar nichts. Außerdem wird hier nicht alles so hinterwäldlerisch sein«, sage ich lachend.

»Stimmt, es ist schlimmer. Vor allem, wenn man es nicht gewohnt ist«, warnt Malte.

»Was heißt, es ist schlimmer?«

»Schlimmer für dich. Wir sind es gewohnt, aber du musst dich wohl sehr anpassen.«

»Das wird schon«, sage ich und spiele die Warnung herunter. Was bitte soll schon so schlimm werden können? Gut, dann schließt der Baumarkt eben um sechs Uhr. Na und? Das bringt mich sicherlich nicht zum Haare raufen.

»Und du bist dich sicher, dass du im Haus alles unter Kontrolle hast?« Malte trinkt einen Schluck aus seiner Flasche und reibt sich mit dem Handrücken den Schweiß von der Stirn.

»So gut es geht«, antworte ich ausweichend.

Malte lacht. »Soll ich es mir mal anschauen?«

»Meinst du?«, frage ich zögernd, bin allerdings sehr dankbar für sein Angebot. Auch wenn ich es nur ungern zugebe, weiß ich doch schon, dass ich allein ziemlich aufgeschmissen bin. So gehen wir zusammen ins Haus und während ich nur große Augen mache, nickt Malte vor sich hin.

»Schlimm?«, frage ich nur.

»So in der Art habe ich es mir vorgestellt«, meint er. »Darf ich?«

»Aber bitte, nur zu.«

Schon macht Malte sich selbstständig. Er läuft durch das Haus, dreht einen Wasserhahn nach dem anderen auf, testet die Lichtschalter und klopft an Wände. Nach rund zehn Minuten steht er wieder vor mir und reibt sich den Schmutz von den Händen.

»Also, zuerst das Gute. Es scheint, als wäre keine Feuchtigkeit und kein Schimmel zu sehen.«

»Das klingt doch gut«, sage ich strahlend.

»Kommen wir zu den schlechten Nachrichten. Der Wasserboiler scheint defekt zu sein. Das bedeutet also kalt duschen. Die Glühbirnen müssen beinahe alle ausgetauscht und die Leitungen sollten definitiv mal genauer untersucht werden. Das mit dem Dach ist, glaube ich, selbsterklärend, allerdings keine große Angelegenheit, da das Loch nicht groß ist. Den Holzofen möchte ich lieber einmal testen, ehe du ihn verwendest«, listet er auf.

Ich kann meinen Ohren kaum trauen. »Okay«, sage ich schließlich lang gezogen. »Das ist dann alles?«

»Das ist wenig. Das Haus steht sein über einem Jahrzehnt leer und es hat sich niemand mehr drum gekümmert. Da muss man damit rechnen«, erklärt mir Malte ruhig. »Aber wie gesagt, ich kann dir gerne helfen.«

»Das ist sehr aufmerksam, aber sicher werde ich mich nicht um all das kümmern. Es reicht, wenn ich die Schäden, die brennen, flicke und um den Rest kümmern sich dann andere, wenn ich wieder weg bin.«

»Auch beim Flicken kann ich dir helfen, solltest du nicht zurechtkommen. Melde dich dann einfach«, bietet Malte an und plötzlich herrscht eine Stille zwischen uns. »Und, was hast du heute vor? Allmählich wird es draußen dunkel und im Vorgarten wirst du wohl nicht mehr viel ausrichten können.«

»Da hast du wohl recht«, bemerke ich nach einem Blick aus dem Fenster. »Ich schätze mal, ich suche gleich einen Supermarkt auf, dann wird gekocht. Mehr passiert hier heute nicht mehr.«

»Du willst in einen Supermarkt?«

»Ja, sicher«, antworte ich.

Malte lacht. Wieder mal. »So viel zu der Anpassungsfähigkeit. Die kannst du gleich mal unter Beweis stellen, denn einen Supermarkt wirst du nicht finden. Keinen, der noch geöffnet hat.«

»Ach, komm schon. Das ist doch wohl ein schlechter Scherz«, schimpfe ich entrüstet.

»Aber ich mache dir einen Vorschlag. Wenn du Lust hast, kannst du in Ruhe deine Koffer auspacken und ich koche dir was.«

»Du möchtest mir etwas kochen?«, wiederhole ich fragend.

»Klar, warum nicht? Du bist den ersten Abend hier und anscheinend muss ich dich davon überzeugen, wie schön es hier sein kann«, meint Malte mit einem Lächeln.

»Also wenn es dir nicht zu viel Aufwand ist, dann nehme ich gerne an.« Meinen knurrenden Magen kann ich leider nicht anpassen.

»Ganz und gar nicht. Dann komm gerne rüber, wenn du so weit bist«, meint Malte und geht zur Haustür. »Die Gartenwerkzeuge lasse ich da. Wir sind nicht fertig da vorn.«

»Ist gut, danke. Bis gleich«, verabschiede ich mich und sobald Malte weg ist, fange ich an, meine Koffer auszupacken.

Das Bett im größeren Schlafzimmer beziehe ich frisch, lege all meine Kleider in den Schrank und verstaue meine Badeutensilien im Badezimmerschrank. Nach einer Dusche in der Badewanne, die weniger erholsam war, als mir lieb ist, suche ich mir ein neues Outfit raus. Ich entscheide mich für eine lässige Jeans und ein enges Oberteil. Bloß nicht zu schick, sonst denkt Malte noch, ich würde mich seinetwegen herausputzen.

Allmählich bricht die Dämmerung über uns herein und ich schalte ein Licht an, um mich im Haus zurechtzufinden. So ganz allein in diesem doch recht fremden Haus, während es draußen dunkel wird, ist mir unangenehmer, als ich gedacht hätte.

Komm schon, Finny. Du bist eine erwachsene Frau. Mach dir jetzt bloß nicht ins Hemd.

Eigentlich bin ich es gewohnt, allein zu sein. Doch seltsamerweise fühle ich mich zu Hause nicht so einsam. Das liegt vermutlich daran, dass immer etwas los ist und ich all meine Freunde in der Nähe habe und ich sie jederzeit treffen kann. Das bleibt mir die nächsten vier Wochen verwehrt. Umso glücklicher bin ich gerade, dass ich einen so freundlichen Nachbarn wie Malte habe, und ich hoffe sehr, die anderen Nachbarn sind ebenso freundlich.

Einige Augenblicke später stehe ich vor Maltes Haustür und klingle, als er auch schon öffnet und mich hereinbittet. Für einen kurzen Moment fühle ich mich wie ein Eindringling in die Privatsphäre eines fremden Mannes. Ich meine, wir kennen uns erst seit wenigen Stunden und schon essen wir zusammen. Ich hätte das Örtchen hier für weniger schnelllebig gehalten, doch versuche ich, mich einfach darauf einzulassen. Wie oft habe ich in einem Club einen Mann kennengelernt, und wir haben Nummern ausgetauscht und uns tags drauf getroffen. Meist hatten wir uns weniger unterhalten als Malte und ich in den letzten Stunden.

»Ich hoffe, du hast Hunger mitgebracht.« Malte geht vor in die Küche, die in ihrem Landhausstil perfekt zu dem Haus passt. Die Geräte sind alle top modern und auch wenn es den Anschein hat, als hätte alles einen alten und urigen Charme, so ist es doch in einem hervorragenden und hochwertigen Zustand. »Und ich hoffe, du isst gerne Fisch?«

»Fisch? In unseren Urlauben hier haben meine Großeltern meiner Schwester und mir immer Fisch vorgesetzt. Sie sagten, wenn wir an der Ostsee sind, müssen wir auch Fisch essen. Leider kam das bei uns beiden weniger gut an und mein Vater hat meist schnell ein paar Burger auf den Grill gelegt«, erzähle ich lachend.

»Tja, ich sage es dir nur ungern, aber deine Großeltern hatten recht. Wenn du schon hier am Meer bist, dann musst du einfach Fisch essen. Vielleicht magst du ihn probieren? Wenn er nicht schmeckt, habe ich vorzügliche Cornflakes für dich«, erwidert Malte schmunzelnd, und ich lache.

»Das klingt deliziös.«

Wir setzen uns hin und während Malte damit beschäftigt ist, die Teller vollzuladen, schaue ich mich unbemerkt um. Von meinem Platz aus kann ich direkt ins Wohnzimmer schauen. Auch dieses sieht sehr hochwertig aus, wenn auch gleichzeitig gemütlich und ebenso in dem Landhausstil gehalten, den Malte offenbar ziemlich gerne hat. Das dunkle Sofa dominiert den Raum, und das Bücherregal, das voller Bücher ist, hat gläserne Türen. Zudem ist es beleuchtet und strahlt so eine gewisse Wärme aus. Die Vorhänge sind ebenfalls in einem dunklen Ton gehalten und verwandeln den Raum zu einem behaglichen Rückzugsort. Ein Schaukelstuhl aus einem Korbgeflecht lädt zum Hineinkuscheln ein. Mit einem Glas Wein und einem guten Buch könnte ich es mir dort vermutlich die nächsten Stunden gemütlich machen, denke ich, und träume vor mich hin. Wenn ich mir das so anschaue, werde ich ein wenig neidisch. Im Gegensatz zu diesem heimeligen Zuhause gleicht meines eher einer Bruchbude, die so rein gar nichts Behagliches an sich hat.

»So, ich hoffe, es schmeckt dir«, sagt Malte und reißt mich somit aus meinen Gedanken, als er mir einen vollgeladenen Teller hinstellt. »Wir haben hier Zanderfilet auf Hummer-Sahne-Tagliatelle. Dazu gibt es Bratkartoffeln«, preist er an.

Ich bin mehr als begeistert. »Wow, das nenne ich mal ein Essen. Du kannst also so richtig gut kochen.«

»Probiere lieber, bevor du zu loben beginnst«, warnt er und greift nach seinem Besteck.

Auch ich beginne zu essen und bevor das erste Stück Fisch in meinem Mund landet, hoffe ich inständig, dass es schmeckt. Wie peinlich wäre es, müsste ich nach diesem Aufwand zu den Cornflakes greifen. Doch zu meiner Überraschung schmeckt es ausgezeichnet und meine Augen werden groß. »Es ist himmlisch«, schwärme ich. »Wirklich, ich weiß nicht, wann ich schon einmal so lecker gegessen habe.«

»Das freut mich. Was kochst du denn so?«, will Malte wissen.

Ich frage mich, ob ich ihm wirklich die Wahrheit sagen soll, entscheide mich jedoch dagegen, ihm irgendwelche Märchengeschichten zu erzählen. »Also eigentlich koche ich nur sehr selten, wenn man das überhaupt als Kochen bezeichnen darf. An den meisten Tagen esse ich einfach bei der Arbeit in der Kantine oder ich hole mir etwas auf dem Heimweg, beim Chinesen oder dem Italiener um die Ecke. Mehrmals die Woche treffe ich mich auch mit meinen Freunden und wir gehen gemeinsam etwas essen.«

»Dann bist du also viel unterwegs?«

»Du nicht?«, hake ich nach.

Malte hält mir eine Flasche Weißwein entgegen und ich nicke. Damit füllt er mein Glas, das vor mir steht.

»Nein, eigentlich bin ich nicht sonderlich viel unterwegs. Natürlich treffe ich mich manchmal mit dem ein oder anderen Kumpel auf ein Bier oder wir gehen Angeln oder dergleichen. Aber viele Clubs findest du hier nicht und der Typ dafür war ich noch nie. Außerdem koche ich viel zu gerne, um mir täglich was vorsetzen zu lassen.«

Ich muss schmunzeln, weil wir so wenig gemein haben und doch zusammen an einem Tisch sitzen. Manchmal spielt das Leben merkwürdige Züge.

»Und es macht dir nichts aus, für dich allein zu kochen?«

»Wer sagt, dass ich für mich allein koche?« Malte nippt an seinem Glas.

Scheiße!

»Oh, so meinte ich das nicht. Ich ... ich bin nur davon ausgegangen«, stammle ich vor mich her und bin sichtlich beschämt. Noch keine einzige Sekunde habe ich darüber nachgedacht, ob Malte nicht vielleicht eine Freundin oder sogar eine Frau haben könnte. Zwar sehe ich keinen Ehering an seinem Finger, aber das muss ja nichts bedeuten. Im Gegenteil, so wie er sich handwerklich betätigt, ist es nicht verwunderlich, wenn er keinen Schmuck trägt. Aber wo genau ist die Frau dann jetzt? Und was würde sie sagen, würde sie mich hier vorfinden bei Kerzenschein und einem Glas Wein?

Ohne den Kopf zu bewegen, versuche ich nach Bildern Ausschau zu halten, die Malte mit einer Frau zeigen, doch finde ich nichts.

»Alles gut«, erwidert er amüsiert. »Du hast ja recht. Meistens koche ich für mich allein, aber es macht mir nichts aus. Warum sollte es auch? So wie andere einen Film schauen oder ein Buch lesen, beschäftige ich mich gerne in meiner Küche«, erklärt er.

Hm, das verrät mir nicht viel. Meinte er, dass er eine Freundin hat, wenngleich auch nicht wirklich eine Ehefrau?

Na und? Was interessiert es dich denn? Kann dir doch egal sein.

»Also ist es eine Art Hobby für dich«, stelle ich fest.

»So könnte man es auch nennen«, bestätigt Malte. Als er mit seinem Essen fertig ist, rückt den Teller von sich weg und lehnt sich mit seinem Glas in der Hand nach hinten. »Was für Hobbys hast du denn so?«

»Hobbys? Dafür habe ich gar keine Zeit, um ehrlich zu sein. In der meisten Zeit arbeite ich, auch wenn ich zu Hause bin. Ansonsten treffe ich mich mit meinen Freunden und wir lassen es uns einfach gut gehen. Oh Gott, das muss sich ziemlich trostlos anhören. Aber glaub mir, mein Leben besteht aus mehr als aus Shoppen, Essen gehen oder arbeiten«, verteidige ich mich, ohne dass Malte mir einen Anlass dazu gegeben hätte.

»Hey, jeder lebt sein Leben, wie er es mag. Das ist doch in Ordnung. Nicht jeder muss gerne in der Küche stehen. Für andere mag mein Leben trostlos wirken«, meint Malte. »Wo ich viel mit mir allein bin. Ich gehe arbeiten, angeln, koche mir etwas und lese ein Buch. So sehen viele meiner Tage aus. Dafür werde ich sicherlich nicht von vielen Menschen beneidet, aber das stört mich nicht.«

Jetzt komme ich mir blöd vor, weil ich mir darüber Gedanken gemacht habe, was Malte von meinem Leben halten könnte. Wo es ihn überhaupt nicht interessiert, was ich oder andere über ihn denken.

»Was arbeitest du denn?«, wechsle ich das Thema abrupt, als ich ebenfalls mit dem Essen fertig bin.

»Ich bin in unserem Familienunternehmen tätig«, sagt er, steht auf und beginnt die Teller abzuräumen. Sofort springe ich ebenfalls auf und helfe ihm. »Ach, bleib ruhig sitzen, ich mach das später.«

»So ein Unsinn. Du lädst mich schon zum Essen ein, da kann ich dir wenigstens beim Abwasch helfen.«

»Oder die Spülmaschine hilft mir«, erwidert er schmunzelnd.

»Dann räume ich sie wenigstens ein.« Ich bestehe darauf, ihm zu helfen, um mich nicht ganz so dämlich zu fühlen. »Also komm, zu zweit geht es viel schneller.«

Zusammen räumen wir den Geschirrspüler ein, wischen den Tisch und die Herdplatte ab und in Nullkommanichts sieht die Küche wieder sauber aus. Wir setzen uns mit unseren Weingläsern in das behagliche Wohnzimmer.

»Was kannst du mir über die Straße und deren Bewohner hier so erzählen?« Ich bin neugierig, da ich heute sonst niemanden angetroffen habe.

Auf dem Sofa nehmen wir nebeneinander Platz und wenden uns gegenseitig zu.

»Wir sind schon ziemlich eigen.«

»Oje, ehrlich?«

»Nein«, sagt Malte lachend. »Im Gegenteil. Eigentlich sind wir ziemlich einfach gestrickt. Direkt links neben dir wohnen Inge und Kurt Fries. Die beiden leben schon seit Jahrzehnten hier und sind wohl so richtig alteingesessene Scharbeutzer. Rechts leben Max und Nina Hansen. Sie haben unser Alter und ich könnte mir vorstellen, dass du dich mit Nina prächtig verstehst. Sie ist eine liebe Person. Am Ende der Straße wohnt Ernst Nielsen. Seine Frau ist vor zwei Jahren verstorben, und seitdem hat er kaum noch das Haus verlassen. Wenn du ihn antriffst und er dich nicht grüßt, sei nicht nachtragend. Seit jenem Tag ist er nicht mehr der gleiche und kann seine Frustration kaum noch verbergen«, zählt er auf und ich lausche gespannt.

»Das klingt aber traurig.«

»Ist es auch. Vor allem, weil Ernst bis dahin ein aktiver Mensch war, der jeden Tag mit dem Rad gefahren ist, am Strand war, viel im Garten zugange war und eigentlich nie stillsaß. Heute jedoch sehen wir ihn kaum noch. Er verbarrikadiert sich in seinem Haus und na ja, der Garten ähnelt schon sehr dem deiner Großeltern.«

»Und da kann man nichts machen?« Ich stelle mir die Situation für ihn unerträglich vor.

»Wir haben oft versucht, ihn aus seinem Haus zu locken – vergebens. Er will nichts mehr wissen. Weder von den Menschen noch von sonst irgendwas. Ich denke, er wartet auf den Tod. Darauf, endlich wieder bei seiner Frau sein zu können.«

»Das ist tragisch«, bemerke ich ein wenig traurig.

»Konzentriere du dich besser auf die Nachbarn gleich neben dir. Mit denen wirst du dich gut verstehen. Du brauchst Freunde, solange du hier bist. Auch wenn es nur vier Wochen sind«, merkt Malte an.

Wenn ich an die Einsamkeit denke, die ich vorhin verspürt habe, dann glaube ich, dass er recht hat.

Noch eine halbe Stunde verbringen wir so die Zeit. Wir reden, lachen und tauschen uns aus, bis ich mich auf den Weg rüber in das weniger gemütliche Haus mache. Beinahe ein wenig wehmütig verlasse ich diese heimelige Atmosphäre, doch es bleibt mir nichts anderes übrig.

»Ich komme die Tage vorbei und sehe nach dem Wasserboiler«, sagt Malte und ich bin ihm dankbar, dass er sich darum kümmert.

»Das wäre klasse. Gute Nacht.«

»Gute Nacht, Finny.«

Kaum bin ich zu Hause angelangt, schließe ich die Fensterläden und werfe dabei noch einmal einen Blick rüber in Maltes Haus. Da das Licht brennt, kann ich ihn genaustens beobachten. Er greift die Weingläser vom Couchtisch und bringt sie in die Küche. Dann kommt er zurück ins Wohnzimmer, schnappt sich ein Buch und setzt sich hin. Für einen Moment denke ich an Jens und daran, wie belanglos und oberflächlich unsere Beziehung gewesen ist. Ich vergleiche ihn mit Malte. Mit den Gesprächen, die wir heute geführt haben. Er weiß mehr über mich, als Jens jemals wissen wollte. Ihn hat nichts sonderlich interessiert, außer Sex und die Arbeit. Das hat mich von Beginn an gestört, aber ich habe es nicht an mich rangelassen und es hingenommen – nur nicht kompliziert sein. Malte würde solch eine Beziehung niemals führen können, dafür ist er viel zu gefühlvoll und tiefgründig.

Warum ich mir darüber Gedanken mache, weiß ich jedoch nicht. Schließlich gehe ich schnurstracks ins Badezimmer, binde mir mein brünettes Haar zusammen und entferne mir das Make-up. Nachdem ich mir die Zähne geputzt habe, wandere ich ins Bett. Als ich so daliege, beschließe ich auch für die kurze Zeit ein wenig Gemütlichkeit in diese vier Wände zu bringen. Es hat mir viel zu gut bei Malte gefallen, um es hier nun so zu lassen, wie es derzeit ist.

Aber darum kümmere ich mich morgen nach meinem ersten Arbeitstag.

Kapitel 4

Noch vor dem Klingeln des Weckers sitze ich mit meinem Tablet aufrecht im Bett und suche nach hübschen Dekorationsgeschäften in der Nähe. Tatsächlich gibt es eines und es ist auch nur zwanzig Minuten entfernt. Die Tage werde ich dorthin fahren und sehen, was ich finde, um das Haus zu einem Zuhause zu machen.

Doch jetzt ist anderes wichtiger und ich stehe auf, um unter die Dusche oder besser gesagt, in die Badewanne zu springen. Da das Wasser kalt ist, bin ich schneller fertig als gewöhnlich. Nachdem ich mir die Haare frisiert und mein Make-up aufgelegt habe, greife ich nach meinem Outfit, das ich bereits vor einer Woche ausgewählt habe, und ziehe einen schicken Hosenanzug mit dazu passenden High Heels an. Zufrieden mit dem Anblick im Spiegel verlasse ich das Haus, um pünktlich anzukommen. Am Auto angelangt, höre ich plötzlich eine Frauenstimme hinter mir.

»Guten Morgen.«

Ich drehe mich um und sehe eine junge Frau am Briefkasten ihres Hauses stehen. Das muss Nina sein, von der Malte mir erzählt hat.

»Guten Morgen«, begrüße ich sie.

»Ich hätte nicht gedacht, dass ich jemals sehen würde, wie jemand in diesem Haus lebt«, sagt sie. »Ich bin übrigens Nina.«

»Hi, ich bin Finny!«, rufe ich und sie kommt mir ein Stück entgegen. »Meinen Großeltern gehört das Haus und ich lebe die nächsten Wochen hier wegen eines Jobs«, erkläre ich kurz.

»Das ist ja fabelhaft, aber sicher wirst du einiges machen müssen darin, nicht wahr? Es scheint nicht gerade gepflegt zu sein.«

»Da sagst du was«, erwidere ich, als in dem Moment ein Mann aus Ninas Haus kommt.

»Max, sag Hallo zu unserer Übergangsnachbarin, Finny«, befiehlt sie und deutet auf mich. Ich winke kurz rüber. »Das ist mein Mann, Max.«

»Hallo Finny, willkommen in Scharbeutz«, meint er und verabschiedet sich von Nina, indem er ihr einen Kuss aufdrückt.

»Ich muss leider auch los, sonst komme ich zu spät«, merke ich an.

»Kein Problem. Vielleicht trifft man sich ja noch mal?«

»Aber sicher, du weißt ja, wo ich wohne.« Ich steige ein und gebe die Adresse der Firma im Navigationsgerät ein. Ehe ich abfahre, werfe ich kurz einen Blick zu Maltes Haus rüber, aber wie mir scheint, ist er bereits weg. Sein Jeep, der gestern in der Einfahrt stand, ist momentan nicht da.

Nur wenige Minuten bin ich unterwegs und erfreue mich über die ersten Sonnenstrahlen, die bereits die Welt erwärmen. Bereits jetzt spüre ich, dass es ein anderes Gefühl ist, hier an der Ostsee zur Arbeit zu fahren. Vorbei an der Promenade, von wo aus ich den Strand sehen kann, weiter an schnuckeligen Häuschen entlang, die allesamt so aussehen, als entspringen sie einem Märchenbuch. Sowie ich das Fenster öffne, kann ich das Salz riechen, das in der Luft liegt. Der Wind bläst mir direkt ins Gesicht und ich atme tief ein, schließe für einen Augenblick die Augen und bin mit einem Mal wieder ein Kind, das am Meer steht und mit seinem Vater Steine ins Wasser wirft. Wir zählen, wie oft der Stein auf dem blauen Nass aufschlägt, ehe er auf den Grund des Meeres hinabsinkt und jubeln, umso öfter wir es schaffen, ihn über Wasser zu halten.

Ja, es ist definitiv anders als in der Großstadt mit den vielen Hochhäusern und der Hektik, die einen bereits am Morgen umkreist.

Sowie ich ankomme, vergewissere ich mich bestimmt dreimal, ob ich auch die korrekte Adresse eingegeben habe. Denn zu meiner Überraschung lande ich nicht bei einem imposanten Bürokomplex, sondern bei einer Luxusvilla, die ihresgleichen sucht. Sie steht hinter einem übergroßen, elektrisch gesteuertem Zaun, an dem sich eine Menge Kameras befinden. Mit dem Auto fahre ich vor und betätige die Klingel.

»*Villa Bergmann*«, höre ich eine Frauenstimme aus der Fernsprechanlage.

»Ähm, ja, guten Tag, Finny Sturm hier. Ich habe heute meinen ersten Arbeitstag«, sage ich zögernd, da öffnet sich bereits das schmiedeeiserne Tor, sodass ich hindurchfahren kann.

Auf einem Parkplatz stelle ich mein Auto ab und betrachte die anderen Autos. Mir wird ganz anders. Ich hatte ja keine Vorstellung davon, dass es sich hierbei um solch ein nobles Unternehmen handelt. Auch wenn ich keine Ahnung von Autos habe, und erst recht nicht von überteuerten Luxusschlitten, so sehe ich deutlich, dass hier allein drei davon stehen. Ein Jaguar, ein Porsche und ein Mercedes, den ich zuvor noch nie auf der Straße gesehen habe.

Ich schlucke schwer und betrachte die Villa vor mir, die auch gut und gerne als Schloss durchgehen würde. Der Eingangsbereich ist verglast. Links und rechts von der Treppe stehen goldene Staturen, die nur darauf warten, mich noch kleiner werden zu lassen. Soweit ich sehen kann, besteht die Villa aus vier Flügeln, die jeder für sich größer sein werden als das gesamte Haus meiner Eltern. Überall an der Fassade entdecke ich große goldene Details, die das Gebäude zu einem wahren Schmuckstück machen. Die Säulen sind überzogen mit goldfarbenen Ornamenten und auch auf der Haustür befinden sich goldene Ausschmückungen. Stuckverzierungen, die rund um das Gebäude die Fassade zieren, machen das Haus zu etwas ganz Besonderem. Über dem Eingangsbereich verläuft eine übergroße Terrasse, auf der man sicherlich einen hervorragenden Blick über das ausschweifende Grundstück hat. Sämtliche Büsche wurden zu wunderschönen Kunstwerken gestutzt, und der Rasen ist perfekt getrimmt.

Als ich aussteige, bekomme ich es ein wenig mit der Angst zu tun.

Bin ich die Richtige für diesen Job?

Zweifel keimen in mir auf. Dass der Chef anspruchsvoll sein soll, stand ja bereits in der Anzeige, doch jetzt begreife ich erst, dass dieses Wort noch mal eine vollkommen neue Bedeutung haben kann.

Doch im Moment finde ich keine Zeit, um mir Gedanken darüber zu machen. Ich habe die Stelle aufgrund meiner Qualifikationen bekommen und das nicht ohne Grund. Also strecke ich meinen Rücken durch, richte mich auf und steige die Treppen hinauf.

Als ich durch die Glastür trete, bemerke ich einen meterlangen Tresen und dahinter sitzt eine ältere Dame in einem schicken Outfit, die mich keines Blickes würdigt. Mit meinen High Heels mache ich so laute Geräusche, dass es mir fast unangenehm ist.

»Guten Tag.« Ich komme vor der Dame zum Stehen. »Mein Name ist Finny Sturm und ich …«

»Sie sind zum ersten Arbeitstag hier, das haben Sie vorhin schon am Tor gesagt«, unterbricht sie mich ziemlich unhöflich, doch ich schweige.

»Richtig. Ich wusste nicht, dass Sie die Dame hinter der Stimme sind«, erkläre ich mich mit einem erzwungenen Lächeln.

»Bitte nehmen Sie dort vorn Platz, Sie werden gleich aufgerufen«, sagt sie.

Ich frage mich, wieso man solch eine unhöfliche Person an den Empfang setzt. Aber ich nehme es hin, sage nichts weiter und setze mich auf einen der vielen Stühle. Während ich warte, steigt meine Anspannung weiter an und als ich von einer Frau, die glücklicherweise freundlicher wirkt, aufgerufen werde, versuche ich die Nervosität abzulegen.

»Sie müssen Frau Sturm sein?«, vergewissert sie sich.

»Richtig, guten Tag.«

»Guten Tag, ich bin Laura Jakobs und ich bin dafür verantwortlich, Sie hier herumzuführen und Ihnen einen ersten Eindruck zu verschaffen.«

»Das klingt wirklich gut«, sage ich und bin dankbar, dass nicht die Frau vom Empfang dafür zuständig ist.

»Schön, wenn Sie nichts dagegen haben, können wir uns auch gerne duzen?«, bietet Laura mir an.

Ich lächle. »Sehr gerne«, erwidere ich. »Ich bin Finny.«

»Laura«, entgegnet sie und strahlt ebenso über beide Ohren.

»Darf ich fragen, was sonst deine Aufgabe hier ist?«, möchte ich wissen.

»Ich bin die rechte Hand von Herrn Bergmann Senior. Das bedeutet, ich bin für alles zuständig, was er delegieren möchte. Angefangen von seinem Frühstück bis hin zu den Lohnabrechnungen der Angestellten ist da alles möglich«, erklärt sie mir.

»Senior? Das bedeutet, es handelt sich um ein Familienunternehmen?«, hake ich nach.

Laura nickt. »Richtig. Herr Bergmann hat das Unternehmen vor über dreißig Jahren gegründet. Damals hatte er gerade mal eine kleine Wohnung, die er vermietet hat. Nachdem dies so lukrativ geworden war, kaufte er mehr und mehr Häuser. So wuchs der Umfang, bis er schlussendlich die Firma mit den meisten Ferienhäusern an der gesamten Ostsee war. Bei uns findest du alles. Eine kleine Wohnung für ein Wochenende oder aber die prachtvolle Villa für die nächsten sechs Monate. Außerdem sind wir auf Sonderwünsche spezialisiert. Wir besorgen jedem Gast genau das, was er benötigt.«

»Was genau sind das für Wünsche?«

»Es kann alles sein. Ein bestimmter Grill, ein Masseur, der jeden Morgen kommt oder aber ein Tennislehrer. Die Möglichkeiten sind unbegrenzt«, erklärt Laura mir geduldig und ich bin fasziniert von alldem.

»Vermutlich nur dann, wenn die Mittel ebenso unbegrenzt sind«, bemerkte ich und Laura lacht.

»Das ist leider wahr, ja. Jedenfalls hat Herr Bergmann alles richtig gemacht und mittlerweile über vierhundert Ferienunterkünfte an der Ostseeküste.«

»Das ist wirklich beachtlich. Da bekomme ich es doch mit der Angst zu tun«, merke ich an. »Vor allem, wenn ich an die Stellenbeschreibung denke. Ist es wahr, dass Herr Bergmann sehr anspruchsvoll ist?«, informiere ich mich.

Laura legt den Kopf schief. »Gerne würde ich dir etwas anderes sagen, aber es ist so. Herr Bergmann hat wahnsinnig hohe Ansprüche. Nicht nur an sich selbst oder an seine Familie, ebenso an seine Angestellten. Aber du wirst dich daran gewöhnen und ehrlich, solange ich bei dir bin, musst du keine Angst haben.«

»Wie lange arbeitest du schon hier?«

»Seit mittlerweile fünf Jahren und seit vier Jahren bin ich seine Assistenz. Ich würde also behaupten, ihn gut zu kennen. Außerdem denke ich, habe ich bei ihm ein Stein im Brett. Verlass dich auf mich. Wenn du in deiner Bewerbung nicht gelogen hast, wird alles gut gehen«, versichert sie mir mit einem Augenzwinkern. »So, dann wollen wir mal unseren Rundgang starten, ansonsten werden wir heute nicht mehr fertig.«

Zwar lache ich, doch glaube ich beinahe, dass sie es ernst meint.

In der Villa befinden sich eine Menge einzelner Räume und in jedem davon sitzt ein Mitarbeiter für die unterschiedlichsten Bereiche. Die Lohn- und Gehaltsabrechnung, der Kundenservice, mehrere Dolmetscher, die Abteilung, die für die Vermietung zuständig ist und jene, die sich um die genannten Sonderwünsche kümmern.

»Ein stinknormales Bürogebäude wäre Herr Bergmann wohl zu langweilig gewesen?«, hinterfrage ich.

»Wenn er Kunden empfängt, dann gerne in einem Anwesen, in dem sich der Kunde ein Bild von den Unterkünften machen kann. Und was wäre da besser, als selbst in einem zu arbeiten? Die Idee ist brillant und kam bisher immer hervorragend an«, lobt Laura ihren Chef. Sie hält offensichtlich ziemlich viel von ihm, wo sie nur gute Worte für ihn übrig hat. »Und jetzt mache ich dich mit ihm bekannt«, überrascht sie mich plötzlich und mit einem Mal ist meine Anspannung wieder da, die sich gerade erst verabschiedet hat.

»Okay«, sage ich lang gezogen und hoffe, ich bin gleich zur besseren Kommunikation fähig.

»Das wird schon. Komm«, sagt Laura und ich folge ihr zum Aufzug. Damit fahren wir in den ersten Stock, indem sich einige privaten Räumlichkeiten befinden und auch Büroräume von der Geschäftsleitung. Wir gehen den Flur durch zu einer Doppeltür, dort bleiben wir stehen und Laura klopft an.

»Herein!«, höre ich eine dunkle Stimme sagen und wir treten ein.

»Guten Tag, Herr Bergmann«, begrüßt Laura einen älteren Herrn, der an seinem gläsernen Schreibtisch sitzt und nicht aufschaut. »Ich habe Ihnen Finny Sturm mitgebracht. Sie ist unsere neue Mediengestalterin. Sie wissen doch, die Sie gerne wegen des Fischerfests haben wollten«, erläutert sie, doch verstehe ich nur Bahnhof. Was für ein Fest?

»Setzen Sie sich«, meint er nur und schaut nach wie vor nicht auf. Ich blicke zu Laura, die mit ihrem Kopf zu einem der Stühle vor dem Schreibtisch nickt. Während ich Platz nehme, bleibt sie an der Tür stehen und ich bin froh, dass sie den Raum nicht verlässt.

»Guten Tag, Herr Bergmann«, begrüße ich ihn nun auch. »Vielen Dank für die Stelle.«

Nun schaut er endlich auf und in seinem Blick liegt eine gewisse Härte, die mir Angst macht. Kein Lächeln verlässt seine Lippen und sein Gesichtsausdruck scheint eingefroren.

»Ihre Qualifikationen haben gepasst«, erklärt er kurz mein Dasein. »Ich möchte Sie gerne darüber informieren, weswegen Sie hier sind«, beginnt er und ich warte gebannt. »In zwei Wochen startet hier ein Fest. Dieses sogenannte Fischerfest gibt es in jedem Jahr. Menschen, die herbeigeströmt kommen, um ein Fischbrötchen auf die Hand zu sich zu nehmen, ihren Kindern das überteuerte Karussell zu bezahlen und zu schlechter Musik zu tanzen.« Er atmet tief durch. »Wie dem auch sei, wird es Ihre Aufgabe sein, durch gezielt eingesetzte Werbung neue Kunden auf diesem Fest zu gewinnen. Wie Sie das anstellen, überlasse ich Ihnen und Ihrem Fachwissen. Wichtig ist nur, dass ich danach eine Menge neuer Aufträge vorfinde«, sagt er und beendet seine Ansprache.

»Und das in zwei Wochen?«, hake ich ungläubig nach. »Normalerweise hat man mehrere Wochen Zeit für solch eine Art der Werbung. Die Vorbereitungen, die getroffen werden müssen, sind immens. Ganz zu schweigen von dem Aufwand, die Druckereien dazu zu bringen, alles rechtzeitig fertigzustellen und zu liefern«, gebe ich zu bedenken.

Herr Bergmann schaut auf. »Ich sehe keine Schwierigkeiten in dem Zeitplan. Sie etwa?«

Seine gesamte Haltung zeigt mir, dass ich besser keine Probleme mit den zwei Wochen haben sollte und auch wenn ich gerne widersprechen würde, so halte ich den Mund und lächle verlegen. Ich kann es mir nicht leisten, diesen Job zu vermasseln. Egal wie, aber ich muss das hinbekommen.

»Haben Sie irgendwelche Wünsche oder Anregungen?« Ich ahne jedoch bereits, dass das falsch war.

»Wie schon gesagt, ist es mir egal, wie Sie das anstellen. Sie sind der Profi und wissen sicherlich, wie Sie uns neue Kunden beschaffen. Wir wissen, dass viele Menschen von weit her kommen, um dieses Fest zu besuchen. Sicherlich wird da der ein oder andere neue Kunde darunter sein. Und dank Ihrer Werbung soll er auf uns aufmerksam werden.«

»Alles klar, das klingt machbar«, erwidere ich.

»Sollten Sie irgendwelche Fragen haben, wenden Sie sich bitte an Frau Jakobs. Sie wird Ihnen sicher weiterhelfen können.«

»Das ist sehr nett«, entgegne ich.

»Sehr gut. Dann nehme ich an, wir sind hier fürs Erste fertig. Frau Jakobs zeigt Ihnen gleich Ihr Büro und stattet Sie mit der benötigten Technik aus. Sollte irgendetwas fehlen, können Sie sich ebenfalls an sie wenden.«

Da nun nichts mehr folgt, gehe ich davon aus, dass das Gespräch beendet ist. Ich bedanke mich, stehe auf und schaue Laura fragend an, die mich grinsend ansieht. Wir verlassen den Raum und ich fühle mich winzig.

»Das hast du exzellent gemacht«, lobt sie mich und ich frage mich, ob sie mich auf den Arm nehmen möchte.

»Meinst du das ernst?«

»Aber klar. Viele schaffen es kaum, sich aufrecht auf dem Stuhl zu halten, aber du, du hast da gesessen, als seist du bereit für alles, was kommt«, meint sie. »Und jetzt zeige ich dir dein Büro. Du wirst es lieben. Du kannst direkt auf die Ostsee schauen«, schwärmt sie und geht voran.

Das Büro ist größer als jedes, in dem ich schon einmal gearbeitet habe, und tatsächlich ist die Aussicht traumhaft. Ich kann von hieraus zwei Kinder am Strand spielen sehen, beobachte, wie eine junge Frau mit ihren Schuhen in der Hand nah am Wasser spazieren geht. Gleich auf dem Sandstrand erblicke ich ein kleines Café, wo eine Kellnerin eine Tasse Kaffee einem Gast serviert.

Auf meinem Schreibtisch stehen frische Blumen und jeglicher technischer Schnickschnack, den man sich nur erträumen kann.

»Es ist riesig«, sage ich staunend. »Es ist wirklich groß und die Blumen sind wunderschön.«

»Ja, die werden hier alle paar Tage gewechselt. Du musst dich um nichts kümmern, außer um das Fest und die Werbung«, erklärt Laura und drückt mir ein paar Schlüssel in die Hände. »Die hier sind für dein Büro, solltest du abschließen wollen, was allerdings nicht nötig ist und für die Tür unten. Und dieser hier«, sie deutet auf einen weiteren kleinen Schlüssel, »ist für das Tor draußen.«

»Danke.«

»Brauchst du fürs Erste noch etwas?«

»Ja, einen Kaffee bitte.« Schon seit dem Morgen sehne ich mich nach einem.

Laura lacht. »Na, wenn es sonst nichts ist. Komm mit, ich zeige dir die Küche und dann erzähle ich dir alles über das Fischerfest, was ich weiß.«

»Du bist ein Engel!«

Kapitel 5

»Im Endeffekt ist es nichts anderes als eine riesengroße Kirmes am Timmendorfer Strand. Das Fischerfest dauert eine Woche. Es gibt eine Menge Fahrgeschäfte, Essensgelegenheiten und ein paar anliegende Geschäfte haben Stände, um ihre Produkte zu verkaufen. Aber auch ortsansässige Unternehmen haben die Möglichkeit, einen Stand aufzubauen und dort Werbung zu machen und genau das haben wir vor. Wir haben einen Stand an einem hervorragend gelegenen Punkt gemietet und du musst dafür sorgen, dass wir gesehen werden.«

»Aber wieso ist das so wichtig?«, frage ich nachdenklich. »Ich meine das nicht abwertend oder so, aber das habt ihr doch gar nicht nötig. Das Geschäft scheint spitze zu laufen, warum also diesen Aufwand betreiben?«

Laura drückt auf einen Knopf des Kaffeevollautomaten. »Herr Bergmann möchte zurück zu den Wurzeln, so ist seine Erklärung für das. Seit einigen Jahren ist es so, dass immer weniger Familien auf uns zukommen. Der Hauptteil der Anfragen, die reinkommen, sind von gut betuchten Menschen, die hochpreisige Villen mieten. Oder aber Geschäftsleute, die für eine Nacht bleiben, weil ein wichtiges Meeting ansteht oder ein Geschäftstermin. Angefangen hat jedoch alles mit Familien, die ihren Sommerurlaub hier verbringen. Genau das soll wieder mehr in den Fokus gerückt werden.«

»Und warum, glaubst du, bekommt ihr so wenige Anfragen für Familienurlaube?«

Laura drückt mir eine Tasse Kaffee in die Hand. »Schätzungsweise, weil wir zu versnobt rüberkommen«, schlussfolgert sie plump. »Da wir alle Finanzklassen vertreten, werden wir bei den Familien kaum zur Auswahl bereitstehen. Vermutlich denken viele, dass sie sich einen Aufenthalt bei uns gar nicht leisten können. Dabei ist das nicht so. Im Gegenteil, wir bieten sogar recht gute Angebote, gerade zur Sommerzeit. Aber davon wissen viele nichts, weil sie uns außen vor lassen.«

»Dann besteht mein Job darin, Werbung zu generieren, die vor allem Familien ins Auge fällt?«

»Genau dafür bist du hier«, sagt Laura und nippt an ihrer Kaffeetasse.

»Na, das sollte ich doch hinbekommen«, sage ich zuversichtlich und bin wirklich froh darüber, dass es sich um eine machbare Aufgabe handelt.

»Ich habe dir einige Mails geschickt, mit denen du dich erst mal orientieren kannst. Auch Informationsbroschüren über das Fischerfest habe ich dir auf den Schreibtisch gelegt, sodass du dir ein rundes Bild machen kannst. Du kannst völlig selbstständig arbeiten. Geld spielt dabei keine Rolle, solange es zum gewünschten Ziel führt. Und solltest du noch Fragen haben, ist mein Büro gleich am Ende des Flurs«, meint Laura. Ich gehe mitsamt meinem Kaffee zurück in mein Büro, schließe die Tür hinter mir und komme seit Stunden das erste Mal wieder richtig zum Atmen.

»Ach, du meine Güte«, murmle ich vor mich her und kann kaum fassen, was seit heute Morgen alles passiert ist. Ich setze mich hinter meinen Schreibtisch und drehe mich um, um die Aussicht auf die Ostsee zu haben. Bei diesem Anblick frage ich mich, warum ich als Teenager so ungern hier in den Urlaub gefahren bin. Es sieht traumhaft schön und so idyllisch aus.

Vor zwei Wochen noch war ich eine arbeitslose Frau, die nicht wusste, wie es in ihrem Leben weitergehen soll. Ich nahm an, ich müsste abermals den nächstbesten Job annehmen, um irgendwie über die Runden zu kommen. Und nun? Nun habe ich einen fantastischen Job und das an einem der wohl schönsten Orte in Deutschland. Wie um alles in der Welt ist das nur passiert?

Ich konzentriere mich auf die Arbeit und greife mir die Broschüre, die Laura mir zurechtgelegt hat. Als ich das Laptop hochfahre, finde ich einige E-Mails von ihr vor. In manchen sind Zugangsdaten hinterlegt, damit ich Werbematerialien bestellen kann. In anderen Mails finde ich Anweisungen, wie ich sämtliche Kosten abrechne. Laura hat wirklich an jeden einzelnen Schritt gedacht und ich verstehe, warum sie die rechte Hand von Herrn Bergmann ist.

Ich beginne mit einer Auflistung zu meinen Ideen. Ein erster grober Entwurf, womit ich dann in die detaillierte Planung gehe. Nachdem Laura mir erklärt hat, was meine Aufgabe ist, hatte ich schon einige Vorstellungen im Kopf, wie ich die Sache angehen möchte. Es ist beinahe so, als sei diese Stelle für mich gemacht worden.

Nachdem ich die Liste ausgedruckt habe, stehe ich auf und will zum Drucker im Flur laufen. Dank einer der vielen Mails weiß ich, dass es auf jedem Stockwerk einen Gemeinschaftsdrucker gibt. Doch als ich bei diesem ankomme, liegen keine Blätter von mir drinnen. Somit gehe ich zurück in mein Büro und prüfe das.

»Wo sind meine Unterlagen?«, flüstere ich vor mich her und prüfe, auf welchem Drucker ich sie ausgedruckt habe. »Oh, Mist«, sage ich lauter, als ich aufgrund des Druckernamens feststelle, dass ich das Gerät im ersten Stock verwendet habe. Leider habe ich nicht darauf geachtet, weil ich annahm, die Voreinstellungen seien auf mich abgestimmt.

Leise schleiche ich mich zum Aufzug und fahre damit hinauf in den ersten Stock. Irgendwie fühle ich mich wie ein Eindringling und so, als dürfte ich diese Etage nicht ohne Laura betreten. Oben angekommen sehe ich nach und erblicke den Drucker in einer kleinen Nische. Immer wieder drehe ich mich um, um zu sehen, ob noch jemand zu sehen ist, doch bin ich allein. Schnellen Schrittes flitze ich zum Drucker und will gerade die Blätter herausholen, als ich Schritte im Flur höre. Sofort gehe ich zurück zum Fahrstuhl, drehe mich noch einmal um und laufe geradewegs in jemanden hinein.

»Oh, nein, Verzeihung.« Rasch hebe ich sämtliche Unterlagen auf, die der Person zu Boden gefallen sind.

»Ach, nicht so schlimm«, sagt jemand. Auch er kniet sich hinunter, um die Zettel einzusammeln. Ich kann kaum fassen, wen ich vor mir sehe, als ich aufblicke.

Niemand anderer als Malte kniet mir gegenüber auf dem Boden und lächelt mich amüsiert an.

»Du, hier?« Ich bin verblüfft.

»So ist es«, sagt er nur.

»Aber was machst du denn hier? Du arbeitest in diesem Unternehmen? Warum hast du das nicht erwähnt?«, will ich wissen und wir stehen auf, nachdem wir alle Unterlagen beisammen haben.

»Aber das habe ich doch«, kontert er.

»Nein, daran würde ich mich wohl erinnern. Du sagtest lediglich, dass du in einem Familienbetrieb tätig … Moment mal.« Allmählich dämmert es mir. »Du bist doch nicht etwa ein Bergmann?«

»Malte Bergmann«, stellt er sich mit vollem Namen vor und ich traue meinen Ohren nicht.

»Dann ist Herr Bergmann Senior dein Vater?«

»Wie er leibt und lebt«, meint Malte.

Wer hätte denn jemals damit rechnen können? Der Sohn des reichen Unternehmers ist mein Nachbar. Der Nachbar, der gerne kocht, angelt und einen schmutzigen Jeep fährt. Hätte ich einen Ferrari in seiner Einfahrt gesehen und eine riesige Jacht am Hafen, hätte es mir klar sein können, aber so? Wie kann es sein, dass jemand, der so viel Geld hat, in so einem winzigen Haus lebt?

»Entschuldige«, sagt er nun. »Vermutlich hätte ich dir sofort die Wahrheit sagen sollen, aber ich rede nicht gerne über meine Herkunft. Wie du dir vorstellen kannst, werde ich meist so vollkommen anders behandelt, als man es ohne das Wissen tun würde. Mir gefällt es nicht und ich mag es nicht.«

»Irgendwie kann ich es nachvollziehen.« Ich zeige mich einsichtig, wenn ich es auch blöd finde, dass er nicht ehrlich war. Schnell überlege ich, ob ich irgendetwas Unprofessionelles von mir gegeben habe oder etwas, was mich in Schwierigkeiten bringen könnte. »Aber wenn ich das gewusst hätte, dann hätte ich ... nun ja ...«

»Hey, es ist doch alles in Ordnung«, beschwichtigt er mich.

»Eigentlich bist du ja jetzt mein Chef und da ist dieses private Treffen wohl alles andere als in Ordnung«, bemerke ich.

Malte zuckt mit der Schulter. »Also eigentlich bin ich dein Nachbar und mein Vater ist dein Chef. Insofern ist das sehr wohl in Ordnung«, entgegnet er nachdenklich. »Außerdem sehen wir das hier an der Ostsee nicht so streng. Also mach dir keine Gedanken darüber, was richtig oder falsch ist. Wir haben doch nur zusammen zu Abend gegessen«, sagt er und lässt diesen Abend unbedeutender erscheinen, als er seltsamerweise für mich gewesen war. Beinahe tut mir diese Aussage weh, doch verkneife ich mir jeglichen Kommentar dazu.

»Dann ist ja gut. Ich sollte wohl wieder zurück in mein Büro und mich an die Arbeit machen. Es ist einiges zu tun«, merke ich an. Demonstrativ halte ich meine Listen hoch und lächle kurz, ehe ich weitergehe, ohne mich noch einmal umzudrehen.

Im Büro angelangt, schließe ich die Tür hinter mir und komme nicht umher, mich komisch zu fühlen. Dieser Malte, den ich soeben gesehen habe, hatte rein gar nichts mit dem von gestern zu tun. Dieser Mann, der gerne mit den Händen arbeitet und kein Problem damit hat, sich schmutzig zu machen, trägt hier einen Designeranzug und eine Rolex am Handgelenk. Es ist, als sei er ein vollkommen anderer Mensch, der mir da gegenüberstand. Was also ist sein wahres Ich, frage ich mich. Hat er mir gestern nur etwas vorgespielt und ist er in Wahrheit gar nicht der Holzfällertyp, der mir mit Leichtigkeit meinen Vorgarten auf Vordermann bringt? Ist er eigentlich der Mann, den ich eben zu sehen bekommen habe? Der Mann im Anzug, der für die Geschäfte verantwortlich ist und sich um hochkarätige Kunden kümmert?

Was wäre so schlimm daran?

Irgendwie erinnert diese Variante von Malte mich an Jens und lässt mich schwermütig werden. Doch eines ist klar: Ich muss mich zurückhalten und mich privat von Malte distanzieren. Solange ich für seinen Vater arbeite, darf es nicht noch einmal vorkommen, dass ich bei ihm am Tisch sitze und mit ihm über Persönliches spreche. Das gehört sich einfach nicht und muss ich unterbinden.

Bevor ich mir weitere Gedanken machen kann, beschließe ich nun aber endlich mit der Arbeit zu beginnen, schnappe mir meine ausgedruckten Listen und einen Kugelschreiber und lege los.

Kapitel 6

Es ist nach halb sechs, als ich endlich Feierabend mache, mich von Laura verabschiede und hinausschleiche, in der Hoffnung, Malte nicht über den Weg zu laufen. Bevor ich jedoch nach Hause fahre, suche ich den nächstgelegenen Supermarkt auf und kaufe schnell die nötigsten Dinge ein. Im Einkaufswagen landet so ziemliches alles, was ich für den Erstgebrauch benötige.

Kurz überlege ich zum Strand zu fahren und es der Frau gleichzutun, die ich heute Morgen gesehen habe. Ich könnte einen Spaziergang vertragen. Jedoch wartet zu Hause ebenfalls Arbeit auf mich und so beschließe ich, sofort nach Hause zu fahren und den Strand zu vertagen.

Zu Hause angekommen, steige ich fix und fertig vom ersten Arbeitstag aus dem Auto und begegne erneut meiner Nachbarin Nina, die in ihrem Vorgarten sitzt und ein Buch liest.

»Hallo Nachbarin«, begrüße ich sie und sie blickt auf.

»Hallo Finny, einen guten Tag gehabt?«

»Soweit«, sage ich ausweichend. »Was liest du?«

Nina hebt das Buch in die Höhe. »Einen Krimi. Für die Abwechslung im Alltag.«

»Die kann man immer gut gebrauchen. Entweder mit einem Buch oder einer Margarita«, erwidere ich. »Hast du Lust, gleich mit mir eine zu trinken? Ich war eben einkaufen und habe alles besorgt.«

»Da sage ich doch nicht nein«, meint Nina, steht auf und kommt zu mir. »Komm, ich helfe dir tragen«, bietet sie an und schnappt sich eine Tüte.

Zusammen gehen wir ins Haus und ich kann Nina ansehen, wie verwundert sie über diesen Anblick ist.

»Ist klar, es ist einiges zu tun. Aber glaub mir, das wird schon. Ich bekomme das hin. Ein paar neue Anstriche an den Wänden, bisschen putzen und schon sieht es hier viel wohnlicher aus«, erkläre ich zuversichtlich. Doch ich weiß gar nicht, wem ich eigentlich etwas vorlüge, denn dieses Haus hat mehr nötig als einen Besen und bisschen Farbe.

»Ich kann dir gerne helfen, wenn du magst. Momentan arbeite ich nur halbtags und bin ab mittags immer zu Hause. Außerdem kann ich ausgezeichnet mit Pinsel und Farbe umgehen«, meint Nina freundlicherweise.

Ich bin überrascht, wie viele Menschen mir hier ihre Hilfe anbieten. »Das ist sehr nett von dir, aber erst einmal muss ich die Materialien dafür besorgen und wie mir scheint, hat der Baumarkt immer dann zu, wenn ich Zeit dafür hätte.«

»Dann gehe ich für dich einkaufen. Sag mir nur, welche Farbe du gerne an den Wänden hättest«, sagt Nina und schaut sich um. »Vielleicht sollte ich auch die ein oder andere Glühbirne mitbringen und so etwas wie spezielle Reinigungsmittel, sonst bekommst du das Haus niemals sauber«, merkt sie an.

»Dann erstellen wir wohl mal eine Liste«, sage ich. »Aber zuerst gibt es Alkohol, dann lässt sich viel besser denken.«

»Ich sehe schon, wir zwei verstehen uns«, scherzt sie und ich beginne damit, eine Schüssel auszuwaschen und die Margarita zu mixen.

Zehn Minuten später sitzen wir am Küchentisch mit zwei Gläsern unserer Cocktails, einem Notizblock und einem Stift.

»Ein schönes Gelb wäre eine Idee«, schlägt Nina vor, doch ich rümpfe die Nase.

»Dann lieber einen Beigeton«, kontere ich und Nina scheint zufrieden.

»Das könnte ich mir auch vorstellen. Schreib auf jeden Fall Abdeckzeug mit auf die Liste und vergiss die Glühbirnen nicht. Außerdem brauchst du einen Hammer und Nägel, damit du ein paar Bilder an den Wänden anbringen kannst. Sonst sieht es hier so kahl aus.«

»Klingt gut«, stimme ich zu.

»Sag mal, was machst du denn mit dem Haus, wenn du in vier Wochen wieder weg bist?«, fragt Nina.

So genau habe ich mir keine Gedanken dazu gemacht. »Ich weiß es nicht wirklich, aber wir werden es sicherlich nicht einfach weiter verkommen lassen. Und wenn meine Großeltern sich nicht darum kümmern können, dann werde ich das in die Hände nehmen. Dieses Haus hier hat so viel Potenzial, das man gar nicht sehen kann, solange es so vernachlässigt ist. Ich will, dass man die Schönheit des Hauses bemerkt und werde meine Zeit vor Ort nutzen, um das aus den vier Wänden herauszukitzeln«, erkläre ich motiviert.

»Die Häuser haben tatsächlich ihren ganz eigenen Charme«, bestätigt Nina. »Ich finde es gut, dass nun endlich jemand in diesem Haus ist, der was daraus machen möchte. Es tat mir schon weh, jeden Morgen zu sehen, wie dieses Schmuckstück verkommt.«

»Das soll jetzt ein Ende haben.« Ich drücke Nina die Liste in die Hand. »Und es macht dir wirklich nichts aus, das für mich zu besorgen?«, hake ich nach.

»Ach was«, meint Nina. »Wie gesagt, ich habe Zeit und bin froh, wenn ich dir helfen kann.«

»Was macht Max eigentlich so?«, hake ich nach.

»Er arbeitet in der Bank hier, nur fünf Minuten weit weg. Meist kommt er zur Mittagspause nach Hause und wir sehen uns kurz. Aber oft arbeitet er bis abends, weil die freie Stelle nicht neu besetzt wird. Irgendwie findet sich niemand, der dort arbeiten möchte. Was sehr schade ist, denn Max und ich sehen uns momentan ziemlich selten. Und wenn, ist er fix und alle von der Arbeit und dem ganzen Stress.«

»Das klingt übel. Aber wieso haben die solche Schwierigkeiten, die Stelle zu besetzen? Hier will man doch gerne wohnen, dachte ich?«

Nina überlegt kurz. »Nicht diejenigen, die eine Ausbildung bei einer Bank gemacht haben. Die wollen zu den Großen und die findest du eben nicht bei uns auf dem Land. Dafür musst du in die Stadt ziehen und außerdem zieht es dort die jungen Leute doch sowieso hin. Aber wem sage ich das, nicht wahr?«

Ich trinke einen Schluck aus meinem Glas und nicke heftig. Tatsächlich kann ich die Beweggründe der Menschen gut nachvollziehen. »Viele wollen vermutlich die Karriereleiter hinauf und hier würden sie immer nur ein kleiner Angestellter bleiben. Das ist natürlich nicht der Traum der meisten Menschen.«

»Aber hier wären sie ihr eigener Herr, und das muss doch auch von Bedeutung sein. Es gibt keinen Chef, außer eben Max, und der ist wohl der entspannteste Vorgesetzte, den man sich vorstellen kann. Solange du deinen Job gut machst, kannst du tun und lassen, was du willst. Er vertraut einem und sorgt immer dafür, dass es seinen Angestellten gut geht«, lobt Nina ihren Mann und ich sehe in ihren Augen, wie sehr sie ihn vermisst. »Aber jetzt mal etwas anderes. Habe ich dich gestern zufällig bei Malte Bergmann sitzen gesehen?«, platzt sie dann raus und ich verschlucke mich beinahe an meiner Margarita.

»Das war wohl eher eine einmalige Sache«, sage ich sofort.

»Wie meinst du das?«

»Es stellte sich heute heraus, dass er der Sohn meines Chefs ist«, erläutere ich und ziehe die Augenbrauen nach oben.

»Dann arbeitest du also für die *Villa Bergmann*?«, fragt Nina überrascht und auch bewundernd.

»Ja, ich habe eine Stelle dort bekommen wegen des Fischerfestes«, sage ich nur. »Und ich wusste nicht, dass Malte der Sohn von Herrn Bergmann Senior ist. Woher auch? Heute dann habe ich ihn im Büro gesehen und du kannst dir vorstellen, dass ich ziemlich schockiert war. Ich meine, wie peinlich ist das denn? Da sitze ich einen Abend vorher mit ihm zusammen beim Abendessen und am nächsten Tag stellt sich heraus, dass er eigentlich mein Chef ist.«

»Warum ist das so schrecklich?«

»Na ja, denk doch mal nach. Als wollte ich mich nach oben schlafen oder so.«

Nina legt die Stirn in Falten. »Bei uns ist das nicht so eine riesengroße Sache, wie du sie daraus machst. Hast du Malte etwa Avancen gemacht oder dich an ihn rangeschmissen?«

»Nein, natürlich nicht!«, rufe ich empört.

»Na, siehst du. Dann ist da doch überhaupt nichts dabei. In der Stadt ist so was vielleicht ein Drama, aber wir sehen das locker und machen uns weniger Gedanken um solche Angelegenheiten. Also, du kannst ganz ruhig sein. Ich wette, Malte sieht kein Problem darin«, erklärt Nina und ich will versuchen, die Sache etwas lockerer zu betrachten. Doch nehme ich mir weiterhin vor, dass private Treffen mit Malte vielleicht keine so gute Idee sind.

Noch über zwei Stunden sitzen Nina und ich zusammen, trinken Margaritas und reden ununterbrochen über alles Mögliche. Ihren Job und weswegen sie nur halbtags arbeiten geht. Über meinen Job und mein Leben in der Stadt, das ich in dem Moment, in dem Nina zur Tür hinaus geht und ich alleine in dem Haus zurückbleibe, so sehr vermisse, dass mir die Luft wegbleibt. Ich habe ihr auch von Jens erzählt und dass wir uns vor über neun Monaten kennengelernt haben. Als er mich in der alten Firma, in der ich tätig gewesen war, abgeworben hat. Nur eine Woche nach meiner Anstellung lud Jens mich auf ein Mittagessen ein und wir unterhielten uns gut. Wenngleich mir sofort aufgefallen war, dass er sehr von sich überzeugt war und sich selbst wohl am nächsten steht. Das alles störte mich aber nicht, als wir eine rein sexuelle Beziehung miteinander begannen. Schneller als ich nachdenken konnte, steckte ich plötzlich in dieser Beziehungskiste drin.

Raus kam ich nicht mehr – nicht, ohne dass es ein Theater mit sich ziehen würde, wo er doch mein Boss war.

Irgendwann wollte Jens mehr und ich akzeptierte, dass wir ein Paar sind. Auch das ging alles mehr oder weniger wortlos vonstatten.

Vor einigen Wochen jedoch war ich so gelangweilt von Jens einseitigen Unterhaltungen und seinen immer wiederkehrenden Lobpreisungen auf seine eigene Arbeit, dass ich mich kurzerhand von ihm trennte. Offen gesagt glaubte ich zu diesem Zeitpunkt wirklich, es würde ihn und auch mich nicht weiter belasten, da er viel zu stolz wäre, um irgendeine Art der Kränkung zuzugeben.

Doch dann erhielt ich die Kündigung und ich bin sicher, dass ich sie ausschließlich deswegen bekam, weil er mich loswerden und sich an mir rächen wollte.

In Gedanken versunken, wandere ich durch das Häuschen und lasse meine Vergangenheit Revue passieren.

Heute frage ich mich, was ich mir nur dabei gedacht habe, eine Beziehung mit solch einem oberflächlichen Egoisten einzugehen. Meine Freunde konnten das nicht nachvollziehen und rieten mir ab, mich länger mit ihm abzugeben. Jedoch wusste ich bis zu jenem Tag nicht, wie ich da wieder rauskommen sollte.

Alles in allem bin ich heute froh und dankbar für diese Kurzschlussreaktion. Obwohl ich gerade einsam bin und mich schrecklich alleine fühle, weiß ich genau, dass ich nicht mehr zurückwollen würde. Ich will nach vorn schauen und das werde ich auch. Ich mache einen hervorragenden Job und mir dadurch einen Namen. Diese Referenz in meinen zukünftigen Bewerbungen angeben zu können, wird mir weiterhelfen eine höhere, besser bezahlte Stelle zu finden. Ja, ich sehe es schon vor mir. Ab jetzt wird mein Leben eine vollkommen neue Richtung einschlagen und ich werde sicherlich nicht aufgeben, weil mich an einem Abend mal die Einsamkeit überkommt.

Nachdem ich die Fensterläden geschlossen habe, beschließe ich, die Küche heute Abend noch zu schrubben. So kann ich unmöglich etwas zu Essen zubereiten, auch wenn es nur um ein paar Nudeln geht. Also koche ich mir einen Topf voll Wasser auf und gehe mit Scheuermilch von Schrank zu Schrank. Glücklicherweise erwarten mich weder tote Mäuse noch sonst irgendwelche Tierchen, die hier nichts zu suchen hätten. Gerade als ich dabei bin, die Deckenleuchte zu schrubben, klopft es an der Tür und ich sprinte dahin, um zu öffnen. Mit einem zerzausten Dutt auf dem Kopf, einer Jogginghose und einem mittlerweile nicht mehr ganz so sauberen Oberteil öffne ich Malte die Tür.

»Oh, hi.« Ich blicke an mir herunter. »Ich … ich putze gerade«, verteidige ich mein Aussehen.

»Das sehe ich«, erwidert er. »Kommst du gut voran?«

»Die Küche schaffe ich heute Abend noch, der Rest immer Stück für Stück«, erkläre ich und frage mich, was genau er hier möchte, doch dann hält er irgendein Ding in die Luft und sieht so aus, als müsste ich wissen, worum es sich dabei handelt.

»Okay«, sage ich nur. »Was ist das?«

»Ein Thermostat«, antwortet er. Als ich jedoch nicht reagiere, erklärt er weiter. »Für deinen Wasserboiler. Damit bekommst du endlich wieder warmes Wasser.

Ich dachte, ich baue es dir gleich ein, damit du morgen früh warm duschen kannst.«

So gerne ich meinem Vorsatz treu bleiben würde und mich privat von ihm distanzieren wollen würde, so sehr möchte ich allerdings auch warmes Wasser.

»Das ist sehr freundlich von dir. Ich bin sicher, ich bekomme es eingebaut«, sage ich dann.

»Bist du dir sicher? Dafür braucht man nämlich ein Spezialwerkzeug«, meint Malte weiter.

Kurz überlege ich, trete zur Seite und lasse ihn herein. »Das ist wirklich freundlich, dass du das machst«, wiederhole ich mich.

»Nicht der Rede wert«, sagt er. »Mach du ruhig dein Ding, ich brauche nicht lange.« Und so verschwindet er in der Küche und verkriecht sich unter der Spüle.

»Was bin ich froh, dass du hier geputzt hast«, scherzt er und ich lache, während ich dabei bin, den Kühlschrank abzuwischen und neu zu sortieren. Nachdem ich den Türrahmen geputzt habe, kann sich die Küche allmählich wieder sehen lassen. Nun ekelt es mich nicht mehr an, hier drinnen zu stehen. Geschweige denn zu essen. Fast ein wenig stolz betrachte ich mein Werk und dabei fällt mir Malte auf, wie er da auf dem Boden liegt und versucht, das Thermostat anzubringen. Wieder mal rutscht dabei sein Shirt ein Stück hinauf und wieder mal kann ich etwas von seinem Bauch erkennen.

»Ist irgendwas?«, fragt Malte und erschreckt mich.

Schnell schaue ich weg. »Ach, ich dachte nur gerade an den überteuerten Anzug von heute Mittag und wie anders du doch jetzt aussiehst.«

»Ich könnte wohl das Gleiche von dir behaupten«, sagt er und schmunzelt. Dann steht er auf und lässt das Wasser laufen. »Tada! Heißes Wasser.«

»Das gibt es ja nicht«, staune ich und halte meine Hand kurz unter das laufende Wasser. »Aua, heiß!«

Dann wird es still zwischen uns und ich spüre Maltes Blick. Kurz ist mir anders und ich kann nicht deuten, was genau für ein Gefühl in mir aufkommt. Es ist lediglich die Anwesenheit von diesem Mann, der mir so liebenswert hilft und mich ab und zu ansieht mit seinen großen Augen? Irgendwas macht es mit mir. Ich spüre, wie meine Hand zu zittern beginnt und versuche angestrengt, an etwas anderes zu denken als an Malte, doch will es mir nicht gelingen. Ich bemühe mich, ihn lediglich als Freund und guten Nachbarn zu sehen. Doch ist es in diesem Moment so, dass er zu allem hinzu ein verdammt gut aussehender Mann ist, der mich mit seinen Blicken taxiert. Ich schlucke schwer, als er plötzlich die Stille zwischen uns unterbricht, wofür ich ihm sehr dankbar bin.

»Ich bin nicht so der Anzugtyp, aber mein Vater schon. Er besteht darauf, dass ich in seinem Unternehmen tätig bin und auch, dass ich mich entsprechend präsentiere, wo ich doch ein Bergmann bin. Glaub mir, dieser Name macht mir mehr Bauchschmerzen, als dass er mir Türen öffnet.«

Er scheint mir dabei so unglücklich. »Heißt das, du würdest lieber etwas anderes machen und woanders arbeiten?«, frage ich, denn ich möchte es genauer wissen. Dabei kann ich mir nichts Schöneres vorstellen, als diese Privilegien zu haben, die Malte besitzt.

»Schon mein Leben lang habe ich den Drang verspürt, etwas anderes machen zu wollen. Vielleicht eine Angelschule oder ein Geschäft mit Angelzubehör. Hauptsache raus aus der Familienkiste. Doch wenn ich das meinem Vater sagen würde, läge er vermutlich mit einem Herzinfarkt im nächsten Krankenhaus.«

»Dann bleibst du aus Pflichtgefühl in der Firma?«

»Ich habe keine Geschwister und irgendjemand muss die Firma weiterführen. Wer soll das tun, wenn ich nicht mehr da bin? Also quetsche ich mich jeden Morgen in einen dieser Anzüge, die mein Vater für mich hat besorgen lassen, und erledige meine Aufgaben. Ich gehe mit Kunden essen, lächle freundlich und bespreche die Zahlen. Nur damit ich abends wieder in meine Jeans springen und mir meine Angel schnappen kann.«

»Hast du denn schon einmal versucht, mit deinem Vater darüber zu sprechen? Und was sagt deine Mutter dazu?«

»Meine Mutter ist verstorben, vor rund vier Jahren. Es kam ziemlich plötzlich und mein Vater ist seitdem sehr … sehr verhärtet«, sagt Malte und mir ist bewusst, was er damit meint. »Mein alter Herr würde das nicht tolerieren, darüber muss ich gar nicht erst mit ihm sprechen. Das weiß ich auch so. Er würde sich alles anhören und mich dann fragen, wie ich die Zukunft der *Villa Bergmann* sehe. Dann würde er mich fragen, ob ich ihm gegenüber nicht dankbarer sein kann. Schließlich hat er sich für mich so ins Zeug gelegt. Er war immer darauf bedacht, dass ich alles habe, was ich brauche, und noch mehr – und das hat er auch. Alles, was er nicht getan hat, war Zeit mit mir zu verbringen. Wie oft habe ich mir als Kind gewünscht, mein Vater käme nur einen Abend mal früher nach Hause und würde mit mir Ball spielen oder toben oder wenigstens eine Runde spazieren gehen und sich mit mir unterhalten. Doch er machte wie immer Überstunden, arbeitete bis in die Nacht hinein und ich wuchs quasi ohne ihn auf.«

»Du glaubst also, du schuldest es ihm, in dem Unternehmen zu bleiben«, schlussfolgere ich.

»Mein Vater hat immer alles getan. Ich war auf den besten Schulen, genoss die nobelste Ausbildung und hatte mehr, als viele sich erträumt hätten. Und auch wenn es sich nicht danach anhört, so habe ich ein recht gutes Verhältnis zu ihm. Ich gebe zu, ab und an ist es ein wenig unterkühlt, aber das liegt vermutlich noch immer an dem Tod meiner Mutter. Das hat ihn so sehr mitgenommen, das kannst du dir nicht vorstellen. Die ersten Monate danach hat er sich nicht einmal in der Firma blicken lassen. Und als er endlich wieder sein Leben aufgenommen hat, war er ein anderer Mensch. Distanziert und reservierter, aber dennoch ein Mensch mit Herz – auch wenn man es erst mal finden muss. Und genau wegen alldem ist es nicht zu viel verlangt, dass ich jeden Morgen einen Anzug anziehe, findest du nicht? Nur meinen Nachnamen nenne ich ungern bei dem ersten Kennenlernen.«

»Ich verstehe dich, Malte.« Nachdenklich nicke ich. Und ich verstehe ihn nun wirklich.

Kapitel 7

Ich bin bereits seit einer halben Stunde am Arbeiten und gerade dabei, Flyer zu erstellen, da ich diese als sinnvolle Werbung auf einem Fest empfinde. Außerdem will ich große Plakate drucken lassen. Im Internet will ich uns für Familien ebenso sichtbarer gestalten und deshalb ein Gewinnspiel arrangieren, sobald ich das mit Laura abgeklärt habe. Ich kann mir gut vorstellen, dass so etwas die Menschen anzieht. Das tut es immer, wenn es was umsonst gibt. Deswegen soll es an unserem Stand auch etwas Kühles zu trinken geben und Süßigkeiten für die Kinder. Jemanden, der die Kinder schminkt und den Eltern ermöglicht, in Ruhe ihr Getränk zu sich zu nehmen, ihnen ein gutes Gefühl gibt, ist wohl das Beste, was man an Werbung für Familien machen kann. Die Eltern müssen sich bei uns wohlfühlen. Sie sollen wissen, dass wir ihre Kinder gerne bei uns willkommen heißen und wir uns mit Freude um die kleinen Dinge kümmern.

All das muss ich jedoch abklären und ich bin gespannt, was Laura dazu sagt.

Gerade speichere ich eine Datei, als es an der Tür klopft und Laura den Kopf hereinsteckt.

»Guten Morgen, nur für dich zur Info: Unsere Kaffeemaschine hat soeben den Geist aufgegeben. Wenn du also Koffein benötigst, gehe gerne einfach in den ersten

Stock und hole dir dort einen. Das ist kein Problem«, erklärt sie.

»Okay, danke. Du, sag mal, hättest du heute Zeit für ein kleines Meeting?«

»Worum geht es?«, fragt sie.

»Ich habe die ersten Ideen für die Werbeschaltung fertig und hätte gerne dein Statement dazu. Außerdem sind einige Dinge mit Kosten verbunden und auch wenn du sagtest, dass Geld keine Rolle spielt, hätte ich dennoch gerne dein Okay für so manches.«

Laura blickt auf ihre Armbanduhr. »Ich schicke dir gleich einen Termin zu. Heute Nachmittag sollte noch etwas frei sein«, antwortet sie mir mit einem Lächeln und verschwindet.

Ich mache mich weiter an die Aufgabe, den Flyer fertig zu gestalten, sodass ich einen ersten Eindruck darstellen kann, was mir vorschwebt. Schließlich will ich ein rundes Bild präsentieren und da alles in einem einheitlichen Design abgestimmt werden soll, kann ich das so ganz gut rüberbringen. Die Leute sollen uns sehen, aber vorher müssen sie uns erst einmal wahrnehmen und nicht übergehen, weil sie denken, wir sind zu teuer.

Mit Feuereifer bin ich bei der Sache und verfalle richtig in eine Trance, bis eine Mail aufpoppt mit einem Terminvorschlag von Laura für heute Nachmittag um drei Uhr. Ich nehme ihn an und freue mich auf ein Gespräch mit ihr. Außerdem bin ich unfassbar gespannt auf ihre Rückmeldung, wo sie Herr Bergmann doch so gut kennt und auch einschätzen kann. Sie wird mir schon sagen, ob ich auf der richtigen Spur bin.

Ich weiß nicht, wann ich mich das letzte Mal so sehr für einen Job engagiert habe. Die letzten Monate waren geprägt von den immer gleichen Aufgaben, von den immer gleichen Kunden, die immer die gleichen Vorstellungen hatten. Niemand riskierte mehr etwas oder schlug einen anderen Weg ein. Für meine Ideen und Vorschläge war keiner zu haben, was mich schließlich anödete und dafür sorgte, dass ich meiner Arbeit lieblos nachging.

Das läuft in der *Villa Bergmann* anders und mein Aufgabengebiet ist gigantisch. Ich meine, ich allein bin dafür zuständig, dass das Fischerfest zu einem rentablen Erfolg wird. Natürlich steigt auch meine Anspannung mit solch einer Verantwortung, doch endlich fühle ich mich wieder lebendig. Ich kann meiner Kreativität freien Lauf lassen und mich entfalten in meinem Tun.

Jens hatte das nie unterstützt. Belächelt hat er es sogar, als ich mit ihm darüber sprach, dass es mir zu wenig sei. Dass ich mir mehr erhofft hatte, als ich den Job wechselte zu ihm. Er sagte immer, ich solle doch froh sein, dass meine Arbeit so einfach wäre. So würden wenigstens keine Fehler geschehen.

Dieses Denken beschreibt Jens wohl am besten. Hauptsache, alles ist einfach, macht keine Mühe und Umstände. So wollte er es auch in unserer Beziehung. Dazu gehörte für ihn auch, jeglichen Gefühlsballast beiseitezuschieben und ihn damit nicht zu bedrängen. Doch ich musste reden, musste mich mit ihm über Gefühle und Emotionen unterhalten, aber er war nie offen dafür. Schnell reagierte er genervt und hat mir das klar und deutlich gemacht. Also habe ich es irgendwann gelassen und mit der Zeit eben auch unsere Beziehung.

Wenn ich so auf meine Vergangenheit und mein bisheriges Liebesleben zurückblicke, kann ich leider nicht behaupten, jemals einen Glücksgriff gelandet zu haben. Irgendetwas muss ich an mir haben, dass ich es jedes Mal schaffe, die Vollidioten anzuziehen, wie das Licht die Motten.

Drei ehemalige Partnerschaften kann ich aufzählen und allesamt waren es keine preisgekrönten Errungenschaften meinerseits. Jedes Mal verliebte ich mich entweder in die blauen Augen eines Kerls oder aber ich war regelrecht blind vor Verliebtheit. So konnte ich nicht erkennen, welche Sonderlinge ich mir schnappte.

Seit nun zwei Jahren bin ich Single, wenn wir Jens mal außen vor lassen. Und ihn würde ich unter keinen Umständen als festen Freund oder sogar Partner bezeichnen. Er brauchte diesen Titel, wollte dem Ganzen unbedingt einen Stempel aufdrücken. Für mich jedoch war es einfach ein nettes Beisammensein. Eine Zufriedenstellung gewisser Bedürfnisse und nicht mehr. Als ich mich von ihm trennte, war das kein Problem für mich. Im Gegenteil, ich empfand diese Erleichterung der Freiheit und genoss die ersten Tage danach unbeschreiblich sehr.

Tja, wie Jens das alles aufgefasst hat, wissen wir ja nur zu gut. Aber heute spielt das alles keine Rolle mehr. Heute kann ich sehr gut als Single leben und heute brauche ich keinen Mann, um mich vollkommen zu fühlen.

Kurz blicke ich hinaus auf die Ostsee und frage mich, wie lange ich mir diese Lüge noch erzählen will. Denn insgeheim, ganz leise für mich, weiß ich doch, dass ich mich nach einem Mann in meinem Leben sehne. Einem echten Partner. Jemand, der für mich da ist, sich meine Sorgen und Wünsche anhört und dafür sorgt, dass ich wieder mehr lächeln kann.

Ich schnaube, ich schüttle den Kopf und konzentriere mich auf meine Arbeit. Nichts anderes ist wichtig und für nichts anderes bin ich hier. Jedes andere Thema kann warten und darauf kann ich mich stürzen, sobald ich wieder zu Hause bin.

Um kurz vor drei mache ich mich auf den Weg zu Laura, die gerade aus ihrem Büro kommt. So wie ich hat auch sie ihren Laptop unter den Arm geklemmt.

»Setzen wir uns nicht bei dir zusammen?«, frage ich verdutzt.

»Nein, wir gehen hoch in den Besprechungsraum. Herr Bergmann sagt immer, dass wir ihn nicht umsonst eingerichtet haben. Er verlangt, dass sämtliche Gespräche dort gehalten werden«, erklärt sie und rollt die Augen.

»Auch, wenn wir nur zu zweit sind?«

»Nein, nein«, sagt sie. »Es werden noch andere anwesend sein. Ich nahm an, das sei dir klar.«

Ich schlucke schwer, denn damit habe ich nicht gerechnet. Jedoch kommen wir bereits im entsprechenden Büro an und mir bleibt keine Zeit mehr, um Fragen zu stellen, als Herr Bergmann Senior höchstpersönlich hineintritt und Platz nimmt. Laura gibt mir zu verstehen, dass ich mich nach vorn stellen soll, da ich diejenige bin, die das Meeting abhält.

So eine Scheiße!

Wenn ich das gewusst hätte, hätte ich eine richtige Präsentation vorbereitet. Allerdings nahm ich an, dass ich mich einfach locker mit Laura unterhalten würde. Nun muss ich meinem Chef, der offensichtlich wenig Empathie besitzt, meinen Vorschlag unterbreiten und habe nichts, aber auch rein gar nichts, vorbereitet.

Verfluchter Mist!

Wieder schlucke ich und mein Herz pocht wie wild. Als dann auch noch Malte erscheint, ist die Katastrophe vorprogrammiert. Ach, was sage ich vorprogrammiert? Sie ist da, mit wehenden Fahnen und beleuchtenden Schildern, auf denen steht: Hallo Katastrophe, willkommen zurück in deinem Leben.

»Guten Tag«, begrüßt Malte uns alle. Dann setzt er sich neben seinen Vater und lächelt mir zaghaft zu.

»Damit wären wir vollständig und du kannst gerne beginnen, Finny«, sagt Laura und nickt mir ermunternd zu.

»Gut, dann fange ich mal an.« Mit diesen Worten lege ich weniger glamourös los. Ich richte mich auf und nachdem ich den Flyer vom Laptop an das Whiteboard projiziert habe, starte ich. »Hier können Sie einen ersten Entwurf sehen. So habe ich mir die Farbgestaltung vorgestellt. Sie ist in warmen Tönen gehalten, jedoch auch auffällig. Etwas Familienfreundliches und Fröhliches. Dazu soll es passende Plakate geben, die wir vor dem Fest in der gesamten Ortschaft aushängen werden. Werbung im Internet soll einer der ersten Punkte werden. Ich setze mich noch heute mit dem Betreiber für die Seite des Fischerfestes in Verbindung und kläre, wie wir Ihre Firma anpreisen. Sicherlich wird das etwas kosten, aber ich gehe davon aus, dass das besonders hilfreich sein wird. Tatsächlich strebe ich einen anderen Stand an als den, den Sie die letzten Jahre hatten. Ich habe mir Bilder und Unterlagen dazu angeschaut und so schön er auch war, so uninteressant war er wohl für Familien mit Kindern.« Bei diesem Satz mustert Herr Bergmann mich genau und ich habe das Gefühl, als gefalle ihm das absolut nicht, doch lasse ich mich nicht verrückt machen und fahre fort. »Neben diesem Stand waren Unternehmen mit kostspieligen Touristenunternehmungen. Einer bietet Jetski an und ein weiterer edle Weinsorten. Nichts, wo es eine Mutter hinzieht, wenn das Kind lieber zum Karussell möchte. Außerdem wurden Jachten präsentiert, ebenso wie edle Feste und Bälle, die sicherlich schön und aufregend sind für Pärchen und auch gut betuchte Gäste. Aber für eine Mutter, die versucht, mit ihren zwei Kindern einen halbwegs entspannten Urlaub zu verbringen, ist das nichts. Sie sucht Unterhaltung für die Kinder, muss wissen, dass es ihnen an nichts fehlt und freut sich, wenn sie sich mal eine Stunde massieren lassen kann, ohne ständig aufblicken zu müssen. Genau das sollten wir den Familien auf dem Fest schon zeigen. Es braucht daher Unterhaltung für die Kinder. Ein Zauberer oder jemanden, der die Kinder schminkt, die Möglichkeiten sind unbegrenzt. Vielleicht kann man sein Kind auch in einer Betreuung für eine Stunde abgeben, um das Fischerfest in allen Zügen genießen zu können. Eine Mutter und ein Vater bekommen die Chance, in all dem Trubel ein Glas Wein in Ruhe zu trinken. Sie wissen aber auch, dass ihre Kinder bestmöglich betreut sind, weil die *Villa Bergmann* da ist und sich kümmert. Das ist der Schlüssel, um die Familien zu gewinnen – über die Kinder. Geht es ihnen gut, kommen die Eltern auf uns zurück und wo der nächste Urlaub geplant wird, ist bereits fix«, beende ich meine Rede.

Ruhe.

Absolute Stille umgibt mich, meine Nervosität steigt auf ein Maximum. Selbst Laura vermeidet es, mir in die Augen zu sehen. Sie starrt lieber auf ihr Laptop. Malte macht sich Notizen und Herr Bergmann betrachtet nach wie vor den Flyer an der Wand.

Kurz überlege ich, ob ich noch etwas sagen soll, doch dann übernimmt Malte das Wort und ich könnte nicht dankbarer sein.

»Ihre Idee finde ich interessant und es ist ein vollkommen neuer Ansatz, den ich reizvoll finde«, äußert er sich und mir fällt auf, dass er mich siezt, was mir tatsächlich missfällt. Aber was soll er auch anderes tun, wenn sein Vater gleich neben ihm sitzt und sicherlich nichts darüber weiß, dass wir Nachbarn sind.

Und was für eine Rolle spielt es auch?

»Ich schließe mich Herrn Bergmann an«, sagt nun auch Laura. »Es ist frisch, neu, anders und ja, es könnte tatsächlich genau das sein, was die Firma braucht, um gesehen zu werden.«

Herr Bergmann Senior atmet so tief ein, dass jeder in diesem Raum es hören kann, dann räuspert er sich und es ist beinahe so, als wollte er ankündigen, dass er gleich etwas sagen wird. »So möchten Sie also unser

Unternehmen voranbringen, indem Sie Zauberer engagieren?«, fragt er skeptisch.

»Nicht nur«, erwidere ich etwas enttäuscht über seine Rückmeldung. Denn egal, wie nervös ich auch bin, insgeheim habe ich auf eine Lobeshymne gehofft wegen meiner Ideen, die ich ausgezeichnet und vor allem treffend finde. »Ich bin überzeugt, dass man die Kinder für sich gewinnen muss, um an die Eltern heranzukommen. Und was passt da besser als Unterhaltung jeglicher Art?«

»Zauberer?«, wiederholt er sich.

»Das ist doch nur ein Beispiel«, mischt Malte sich ein und verteidigt meinen Vorschlag.

»Das ist mir bewusst, Sohn!«, kontert er sofort und in einem strengen Tonfall, der Malte jedoch nicht zu interessieren scheint. Immer wieder frage ich mich, warum er so hart ist und auch, ob er schon immer so gewesen ist. Malte erwähnte zwar, dass sein Vater nach dem Tod seiner Frau verhärtet sei, aber weswegen genau? Wegen der Einsamkeit? Der Traurigkeit? Was genau ist der Grund?

»Die *Villa Bergmann* steht für so vieles, aber nichts davon hat Wichtigkeit in den Augen einer Familie. Wir müssen ihnen zeigen, dass wir ebenso etwas bieten können. Und für die jüngsten Mitglieder solcher Familien beginnt alles bei einem Zauberer, einer Frau, die als Prinzessin verkleidet ist oder einem Ballonkünstler. Hauptsache, die Kinder vergessen uns nicht und sprechen noch beim Abendessen am nächsten Tag von uns und wie toll es doch war. Wenn die Eltern zeitgleich eine Broschüre in den Händen halten mit akzeptablen Preisen, dann gewinnen wir diese Gäste bestimmt.«

»Und wie bringen Sie diese Familie dazu, unseren Stand zu besuchen?«

»Mit einem Gewinnspiel«, sage ich salopp, ohne noch weiter darüber nachzudenken. »Okay, vielleicht etwas einfach, aber genau darum geht es doch. Die Menschen möchten etwas Unkompliziertes und sicherlich wollen sie es günstig oder besser noch umsonst. Wenn man an Ihrem Stand einen Aufenthalt für eine Familie gewinnen könnte, haben Sie zahlreiche Besucher sicher«, versichere ich ihm.

»Ein brillanter Vorschlag«, sagt Laura und ich lächle ihr entgegen, woraufhin sie mir zuzwinkert und nickt.

»Würde ich so unterschreiben«, meint nun auch Malte.

»Senden Sie mir die Ideen noch einmal in schriftlicher Form bis morgen früh zu, dann erhalten Sie meine Rückmeldung«, sagt Herr Bergmann, steht auf und verlässt den Raum.

Ich bleibe wie angewurzelt stehen und kann nicht fassen, mit welcher Arroganz er mich behandelt.

»Das war klasse«, sagt Laura fröhlich.

Ich frage mich, ob sie nicht mitbekommen hat, was gerade geschehen ist.

»Ehrlich, das war hervorragend! Ich bin begeistert. Also, mich hast du damit voll bekommen und ich verrate dir etwas: Ich bin die Erste, die bei dem Zauberer ansteht.«

»Aber Herr Bergmann ...«

»... war wie immer«, vollendet Malte meinen Satz. »Da dürfen Sie nichts hineininterpretieren. Jegliches zwischenmenschliches Verhalten ist ihm vollkommen fremd. Glauben Sie mir, er war ebenso angetan, wenn er es auch nicht zeigt.«

»Das stimmt, er ist immer so. Schenk dem einfach keine Beachtung«, sagt Laura locker, doch weiß ich nicht, wie sie damit zurechtkommt und dass Malte mich nach wie vor siezt, stört mich ungemein. Selbst in Lauras Anwesenheit möchte er nicht preisgeben, dass wir uns näher kennen.

Warum sollte er auch?

»Na, wenn das so ist, okay. Dann mache ich mich mal lieber an die Arbeit und setze all das schriftlich noch einmal auf«, erwidere ich deutlich weniger motiviert. Doch ich begebe mich in mein Büro und versuche, Herr Bergmann erneut zu überzeugen.

Kapitel 8

Als ich in meinem Auto sitze und auf dem Heimweg bin, gehe ich immer und immer wieder die Datei durch, die ich Herrn Bergmann eben rausgeschickt habe. Völlig verunsichert habe ich sie abgesendet und auch jetzt noch weiß ich nicht recht, was ich von meinem heutigen Tag halten soll. Ich kann einfach nicht verstehen, wieso ein Mensch so verhärtet ist, wie mein Chef es ist. Und noch weniger kapiere ich, wie man für solch einen Menschen länger als vier Wochen arbeiten kann. Ich bekomme jedes Mal Gänsehaut, wenn ich ihn sehe oder nur an ihn denke. Und dann kommt mir Laura in den Sinn, die immerzu fröhlich ist und sich nicht unterkriegen lässt. Die das Positive in seiner mimiklosen Reaktion sieht. Wahrscheinlich nimmt sie alles andere gar nicht mehr wahr.

Soeben war ich nur noch froh, dass ich das Büro verlassen konnte. Malte habe ich nach dem Meeting nicht mehr gesehen, obwohl ein kleiner Teil in mir gehofft hatte, er würde danach mal zu mir kommen. Vielleicht fragen, wie es mir geht und sich dafür rechtfertigen, weil er mich gesiezt hat.

Als ich zu Hause ankomme, steht sein Jeep bereits in der Einfahrt. Durch das Licht in seinem Haus kann ich erkennen, dass er am Telefonieren ist. Vermutlich mit jemandem, der ihm mehr beutetet als ich selbst.

Woher kommt das denn? Du bist nur vier Wochen hier, also bloß keine Schwärmerei, Finny!

Ich schüttle meinen Kopf, steige aus und beschließe ein warmes Bad zu nehmen und vielleicht mit Mia zu telefonieren, als ich eine zarte Frauenstimme hinter mir höre. »Huhu, sind Sie Finny?«

Schnell drehe ich mich um und eine ältere Dame in einem pastellfarbenen Kleid kommt auf mich zugelaufen.

»Ja, die bin ich.« Ich bleibe freundlich, auch wenn ich gerade keine Lust auf eine Plauderei habe.

»Das habe ich mir doch gedacht. Sie sehen aus wie Martha«, meint sie und ruft dann ihren Ehemann zu sich. »Kurt, komm mal raus. Hier ist Finny und sie sieht aus wie Martha.«

»Entschuldigung, wer sind Sie denn?«, frage ich nun nach, während ihr Mann ankommt.

»Ach, Verzeihung. Wir sind die Nachbarn. Ich bin Inge und das ist mein Mann Kurt Fries. Kurt, sieht mal, sieht sie nicht aus wie Martha?«

»Die Ähnlichkeit ist verblüffend«, stimmt er zu.

Ich habe häufig in der Familie gesagt bekommen, ich sähe meiner Großmutter sehr ähnlich. »Dann kennen Sie sich offensichtlich?«

»Aber natürlich, Schätzchen. Wir sind gute Freunde schon seit über dreißig Jahren und als Martha mich angerufen und mir erzählt hat, dass ihre Enkelin in das Haus zieht, da waren wir ja so erfreut«, plappert sie drauflos.

»Aber ich bleibe nur für vier Wochen«, werfe ich sofort ein, um jegliche Missverständnisse aus dem Weg zu räumen. »Wissen Sie, ich bin nur wegen eines Jobs hier. Danach fahre ich wieder nach Hause.«

»Ach, wie schade. Das hatten Martha und Robert gar nicht gesagt. Aber ist ja auch egal. Dann müssen Sie die vier Wochen so richtig nutzen, nicht wahr?«

»Das wird mit der Arbeit ein wenig schwierig«, kontere ich. »Doch sicherlich wird es mal eine Möglichkeit geben, dass ich an den Strand komme.«

»Sie waren noch nicht am Strand?«, fragt Kurt verblüfft.

»Das geht aber nicht«, sagt Inge.

»Ach was, da wird sich noch etwas ergeben. Aber zuerst muss ich schauen, dass ich das Haus ein wenig auf Vordermann bringe. So zu leben macht wirklich keinen Spaß«, erkläre ich.

»Sie müssen da gleich morgen hin. Wenn man an die Ostsee fährt, muss man sie gleich besuchen. Erst dann ist man richtig hier angekommen«, plädiert Inge weiter.

»Ich versuche es die Tage zu schaffen«, erwidere ich leicht genervt.

»Nein, nein, Sie verstehen nicht. Martha hat zu mir gesagt, ich soll schön auf Sie aufpassen und das nehme ich sehr ernst. Was würde sie zu mir sagen, wenn sie erfährt, dass Sie nicht am Strand waren?«

Kurt verschränkt die Arme vor der Brust. »Hör mir auf!«

»Ach, Malte, hallo«, begrüßt Inge ihn, als er etwas in seine Mülltonne draußen einwirft. Er winkt und lächelt. »Komm doch mal rüber!«, ruft sie und sofort ist er zur Stelle.

»Guten Abend«, begrüßt er uns alle, schenkt mir dabei einen extra Augenkontakt. Oder bilde ich mir das nur ein?

»Wusstest du das? Das ist die Enkelin von Martha und Robert«, erklärt Inge.

Malte steckt seine Hände in die Hosentasche und nickt. »Das war mir bekannt, ja.«

»Und wusstest du auch, dass das Mädchen noch nicht am Strand war?«, fragt Kurt weiter nach.

»Sie hat viel zu tun mit dem Haus und so«, erklärt er wohl wissend.

»Malte, so geht das nicht. Sag mal, kannst du sie nicht mal ein wenig rumführen?«, fragt Kurt weiter.

»Ach, ich komme gut zurecht«, mische ich mich ein, doch ich werde glatt übergangen.

»Du musst ihr ein bisschen was zeigen. Wofür lebt man denn in so einer schönen Ortschaft, wenn man sie niemandem zeigt? Geh mit ihr zum Strand auf den Steg, wenn die Sonne untergeht. Das ist immer so traumhaft schön«, sagt Inge ganz verliebt.

»Ich denke, ich kümmere mich erst einmal um das Haus und danach habe ich Zeit für alles andere. Vielen Dank, aber ich komme allein klar«, wiederhole ich bestimmt.

Malte sieht zu mir.

»Sie kommt allein klar«, meint er nur.

»Euch jungen Leuten ist einfach nicht zu helfen«, beschwert Kurt sich und winkt ab. »Ich muss rein, ich muss meine Tabletten nehmen. Gute Nacht«, verabschiedet er sich.

Ich bin heilfroh, dass es eine Person weniger ist, die auf uns einredet, als wären wir kleine Kinder.

Inge jedoch gibt nicht auf. »Du gehst doch immer Angeln, da kannst du sie doch grade mal mitnehmen.«

»Ich denke nicht, dass sie gerne angeln gehen würde«, erwidert Malte und lacht ein wenig in sich hinein.

»Was soll das denn bedeuten?«, hake ich ein wenig schnippisch nach.

»Entschuldige, ich meine nur, dass ich nicht glaube, dass Angeln etwas ist, womit du gerne deine Zeit verbringen würdest«, erklärt er, was die Sache nicht gerade besser macht.

»Glaubst du etwa, ich bin mir zu fein dafür?«

»Nein, eher, dass es dir wohl schwerfallen wird, einfach mal nichts zu sagen. Du redest gerne, was auch ganz schön ist, aber beim Angeln ist man gewöhnlich einfach mal still und genießt. Außerdem verschreckt man damit die Fische und das möchte man bekanntlich dann nicht.«

»Ich kann sehr wohl einfach mal still sein«, kontere ich eingeschnappt.

»Gut, aber dennoch wird das nichts für dich sein.«

Langsam habe ich das Gefühl, dass er mich schlicht und einfach nicht dabeihaben möchte und nach einer Ausrede sucht. »Du kannst mir auch einfach sagen, dass du nicht willst, dass ich mitkomme. Du musst dir nichts ausdenken, um mich abzuschrecken«, knalle ich ihm an den Kopf.

»So ist es doch gar nicht«, wehrt sich Malte gleich. »Ich war nur auf dein Wohlbefinden bedacht. Aber gerne, dann kommst du halt mal mit. Ich gehe jeden Donnerstagnachmittag angeln. Also bist du gleich morgen mit dabei«, schlägt er vor.

»Nein, nein, tu mir bloß keinen Gefallen«, pampe ich ihn an.

»Und ob du mitkommst. Morgen am Nachmittag um fünf Uhr hole ich dich hier ab! Gute Nacht.« Damit verschwindet Malte mit rasender Geschwindigkeit und lässt Inge und auch mich mit offenen Mündern stehen.

»Na, wenn das nicht mal amüsant wird«, sage ich trotzig.

Auch Inge scheint skeptisch zu sein. »Nun ja, ihr jungen Leute werdet das schon schaffen. Malte ist so ein netter Mensch – eigentlich. Keine Ahnung, was ihn so aufgebracht hat. Aber Sie werden sehen, es wird schon gut werden«, beschwichtigt sie mich, und schenkt mir ein Lächeln, das ziemlich aufgesetzt wirkt.

»Ich sollte so allmählich wohl auch mal hineingehen. Heute Abend steht das Wohnzimmer auf dem Plan, das geputzt werden will.«

»Ist gut, Schätzchen«, sagt Inge. »Machen Sie aber nicht zu lange, morgen ist auch noch ein Tag.«

Damit schleppe ich mich fix und fertig ans Haus, wo mich vor der Haustür allmögliches Zeug erwartet. Jede Menge Wandfarbe, Werkzeug, Glühbirnen. Sogar Gardinen und Dekoration sind dabei. Auf der Farbe liegt ein Zettel.

Hallo Finny,
ich habe einfach mal zugegriffen und konnte plötzlich nicht mehr aufhören. Hoffentlich gefällt dir der ganze Kram. Wenn nicht, kann ich es auch zurückgeben. Ansonsten können wir demnächst loslegen, wenn du so weit bist.
Liebe Grüße
Nina

Obwohl ich mich sehr über all das freue, sehe ich gerade nur die Arbeit, die noch ansteht, und will davon heute nichts mehr wissen. Also trage ich nur schnell die Sachen ins Haus, knalle die Tür zu und lege mich erst einmal aufs Bett, ehe ich mich aufrappele und das Wohnzimmer sauber mache.

Kapitel 9

Es ist bereits nach zehn Uhr am Morgen und ich habe noch keine Rückmeldung von Herrn Bergmann erhalten bezüglich meiner Präsentation. Ich habe keine Ahnung, ob das ein gutes oder ein schlechtes Zeichen ist. Zudem bin ich nach wie vor verwirrt wegen Maltes Reaktion gestern Abend. Ich weiß nicht, was das alles zu bedeuten hatte. Warum wollte er mich erst nicht mitnehmen, um danach darauf zu bestehen? Und denkt er wirklich so von mir? Dass ich eine Frau bin, die sich nicht schmutzig macht, die Klappe nicht einmal fünf Minuten halten kann oder sich auf etwas Neues wie Angeln einlässt? Dieser Mann irritiert mich auf vielen Ebenen.

Plötzlich erscheint eine E-Mail mit dem Absender von Herrn Bergmann. Sofort pocht mein Herz schneller und ich öffne die Datei.

Von: Leopold Bergmann
An: Finny Sturm
Guten Morgen Frau Sturm,
ich habe mir Ihre Unterlagen noch einmal durchgesehen und bin der Meinung, dass wir es auf Ihre Art und Weise versuchen sollten. Ich gehe stark davon aus, dass Sie wissen, was Sie tun und dafür Sorge tragen, dass wir einen Gewinn aus alldem erzielen.

Auch wenn ich mich eigentlich freuen sollte, so fällt mir durchaus auf, dass einiges verlangt wird. Wie schrecklich wäre es, würde ich nach all der Werbung keine Erfolge erzielen. Das Arbeitszeugnis könnte ich mir dann auch sparen und ich weiß nicht mal, ob ich diese Stelle als Qualifikation angeben könnte. Vermutlich würden potenzielle Arbeitgeber anrufen und nachfragen, wie gut ich meine Arbeit erledigt habe. Dann wäre ich schneller als eventuelle Mitarbeiterin vom Fenster, als ich gucken kann.

Nein, die Werbung für das Fischerfest muss einfach ein voller Erfolg werden. Ich werde meine Sache gut machen und die Aktionen sorgen dafür, dass die *Villa Bergmann* eine Vielzahl an neuen Gästen dazugewinnt. Ansonsten war das nämlich alles umsonst!

Vielleicht sollte ich mich darauf konzentrieren, dass Herr Bergmann nicht allzu schlecht von mir denken kann. Nicht, wenn er mir erlaubt, mein Vorhaben fortzuführen. Irgendwas muss er doch in meiner Arbeit und mir sehen. Zudem hat er doch schlussendlich entschieden, wer die freie Stelle hier bekommt. Das zumindest glaube ich. Somit wird er meinen Lebenslauf gut gefunden haben. Vielleicht sollte ich seine strenge und emotionslose Art wirklich ignorieren, so wie mir geraten wird. Und so, wie es anscheinend sonst alle anderen hier machen. Niemand beschwert sich oder verliert ein Wort über ihn und seine barsche Weise. Warum also mache ich mich verrückt? Er möchte, dass ich weitermache, dann hat er das Potenzial in meiner Idee gesehen und damit auch in meinen Fähigkeiten und mir.

Deutlich motivierter möchte ich sofort weitermachen und mich erneut mit dem Websitebetreiber des Fischerfestes in Verbindung setzen. Doch zuerst benötige ich dringend einen Kaffee. Diesen muss ich mir wie gestern im ersten Stock holen, da die Kaffeemaschine erst im Laufe des Tages repariert wird.

Anstatt den Fahrstuhl zu nehmen, entscheide ich mich für die Treppe, auf der mir Malte entgegenkommt. Da er am Telefonieren ist, nickt er mir nur beiläufig zu und geht an mir vorbei. Auch wenn er äußerst geschäftig wirkt und das Gespräch den Anschein erweckt, es sei sehr wichtig, so tut er beinahe so, als wäre ich ein absoluter unbedeutender Mensch für ihn und wer weiß, vielleicht bin ich das ja auch. Warum sollte ich mehr sein? Weil er mich einmal zum Essen eingeladen hat? Das war lediglich aus Nettigkeit, weil ich keine Lebensmittel zu Hause hatte. Möglich, dass er sich dazu verpflichtet gefühlt hat, mich einzuladen. Es war reine Freundlichkeit eines guten Nachbars und nicht mehr. Zwar empfand ich unsere Gespräche im Anschluss als sehr tiefgründig, aber auch da könnte ich zu viel hineininterpretieren. Dennoch hätte er ja mal lächeln können.

Wieso ist dir das so wichtig?

Männer – ein Mysterium für sich, und ich ärgere mich sehr darüber, dass ich mir überhaupt Gedanken mache. Malte und ich sind Nachbarn und nicht mehr. In weniger als vier Wochen bin ich hier wieder weg und ich werde ihn höchstwahrscheinlich nie wieder sehen.

In der Küche angekommen, bereite ich mir unter ohrenbetäubenden Geräuschen der Kaffeemaschine einen Cappuccino zu und mache mich zwei Minuten später wieder auf den Weg nach unten.

Dieses Mal jedoch will ich den Aufzug nehmen, gehe um die Ecke und stoße mit einem Mann zusammen, auf dessen Anzug mein Cappuccino landet. Zu meinem Unglück handelt es sich um niemand anderen als Herrn Bergmann Senior höchstpersönlich.

Scheiße!

»Oh, nein, Herr Bergmann, es tut mir ja so unendlich leid«, entschuldige ich mich sofort und laufe hochrot an. »Wirklich, ich … Entschuldigen Sie bitte.«

Kein Wort kommt aus seinem Mund. Stattdessen betrachtet er den beachtlichen Schaden an seinem Anzug. Immer wieder hebe ich die Hände, um den Milchschaum von seiner Krawatte zu wischen, lasse es dann doch, weil ich mich nicht traue, meinen Chef zu berühren.

»Kann ich Ihnen eine Serviette holen?«, frage ich, doch er schweigt weiter. »Okay, ich hole einfach eine. Moment bitte.« Schon rase ich zurück in die Küche, greife nach dem erstbesten Küchenhandtuch und bin sofort zurück im Flur, halte Herrn Bergmann das Handtuch entgegen und warte auf eine Reaktion. Wenn er mich anschreien würde, könnte ich damit umgehen, aber diese Stille macht mich wahnsinnig.

Bestimmt zwanzig Sekunden warte ich, ob er nach dem Handtuch greift, jedoch tut sich nichts. Zwanzig

Sekunden, die mir wie eine halbe Ewigkeit vorkommen. Zwanzig Sekunden, die ich mir wünsche, der Boden vor mir möge sich auftun. Zwanzig Sekunden, in denen ich überlege, wie schnell ich von hier weglaufen und nach Hause fahren kann.

Plötzlich erhalte ich einen Blick, der absolut nichtssagend ist. Ich kann nicht erkennen, ob er von mir genervt ist, mich hasst oder sich bereits Wege überlegt, mich umzubringen. Auf einmal dreht er sich um und geht, während ich immer noch mit dem Handtuch in der Hand dastehe und kaum traue, mich zu bewegen.

»So ein verdammter Mist«, flüstere ich sauer vor mir her und kann nicht sagen, was mich wütender macht. Die gesamte peinliche Aktion gerade oder aber die Tatsache, dass ich mich derart einschüchtern lasse von einem Mann, der offenbar nicht in der Lage ist, mit seinen Mitmenschen zu interagieren. Was soll dieses Getue eigentlich? Wahrscheinlich glaubt er, er könnte Menschen von oben herab behandeln, weil er Geld und Ansehen besitzt. Aber wer ist er schon, dass ich mich seinetwegen so schlecht fühle? Ich komme mir vor wie die absolute Obernull und das nehme ich keineswegs weiter hin!

Nachdem ich die Tasse, die noch auf dem Boden lag, in die Spülmaschine geräumt habe, verzichte ich auf einen neuen Versuch und flitze schnell zurück in mein Büro, wo ich die Tür hinter mir schließe und mich am liebsten unsichtbar machen würde.

Zu meiner Enttäuschung bleibe ich nicht lange ungestört, als mein Handy klingelt und ich sehe, dass es meine Mutter ist, die versucht, mich zu erreichen. Eigentlich würde ich sie wegdrücken und erst heute

Abend zurückrufen, doch gerade jetzt kommt mir eine vertraute Stimme ziemlich gelegen.

»Hallo Mama«, begrüße ich sie, als ich das Gespräch annehme.

»Du klingst nicht gut«, sagt sie sofort. »Was ist los?«

»Wie kommst du darauf?« Ich habe einen Kloß im Hals. »Es ist alles gut, ich habe nur viel zu tun.«

»Frau Fries hat deine Oma angerufen und ihr erzählt, dass du einen Mann kennengelernt hast. Deinen Nachbarn, ist das richtig?«

Ich rolle mit den Augen. »Ja, aber es ist nicht so, wie du jetzt gleich wieder denkst. Wir sind Nachbarn und das nur für einen temporären Zeitraum. Danach sind wir gar nichts mehr, also mach kein Thema daraus.«

»Meine Güte, du reagierst aber gereizt. Was ist denn nur los? Du klingst so betrübt. Das kenne ich ja gar nicht von dir«, sagt sie.

Ich höre Sorge in ihrer Stimme. »Nichts, es ist nur ... nein, es ist nichts.«

»Nun sag schon. Was ist los?«

Ich werde schwach, würde am liebsten weinen und lasse alles raus, was mich beschäftigt.

»Es ist dämlich und so kindisch, aber ich habe Heimweh. Ich vermisse mein Zuhause, meine Freunde und euch. Ich hasse es in diesem Haus zu schlafen, in dem es so ungemütlich ist. Weißt du, dass ich gestern über drei Stunden damit beschäftigt war, das Wohnzimmer sauberzumachen? Drei Stunden und ich habe nicht das Gefühl, als wäre ich einen Schritt weiter. Auf der Arbeit läuft es schleppend und gerade, als ich dachte, ich hätte endlich etwas gut gemacht, verschütte ich einen Cappuccino auf meinem Chef, der alles andere als begeistert von meiner Ungeschicklichkeit und mir ist. Ich will nur noch nach Hause, Mama. Ich bin eine dreißigjährige Frau, die Heimweh hat. Wenn das nicht mal peinlich ist.«

»Schatz, jetzt atmest du erst mal tief durch. Es ist vollkommen egal, wie alt du bist. Zu Hause ist eben zu Hause und es ist völlig normal, dass man Heimweh hat, wenn man sich nicht wohlfühlt. Das wird schon werden und in kurzer Zeit bist du schon wieder hier. Du wirst sehen, die Zeit geht schneller rum, als du denken kannst. Und was deinen Chef angeht – natürlich ist das unangenehm, aber du machst so was ja nicht mit Absicht. Und das sollte er wissen. Also bitte, du bist ein Mensch und dir dürfen Fehler passieren. Ich bin mir sicher, er ist ebenso nicht fehlerfrei«, versucht meine Mutter mich zu beruhigen.

Auf eine gewisse Art und Weise funktioniert das auch. Andererseits weiß ich aber, dass ihre lieb gemeinten Worte rein gar nichts ändern. »Aber was soll ich denn jetzt bitte machen? Ich kann meinem Chef doch nie wieder unter die Augen treten.«

»Was ein Unsinn, Finny. Ich nehme an, du wirst dich entschuldigt haben. Damit hast du alles getan, was du hättest machen können. Mehr geht nicht und deswegen wirst du einfach weitermachen wie zuvor auch. Du bist eine talentierte Frau und machst dort jetzt den Job, wofür du auch bezahlt wirst. Und was den Nachbarn angeht – solltest du einen Freund finden, hilft das sicherlich, dass du dich nicht so einsam fühlst. Das solltest du dir mal überlegen«, sagt sie und ich weiß, dass sie recht hat. Es klopft an der Tür und ich will das Gespräch beenden.

»Ich sollte jetzt wohl weiter arbeiten«, meine ich. »Nicht, dass ich noch mehr Ärger bekomme.«

»Ist gut, aber melde dich bald, ja?«

»Das mache ich, hab dich lieb, bis bald.« Ich lege auf. »Herein!«, rufe ich sofort im Anschluss und Laura schaut herein.

»Alles in Ordnung bei dir?«, fragt sie besorgt und ich rechne bereits mit der Kündigung.

»Alles bestens, wieso fragst du?«

»Herr Bergmann möchte dich in seinem Büro sehen«, erwidert sie und schaut alles andere als zuversichtlich aus.

Ich schlucke schwer. »Hast du eine Idee, was er von mir will?«

»Womöglich über deine Arbeit sprechen oder aber er hat noch Fragen«, meint sie und klingt dabei nicht so recht sicher. »Ehrlich gesagt, ich weiß es nicht. Aber eines weiß ich bestimmt: Du solltest dich beeilen.«

Augenblicklich springe ich vom Stuhl auf und sprinte die Treppe hinauf, gehe den Flur entlang und klopfe an die Tür von Herrn Bergmann.

»Herein!«, höre ich im barschen Ton, und ehe ich mich vollkommen verrückt machen kann, trete ich herein. Dann soll er mich eben kündigen. Das sind sechzig Sekunden voller Demütigung und Scham, danach sitze ich im Auto und sehe diesen Menschen nie wieder.

»Sie wollten mich sprechen.« Vor seinem Schreibtisch bleibe ich stehen und schaue ihn mit seinem Kaffeefleck auf dem weißen Hemd an.

»Ich habe soeben mit einem gewissen Herrn Jens Lauer von der Firma *Geißen Druck und Medien* gesprochen. Ich wollte mir ein paar Referenzen einholen, nachdem mein Sohn Sie eingestellt hat und ich rein gar nichts über Sie oder Ihre berufliche Vergangenheit weiß. Herr Lauer hat mir erklärt, welche Arbeit Sie in den letzten Monaten getan haben. Mit welcher Demotivation und Unlust Sie an das Tagesgeschehen rangegangen sind. Auch hat er mich darüber unterrichtet, dass Sie wohl sehr ausfällig gewesen sind, als er Sie entlassen musste aufgrund Ihrer Unfähigkeit, die Wünsche der Kunden zu respektieren.«

Ich kann kaum fassen, was ich höre. »Also, das stimmt so absolut nicht«, widerspreche ich sogleich energisch, doch Herr Bergmann will davon nichts wissen und hebt die Hand, um mich zum Schweigen zu bringen.

»Bitte, Frau Sturm, wir kennen das doch alle. Aber Sie sollten wissen, dass ich Sie nun etwas genauer im Auge haben werden!«, droht er mir.

Allmählich werde ich sauer. »Wissen Sie, Herr Bergmann, wenn Sie mich rausschmeißen wollen, dann können Sie das gerne machen. Aber ich werde mich sicher nicht so darstellen lassen, als würde ich meine Arbeit nicht gut machen. Herr Lauer ist ein boshafter und offenbar auch schlechter Mensch, der die Position, die er hat, nicht verdient. Außerdem wollte er es mir heimzahlen und dank Ihnen hat er nun das Gefühl, er hätte es auch geschafft.«

»Was möchten Sie mir damit sagen?«, fragt Bergmann Senior und schaut mich mittlerweile auch mal an.

»Ich will damit sagen, dass Sie mir gerne Steine in den
Weg legen können. Ich werde sie beiseiteschaffen und
ich werde mein Bestes tun, um den Job hier so zu erfüllen, wie Sie es erwarten. Aber das funktioniert natürlich wesentlich leichter ohne jegliche Steine. Wenn Sie
also nichts dagegen haben, würde ich nun gerne zurück an meinen Schreibtisch gehen und weiterarbeiten«, werfe ich ihm nun an den Kopf.

»Das kann dann sehr interessant werden. Guten Tag.«
Bergmann Senior deutet mit einer Handbewegung auf
die Tür und ich verlasse das Büro, ohne noch etwas zu
sagen.

Kapitel 10

Pünktlich um fünf Uhr klopft es an der Haustür und Malte steht davor. Sowie ich ihm öffne, mustert er mich und betrachtet mein Outfit. Einen Rock, passende Pumps und eine Bluse.

»Ziemlich schick für einen Angelausflug«, bemerkt er schmunzelnd.

»Denkst du nicht, die Fische freuen sich darüber?«, scherze ich, in der Hoffnung, dass es zwischen uns ein wenig lockerer zugehen kann. »Nein, ich komme gerade erst von der Arbeit und hatte noch keine Zeit, mich umzuziehen. Komm rein.«

Malte tritt herein und schaut sich um. »Hier hat sich ja einiges getan«, merkt er an und blickt auf die Sachen, die Nina mir vom Baumarkt besorgt hat. »Und offenbar hast du noch vieles vor dir.«

»Ja, ich möchte das Haus ein wenig renovieren. Das, was ich eben machen kann. Es wird sicherlich nicht so aussehen wie bei dir, aber ich mache es hier und da etwas gemütlicher«, erkläre ich.

»Klingt doch gut«, sagt er und steckt seine Hände in die Hosentaschen.

»Gut, dann werde ich mich mal umziehen. Einen Moment bitte.« Schon flitze ich ins Schlafzimmer, greife nach einer einfachen Jeans und einem Langarmoberteil. Kombiniert mit schlichten Sneakern dürfte das Outfit wohl passend sein.

»Und wie läuft es auf der Arbeit?«, fragt Malte.

»Nicht so gut!«, rufe ich ihm ehrlich zu. »Hat dein Vater nichts von meinem Malheur berichtet?«

»Wir reden nicht viel miteinander, musst du wissen. Und wenn, dann dreht sich alles nur um die Arbeit und meine Aufgabe, wie wichtig sie doch ist. Was ist denn passiert?«

»Ach, nicht so wichtig.« Ich komme aus dem Schlafzimmer hervor. »Besser?«

»So kannst du auf jeden Fall mitkommen«, erwidert er. »Nun sag schon, was ist passiert? War er unhöflich zu dir?«

Ich blicke ihn an, ziehe eine Augenbraue nach oben und schnaube. »Wenn es nur so etwas Banales gewesen wäre.«

»Rück bitte mit der Sprache raus«, fordert er ungeduldig.

»Na gut, aber du musst mir versprechen, dass wenn ich dir davon berichte, du auf keinen Fall anfängst zu lachen«, verlange ich von Malte.

Schon hebt er eine Hand in die Höhe. »Ich schwöre es«, sagt er gekünstelt.

»Okay, ach Mensch, es ist einfach zu peinlich«, beginne ich. »Ich war heute in der Früh oben, um mir einen Kaffee zu besorgen, und nachdem ich die Tasse bis oben hin voll hatte, habe ich sie auf deinem Vater verschüttet. Aber ehrlich, irgendwie ist er auch in mich reingelaufen. Es war also nicht nur meine Schuld«, verteidige ich mich schwach.

Malte verkneift sich ein Lachen und ich merke, wie sehr er sich bemüht. »Das ... ja, das ist peinlich.«

»Ich weiß«, entgegne ich. »Kannst du dir vorstellen, wie unangenehm es ist, ihm noch einmal unter die Augen treten zu müssen? Ich habe mich natürlich sofort entschuldigt, aber das hat ihn relativ wenig interessiert. Du kennst deinen Vater ja, er stand da wie ein Stein. Völlig regungslos, während ich versucht habe, ihm ein dämliches Küchenhandtuch anzudrehen«, erläutere ich und mit einem Mal platzt ein Lachen aus Malte heraus.

»Du hast es mir versprochen«, erinnere ich ihn gespielt streng.

»Ich weiß, ich weiß. Es tut mir leid, aber das ist einfach zu komisch«, sagt er und hält sich eine Hand vor den Bauch. »Ehrlich, das hätte ich nur zu gerne gesehen.«

»Nein, danke. Dich hätte ich nicht noch dabei gebraucht. Es war so schon beschämend genug.«

»Das glaube ich dir, aber mach dir da keine Gedanken. Vermutlich wird er sich im Stillen ziemlich geärgert haben. Aber ihm wird es ebenso unangenehm gewesen sein und deswegen wird er wohl kein Wort mehr darüber verlieren«, äußert Malte sich wohl wissend.

Ich zucke mit der Schulter und verschränke die Arme vor der Brust. »Das hat er auch nicht, als er mich in sein Büro gerufen hat, nur wenig später.«

»Er hat dich zu sich gerufen?«, fragt Malte nach. »Was wollte er?«

»Tja, er war nicht so locker, wie du annimmst. Zwar hat er mich nicht angeschrien oder mich runtergeputzt, aber er hat sich mit meinem ehemaligen Chef in

Verbindung gesetzt und da der auch gleichzeitig mein Ex-Freund ist, hatte er logischerweise nichts Gutes über mich zu sagen«, rattere ich hinunter, während ich mir eine dünne Jacke schnappe, da es später am Abend durchaus frisch werden könnte am Meer. »Wollen wir los?«

»Moment mal, was hat mein Vater?«, hinterfragt Malte nochmals. »Er hat sich bei deinem ehemaligen Chef über dich erkundigt?«

»Ja, aber das ist sein gutes Recht. Er hat nichts gemacht, was er nicht hätte machen dürfen. Nur hatte ich gehofft, er tut es nicht. Jens ist keiner, der ein gutes Haar an jemandem lässt, der ihn abserviert hat.«

»Das ist absolut nicht in Ordnung.«

»Es gibt Schlimmeres. Ich habe deinem Vater gesagt, dass Jens nicht die Wahrheit gesagt hat und er sich selbst ein Bild von meinen Fähigkeiten und mir machen soll.«

»Das hast du?«, fragt er bewundernd.

»Ja, dabei habe ich jede Sekunde mit der Kündigung gerechnet. Aber sie kam nicht. Na ja, nun zieh ich einfach weiter mein Ding durch und wenn die vier Wochen rum sind, kann mir ohnehin alles egal sein. Dann hat er seine Ruhe vor mir und ich die Referenz und das Arbeitszeugnis, das ich benötige«, erkläre ich und grinse.

»Stimmt, dann bist du wieder weg«, erwidert Malte und klingt ein wenig deprimiert. Dann wird es kurz still zwischen uns. »So, wir sollten wohl wirklich los.«

Zusammen steigen wir in seinen Jeep und ich kann meine Nachbarin Inge Fries am Fester spionieren sehen. Vermutlich wird sie gleich meine Großmutter anrufen, um zu berichten.

Wir fahren nicht sonderlich lange, ehe wir das Wasser zu sehen bekommen. Mit heruntergelassenen Fenstern düsen wir die Straßen entlang. Ich spüre den Wind in meinen Haaren und kann den Duft der See wahrnehmen. Im Radio läuft Musik. Malte trommelt mit seinem Daumen auf dem Lenkrad, während ich die Aussicht genieße. An einem Parkplatz halten wir. Malte holt zwei Angeln und eine Art Koffer aus dem Kofferraum. Wir gehen einige Schritte, bis der Betonboden den Sandstrand erreicht. Malte zieht seine Schuhe aus und ich tue ihm gleich. Sowie meine Füße den Sand berühren, ist es wie – ankommen. Ankommen am Meer, ankommen am Strand, ankommen zu Hause. Die Sonne strahlt noch vor sich hin, doch viele Menschen sind nicht zu sehen.

An einigen Bootsanlegern, an denen zahlreiche Boote vertäut sind, schlendern wir entlang. Sie schaukeln sachte auf den Wellen hin und her. Schon beinahe eine beruhigende Wirkung üben das Wasser und das leichte Wippen auf mich aus.

Zusammen gehen wir an einem Fischkutter vorbei. Ein Fischer grüßt und nickt uns mit einem Lächeln zu, dann widmet er sich einem Seil, mit dem er versucht, das Boot anzubinden. Eine freche Möwe nutzt die Gunst dieses Augenblickes und hüpft auf den Rand des Bootes, um sich am Fisch zu bedienen.

Ich lächle über diese Szene, doch Malte bekommt nichts davon mit und steuert geradewegs auf einen langen Steg zu, der vor uns liegt und mitten auf die Ostsee führt. Ich bleibe jedoch dort stehen, wo meine Füße die ersten Tropfen der kühlen See berühren und schaue hinaus auf das Wasser. Malte sieht sich nach mir um und stellt sich zu mir.

»Schön, nicht wahr?«

»Schöner, als ich es in Erinnerung habe«, bestätige ich und aus welchem Grund auch immer, muss ich mich zusammenreißen, um nicht zu weinen. Mir fällt kein Grund ein, weswegen mir danach ist, doch ich verdränge jede aufkommende Träne.

Ich kann mich entsinnen, wie wir als Kinder oft am Strand waren. Stundenlang waren Anna und ich im Wasser, sind um die Wette geschwommen und haben uns treiben lassen. Mein Vater immer dicht bei uns, weil er Angst hatte, wir könnten uns überschätzen. Im Anschluss haben wir am Strand gespielt. Haben sogar mit zwölf Jahren noch Sandburgen gebaut, Volleyball gespielt oder einen Drachen steigen lassen. Unsere Mutter hat uns immerzu etwas zu Essen aufgezwungen. Dann hat sie eine geschnittene Wassermelone bereitgestellt oder ein paar Kekse, die wir bekommen haben. Wenn die Möwen über uns hergeflogen sind, war es das absolute Highlight, auch wenn Anna immer furchtbare Angst vor ihnen hatte. All das sind wunderschöne Erinnerungen an die Zeit hier. Weswegen nur wollte ich irgendwann nicht mehr hierher? War es nur die Pubertät und meine Laune, die im Keller war? Das Gefühl, dass ich zu cool bin, um mit meinen Eltern zu verreisen? Was genau war es?

Wenn ich mir den Strand und das Wasser heute so anschaue, kann ich mir nicht vorstellen, was mich von hier vertreiben könnte.

Ich muss schmunzeln.

»Was ist los?«, fragt Malte ruhig.

»Frau Fries hatte recht. Man ist erst hier angekommen, wenn man mal am Meer war.« Wir schauen uns an. Es ist nur eine Sekunde, die wir uns in die Augen sehen, aber in dieser Sekunde liegt etwas. Etwas, das mir fremd ist und mir doch so vertraut vorkommt.

Auf dem Steg ganz am Ende setzt Malte sich hin und lässt die Füße baumeln. »Komm«, sagt er und klopft neben sich auf das Holz.

Sofort nehme ich neben ihm Platz und er greift nach einer der beiden Angeln. »Die meisten Fische, die man hier angeln kann, sind der Steinbutt, Flunder, Scholle, Forellen oder auch der Dorsch«, beginnt Malte zu erklären und ich lausche gebannt. »Das Hauptziel ist der beliebte Dorsch. Fachleute nennen ihn auch den Ostseeleoparden, weil er eine Musterung ähnlich dem Leoparden hat. Das hier«, er deutet auf seine Angel, »ist eine Federrute und wir verwenden als Köder zwei Arten. Entweder den Wattwurm oder aber den Seeringelwurm.« Malte öffnet seinen Koffer und zum Vorschein kommen ein Haufen Würmer in verschiedenen transparenten Behältnissen. Ein bisschen ekel ich mich schon.

»Das bedeutet, du tötest Würmer, um Fische zu töten«, schlussfolgere ich.

»Dass wir hier angeln wollen, ist dir aber bewusst?«, hinterfragt Malte skeptisch und lächelt schelmisch.

»Es ist so barbarisch. Ich hatte nicht damit gerechnet, dass mir diese kleinen Würmchen so leidtun würden.« Betrübt schaue ich in den Koffer.

»Dreh dich weg, ich werfe die Angel für dich ins Wasser und du wirst von dem Barbarischen nichts mitbekommen.«

»Bis ich einen toten Fisch aus dem Wasser ziehe.«

Malte schaut mich an und seine Augen werden zu Schlitzen. »Bis du den toten Fisch aus dem Wasser ziehst.«

Dennoch drehe ich mich um und warte, bis Malte mir die Angel in die Hand drückt. Er selbst greift ebenfalls zu einer der Angeln und nachdem er sie vorbereitet hat, schleudert er die Angelschnur mit einer eleganten Bewegung ins Wasser.

Auf dem Meer, recht weit entfernt, zieht ein großes Passagierschiff vorbei. Anscheinend ist es auf dem Weg nach Dänemark, wenn ich die rote Flagge mit dem weißen Kreuz richtig erkenne. Ein Hauch von Fernweh überkommt mich.

Nun sitzen wir beide nebeneinander, die Angeln in der Ostsee und schauen hinaus auf die weite Ferne der See, die so beruhigend auf mich wirkt, dass ich glaube, mein Herzschlag passt sich dem Wellenschlag an.

»Malte«, beginne ich. »Warum hast du mich vor Laura gesiezt?«, frage ich dann, weil ich es unbedingt wissen will.

»Hat es dich gestört?« Er schaut zu mir rüber.

Ich zucke mit der Schulter. »Irgendwie, ja. Vielleicht ist es blöd, aber du hast so getan, als würden wir uns nicht kennen und ... nun ja, es war so ... so ... ach, ich weiß auch nicht.«

»Eigentlich dachte ich, du willst es vielleicht lieber so«, erklärt er sich. »Du hast gerade in der Firma angefangen und ich wusste nicht, ob es dir recht ist, wenn Laura weiß, dass wir uns bereits kennen und das nicht gerade geschäftlich, sondern privat.«

»Nein, es hätte mich nicht gestört«, sage ich sofort.

Malte nickt. »Gut, dann weiß ich das jetzt«, erwidert er und ich sehe seine Augen auf mir ruhen. »Darf ich dich auch etwas fragen? Etwas Persönliches?«

»Ähm, okay, schieß los«, entgegne ich unsicher.

»Du sagtest vorhin, dass dein ehemaliger Chef auch dein Ex-Freund ist. Wie kam das, dass du mit deinem Chef eine Beziehung eingegangen bist?«

Mich wundert die Frage sehr. Irgendwie finde ich es aber auch schön, dass er sich für mein Leben und mich interessiert.

»Tja, wie kommt so etwas?«, beginne ich und atme tief durch. »Wie so vieles im Leben – unerwartet. Es war keine wirkliche Beziehung. Keine, die aus Liebe entstanden ist, sondern eher aus … tja, woraus eigentlich? Jens und ich waren brillant darin, zusammenzuarbeiten. Wir haben harmoniert und hatten den gleichen Blick, wenn es um unsere Entwürfe ging. Unsere Ideen haben sich meistens geähnelt und so kamen wir uns näher. Irgendwann waren wir etwas trinken, weil wir einen großen Kunden für uns gewinnen konnten. Wir haben einiges getrunken. Mehr, als gut war für mich. Eines führte zum anderen und wir landeten im Bett. Irgendwann wurde daraus mehr. Unausgesprochen, still und leise entwickelte sich eine Art Beziehung. Tatsächlich wollte ich das nie, aber ich habe mich auch nicht sonderlich dagegen gewehrt und es einfach laufen lassen«, erkläre ich weiter. »Als es mir dann zu viel und zu eng wurde, habe ich mich getrennt. Das war kurze Zeit vor meiner Kündigung.«

»Du denkst, er hat dich deswegen gekündigt?«

»Ich weiß es«, sage ich bestimmt. »Natürlich ging es der Firma nicht mehr so gut, das wusste ich. Aber mir ist klar, dass ich niemals gekündigt worden wäre, wäre ich noch mit Jens zusammen. Da ich mich dagegen entschieden habe, musste ich gehen.«

»Wollte dieser Jens etwa mehr?«

»Er bat um eine weitere Chance. Darüber war ich sehr überrascht, denn ich glaubte, dass er sich auch nicht so wohl in der Beziehung fühlte. Anscheinend hatte ich mich geirrt, denn Jens war ganz wild darauf, dass wir es noch einmal probieren. Für mich kam das nicht eine Sekunde infrage.«

»Und du wolltest nicht gegen diese Kündigung angehen?«, fragt Malte nach.

Ich schüttle den Kopf. »Aus vielerlei Gründen nicht. Zum einen stünde mein Wort gegen seines. Wie weit käme ich schon damit? Zum anderen: Was will ich in einer Firma, in der mein Chef mein rachsüchtiger Ex-Freund ist? Das kann ja nur in einer Katastrophe enden.« Ich lache laut. »Es ist so oder so in einer Katastrophe geendet.«

»Ist es das?«

»Nun ja! Eine Katastrophe, aus der ich mich herausboxe. Ich denke, so klingt es viel besser«, meine ich ein wenig stolz darüber, dass ich derzeit versuche, mein Leben in den Griff zu bekommen und das vollkommen allein.

»Du boxt dich da ganz hervorragend raus, wenn du mich fragst«, sagt Malte.

»Und wie kommst du darauf?«

»Na ja, sieh dich doch mal an und das, was du bisher schon erreicht hast, seitdem du hier bist. Du bist dabei das Haus deiner Großeltern auf Vordermann zu bringen und wenn du mich fragst, machst du das klasse. Außerdem hast du es geschafft, Herrn Bergmann Senior von deiner Arbeit zu überzeugen. Und lass dir gesagt sein, dass das alles andere als einfach ist. Du kannst stolz auf dich sein«, listet er auf und es schmeichelt mir, dass er mich so kämpferisch und zielstrebig betrachtet.

In dem Moment, in dem ich mich für seine lieben Worte bedanken möchte, beginnt meine Angel wie wild zu wackeln.

»Oh mein Gott, ich glaube, da hat ein Fisch angebissen!«, rufe ich erschrocken.

»Super, dreh die Schnur ein«, sagt Malte und zeigt mir, wo ich das machen kann.

Ich drehe, so schnell ich kann, an der Angelrolle und zum Vorschein kommt ein Dorsch.« Malte jubelt und ich lache vor Freude, während ich mich zeitgleich schlecht fühle, weil der arme Fisch meinetwegen draufgegangen ist.

»Wenn du willst, bereite ich ihn dir zum Essen zu«, bietet Malte mir an. »Ich gehe nicht davon aus, dass du weißt, wie man frischen Fisch zubereitet?«

»Nein, aber ich könnte mich da mal durchboxen, wenn du bereit bist, das Risiko einzugehen?«, frage ich großspurig.

»Ist das eine Einladung?«

»Und wie das eine ist.« Ich zwinkere ihm zu und betrachte zwiespältig meinen Dorsch, der vor mir hängt.

Zwei Stunden noch sitzen wir zusammen, reden, angeln und lachen viel. Als es dämmert und langsam dunkel wird, packen wir alles zusammen und beschließen noch eine Runde am Strand spazieren zu gehen. Das Wasser rauscht neben uns. Keine Menschenseele ist weit und breit zu sehen. Der kühle Sand an meinen Füßen fühlt sich entspannend an und ich genieße diese Stille zwischen Malte und mir. Wir lauschen dem Wasser, das neben uns seine Wellen schlägt und nichts weiter muss gesagt werden. Wenn zwischen Jens und mir solch eine Ruhe eingekehrt ist, empfanden wir beide das immer als unangenehm. Fast war es schon eine peinliche Situation. Doch mit Malte fühlt es sich nicht unangenehm an. Im Gegenteil, es ist beruhigend und schön, mit ihm spazieren zu gehen. Irgendwie so, als würden wir uns seit einer Ewigkeit kennen.

Rechts von uns stehen ein Stück weiter ein paar Strandkörbe, die zu einer Pause einladen. Malte blickt zu mir und lächelt – wir brauchen wieder nichts zu sagen, um zu wissen, dass wir uns einig sind. Wir biegen ab und setzen uns in den ersten Strandkorb ganz vorn. Kaum nehmen wir Platz, wird die Geräuschkulisse um uns herum wesentlich leiser. Das Wasser ist noch zu hören, doch nicht mehr so intensiv wie es soeben noch.

»Es gibt keinen Ort auf der Welt, an dem ich lieber leben möchte«, sagt Malte leise.

Auch wenn ich ein absoluter Verehrer der Großstadt bin, verstehe ich ihn allmählich. Ich kann nachvollziehen, wieso es Menschen hierherzieht, warum sie hier leben und arbeiten möchten und weshalb sie sich in die See verlieben. Mal ehrlich, wie könnte man nicht?

»Es ist wunderschön«, sage ich seufzend und wir genießen noch eine ganze Weile das Wasser als auch die Stille.

Kapitel 11

Es ist Freitag und ich freue mich auf das Wochenende. Mit Nina habe ich verabredet, dass wir uns gleich nach meinem Feierabend treffen wollen, um endlich mit der Renovierung zu starten. Ich bin gespannt, was wir aus dem alten Haus rausholen können. Hoffentlich wird es gemütlich und heimelig, sodass ich mich endlich wie zu Hause fühlen kann.

Von meiner Freundin und ehemaligen Kollegin Linda habe ich eine SMS bekommen mit der Frage, wie es mir im neuen Job ergeht und dass wir dringend mal wieder telefonieren sollten. Tatsächlich ist mir erst durch ihre Nachricht aufgefallen, wie sehr ich meine Freunde doch vermisse. Irgendwie geht all das im Trubel der letzten Tage unter. Kurz habe ich ihr geantwortet, dass alles bestens sei und ich mich melde, so wie es meine Zeit erlaubt.

Auf der Arbeit habe ich heute sämtliche wichtigen Telefonate abgearbeitet. Bei der Produktion von Plakaten und Flyer bin ich gut vorangekommen, und die Internetwerbung ist bereits online. Ein voller Erfolg für die erste Arbeitswoche.

Als ich mein Auto parke, kommt Nina sofort zu mir gelaufen. In der Hand hält sie einen Akkubohrer und grinst über beide Ohren.

»Ich bin bereit und ich habe Max gefragt, wie man dieses Ding hier benutzt. Es kann also nichts mehr schiefgehen«, beruhigt sie mich, doch ich schmunzle.

»Wenn ich uns beide so betrachte, glaube ich, kann da noch eine Menge schiefgehen.«

»Na gut, aber nichts, was wir nicht hinbekommen. Also hopp hopp, ich möchte endlich loslegen«, hetzt Nina mit Feuereifer und nun begreife ich, dass sie offenbar wirklich gerne renoviert.

Malte steht an seinem Jeep und sieht zu uns. »Was haben die Damen denn vor?«

»Heute wird Finnys Haus ordentlich renoviert, damit sie sich endlich wohlfühlt. So kann sie ja nicht ewig darin leben.«

»Ich dachte, das wollte sie auch gar nicht, sondern nur noch drei Wochen«, meint Malte.

Nachdem er das gesagt hat, merke ich, dass bereits eine Woche rum ist und werde irgendwie schwermütig.

»Und in den drei Wochen soll sie sich doch wie zu Hause fühlen«, erklärt Nina weiter.

»Braucht ihr vielleicht Hilfe?«, fragt Malte.

»Ach, um ehrlich zu sein, weiß ich noch gar nicht so recht, womit wir anfangen und was genau wir anstellen werden«, erwidere ich. »Aber danke für das Angebot.«

»Wenn ihr etwas braucht, wisst ihr ja, wo ihr mich findet«, sagt Malte und verschwindet in sein Haus.

Auch wenn ich dankbar für sein Angebot bin, so will ich es ohne seine Hilfe schaffen. Ich kann doch nicht jedes Mal zu ihm laufen, wenn etwas nicht funktioniert, wie es das sollte. Nein, dann muss eben ein Plan B her.

»Also gut, legen wir los«, sage ich motiviert und Nina lässt zum Start den Bohrer zweimal rotieren.

»Oh ja, das wird ein Spaß«, meint sie und wir lachen.

Drinnen ziehe ich mich schnell um. In meiner schicken Bluse würde ich nur ungern die Wände streichen, denn wir entscheiden uns, damit zu beginnen. Zuerst kleben wir die Böden ab, damit der Holzboden keine Farbe abbekommt. Ein paar Möbel schieben wir zur Seite und schon kann es losgehen. Nina hat einen wunderschönen Beigeton für das Wohnzimmer gefunden und passend zur Küche einen leichten Rostrotton, der sich perfekt auf der Wand macht und die Küche im neuen Licht glänzen lässt. Wir machen uns Musik an, tanzen und singen zu den guten alten Liedern, die wir aus unserer Kindheit kennen. Während ich in der Küche streiche, beginnt Nina im Wohnzimmer.

Nachdem wir von dem Beige noch so viel Farbe übrig haben, da Nina es beim Einkaufen ein bisschen übertrieben hat, beschließen wir, auch das Schlafzimmer in diesem Ton zu streichen. Wieder werden Möbel beiseitegeschoben, die Böden abgeklebt und wir legen mit Begeisterung los.

Nach wenigen Stunden haben wir die Farbe aufgebraucht und die Fenster aufgerissen, da es im Haus riecht wie in einer Lackfabrik. Mit dem Akkubohrer befestigen wir ein paar Regalbretter im Wohnzimmer. Sogar neue Lampen haben wir in der Küche und im Wohnzimmer angebracht, nachdem wir gegoogelt haben, wie das überhaupt funktioniert. Doch aufgeben war für uns keine Option. Gerade ist meine Nachbarin dabei, ein paar Glühbirnen zu wechseln, als plötzlich der Strom weg ist.

»War ich das?«, fragt sie in die Dunkelheit, die mittlerweile über Scharbeutz hereingebrochen ist.

»Ich würde schätzen – ja«, erwidere ich und taste mich vor. »Wo bist du denn?«

»Im Wohnzimmer. Komisch, bisher war doch alles in Ordnung«, meint sie. »Wo hast du den Sicherungskasten?«

»Neben der Eingangstür, unter einem Bild. Moment mal, ich hole meine Handytaschenlampe.« Ich zücke mein Handy, betätige die App und schon wird es hell. »Schau mal, links neben der Tür hängt er. Das Bild mit dem Schiff musst du abhängen.«

»Toll, da sind alle Sicherungen drinnen«, meint Nina, nachdem sie den Sicherungskasten geöffnet hat. »Sehr merkwürdig. Vielleicht brauchen wir nun doch Hilfe.«

»Ist dein Mann vielleicht zu Hause und kann uns zur Hand gehen?«, hake ich nach.

Nina schüttelt den Kopf. »Er kommt wohl erst in einer halben Stunde nach Hause. Vorher besucht er seine Mutter, für die er freitags immer einkaufen geht.«

»Dann bleibt uns wohl nichts anderes übrig und wir fragen Malte«, sage ich schwer.

»Ich dachte, ihr versteht euch gut?«

»Ist ja auch so«, bestätige ich. »Aber ich will ihn nicht immerzu belästigen wegen irgendwelcher Dinge. Er hat mir schon so oft geholfen, seitdem ich hier bin. Das ist mir irgendwie unangenehm, ihn ständig um Hilfe zu bitten.«

»Aber er hat es doch angeboten«, erinnert Nina mich. »Bei uns in der Straße läuft das ein wenig anders. Hier hilft man sich gerne und das kann auch fünfmal die Woche sein, das ist überhaupt nicht schlimm. Der

Nachbar weiß schließlich, dass, wenn er mal Hilfe benötigt, sie ebenfalls bekommt. Außerdem ist Malte kein Mensch, der genervt ist. Was denkst du, wie oft er Max und mir geholfen hat, als wir in das Haus gezogen sind? Fast täglich standen wir bei ihm. Entweder brauchten wir Werkzeug, das wir nicht hatten oder aber eine starke Hand, die bei einem schweren Möbelstück mithalf. Irgendetwas war immer, aber Malte hat sich nie beschwert und das wird er bei dir erst recht nicht tun.«

»Wie meinst du das – erst recht nicht bei dir?«, will ich wissen.

Nina schaut mich an, als müsste ich wissen, was sie meint. »Finny, nun komm schon. Ich habe gesehen, wie er dich anschaut und auch, wie du ihn anschaust. Ihr müsst doch nichts verheimlichen vor uns.«

Laut lache ich los. »Was redest du denn da? Wir sind nur zwei Nachbarn auf bestimmte Zeit, die sich gut verstehen.«

»Und die sich offensichtlich sehr zueinander angezogen fühlen«, ergänzt sie.

»Nein, wie kommst du nur darauf? Das ist absolut nicht wahr. Wir sind Freunde. Genau! Gute Freunde, die sich verstehen, aber auch nicht mehr«, erkläre ich sofort und weiß gar nicht, wieso ich das nicht einfach so stehenlasse. Was kümmert es mich, ob Nina denkt, wir würden mehr füreinander empfinden als reine Freundschaft?

»Wenn du das sagst, dann wird es wohl stimmen«, sagt Nina und ich kann sehen, dass sie mir kein einziges Wort glaubt. »Deswegen willst du wohl auch nicht zu ihm? Jetzt ergibt alles einen Sinn.«

»Ach, so ein Unsinn. Ich gehe ihn jetzt um Hilfe bitten, weil man einen guten Freund nun mal um Hilfe bitten kann. Und er ist ein guter Freund«, wiederhole ich mich.

Entschlossen öffne ich die Tür und laufe über die Straße. Dort klopfe ich an seine Tür und nur wenige Augenblicke später steht Malte oberkörperfrei vor mir.

»Oh, hallo Finny«, begrüßt er mich und ich versuche, meinen Blick nicht zu sehr auf seinen durchtrainierten Körper zu werfen.

»Ja, hallo … ähm, ich wollte nicht stören«, sage ich nur und schaue bewusst an ihm vorbei.

»Du störst nicht«, erwidert Malte, schaut an sich runter und begreift. »Ach so, ich war nur gerade dabei, die Fische von gestern zu filetieren und dabei habe ich mir das Shirt schmutzig gemacht.«

»Du musst dich nicht erklären.« Ich winke ab. »Alles gut, du kannst so nackt Fische filetieren, wie du willst. Also … nein … so meinte ich das nicht … natürlich kannst du nackt sein, aber du bist ja nicht nackt, nicht gänzlich nackt«, stottere ich vor mich her und verkrampfe innerlich. Ruhig versuche ich zu atmen und beginne noch einmal. »Vielleicht sollte ich damit aufhören, das Wort *nackt* zu sagen«, meine ich peinlich berührt.

»Finny, brauchst du vielleicht Hilfe?«

Ich schaue auf. Malte steht nach wie vor da und blickt zu mir herunter, auf seinen Lippen ein Lächeln, das mir sagt, dass er genau weiß, wie blöd ich mich fühlen muss. »Ja!«, rufe ich bestimmt. »Nina hat anscheinend einen Kurzschluss bei mir im Haus ausgelöst, doch es sind alle Sicherungen drinnen und wir können uns keinen Reim daraus machen. Sie hätte Max gefragt, aber der kauft noch Lebensmittel für seine Mutter ein und ...«

»Komm rein, ich ziehe mir etwas über und dann schauen wir uns das mal an«, unterbricht er mich und ich trete ein.

Malte geht in sein Schlafzimmer und aus irgendeinem Grund überlege ich, wie dieser Raum wohl aussehen mag und auch, ob bereits viele Frauen hier waren. Zwar wirkt Malte nicht wie der typische Frauenaufreißer, dennoch bezweifle ich, dass er ein Unschuldslamm ist. Sicherlich wird er einiges an Erfahrung haben. Doch wie viele dieser Frauen hat er schon zu sich eingeladen? Geschweige denn für sie gekocht?

Warum spielt das eine Rolle?

Ich blicke mich um und sehe den Fisch in der Küche, den Malte am Bearbeiten war. Eigentlich hatte ich mir vorgenommen, ihm diesen ja zuzubereiten, doch die Vorbereitung überlasse ich dann doch lieber ihm. Aus verständlichen Gründen wollte er ihn mir so nicht übergeben. Er sagte, er möchte nicht dafür verantwortlich sein, wenn ich mich tagelang übergeben muss. Sehr fürsorglich.

»Sag mal, wann ist der Fisch denn einsatzbereit?«, rufe ich in die Richtung seines Schlafzimmers.

»Einsatzbereit? Das klingt gut«, entgegnet er mir, als er zurück und komplett angezogen ins Wohnzimmer tritt. »Theoretisch jetzt gleich, denn ich bin gerade eben fertig geworden, als du an meine Tür geklopft hast.«

»Was hältst du davon, wenn wir die mitnehmen und ich bereite heute ein Abendessen vor?« Sofort sehe ich, wie es in Maltes Kopf rattert. »Also, ich meine, für dich und mich und Nina«, füge ich hinzu, damit er nicht glaubt, ich will ein Date mit ihm oder so etwas in der Art.

»Das ist sehr aufmerksam von dir, aber denkst du nicht, dass dir das alles ein bisschen viel wird mit der Renovierung und so? Ihr seid doch seit Stunden dran. Bist du nicht so langsam am Ende mit den Kräften?«

»Ach, du musst nicht, wenn du nicht willst«, erwidere ich ausweichend, allerdings auch verletzt.

»Nein, so meinte ich das gar nicht«, sagt Malte dann. »Ich war wirklich nur um dich besorgt, das ist alles. Wenn du jedoch meinst, dass du das hinbekommst, dann soll es mir recht sein.«

»Klasse«, sage ich und lächle.

»Dafür benötigst du aber Strom«, merkt er an und ich erinnere mich, weshalb ich überhaupt hergekommen bin.

Mit dem Fisch und Maltes Werkzeugkoffer in den Händen kehren wir zurück in mein Haus, wo Nina auf uns wartet.

»Da seid ihr ja endlich. Ich dachte, ihr seid vom Erdboden verschwunden.«

»Entschuldige, ich musste mir etwas anziehen«, sagt Malte.

Nina macht große Augen und schaut mich mit einem vielsagenden Gesichtsausdruck an, woraufhin ich sofort den Kopf schüttle, ohne dass Malte etwas davon mitbekommt. »Ich will übrigens heute kochen, auch für dich. So, als kleines Dankeschön. Hast du Lust, Nina?«

»Wenn ich Max mitbringen kann, dann gerne«, erwidert sie.

Rasch schaue ich auf den Fisch, der auf einem Teller in meinen Händen liegt. »Das sollte wohl für uns alle reichen.«

»Klasse, dann gehe ich duschen und ihr könnt ja hier schon mal für Strom sorgen«, verabschiedet sich Nina. »Bis gleich dann.«

»Da waren es nur noch zwei«, bemerkt Malte, als Nina zur Tür raus ist. »Hältst du mir die Taschenlampe?«

Sofort stehe ich neben ihm und leuchte auf den Sicherungskasten. Nur wenige Sekunden später wird es wieder hell im Haus und ich blicke verdutzt zu Malte.

»Wie hast du das denn jetzt bitte gemacht?«

»Da war eine Sicherung draußen«, antwortet er mir plump und legt den Kopf schief.

»Aber Nina sagte doch, dass da alle Sicherungen drinnen seien«, kontere ich leicht erbost und frage mich, ob sie es nicht gesehen oder versucht hat, mich zu Malte herüberzulocken.

»Tja, so ist das eben manchmal«, sagt Malte nur, der es lockerer nimmt als ich.

»Dann kann ich jetzt wenigstens kochen«, erwidere ich.

»Darf ich fragen, was genau du vorhast zu kochen?«, will er wissen, was mich in eine blöde Lage bringt, denn eigentlich habe ich keine Idee. Ich wollte gleich in meinem Handy nach einem passenden Rezept suchen, in der Hoffnung, ich habe alles hier, was dafür benötigt wird.

»Also, ich wollte ... den Fisch zubereiten. Und Kartof-feln, die passen zum Fisch und vielleicht Gemüse«, stammle ich unbeholfen vor mir her.

»Gemüse?«

»Ja, Gemüse!«, wiederhole ich.

»Und du willst ganz sicher, dass ich dich damit allein lasse?«, fragt Malte nach. »Ich habe nämlich überhaupt kein Problem, dir beim Kochen zu helfen.«

»Helfen?«

»Ich würde dich nur ein wenig unterstützen. Du bist die Chefköchin und ich würde dir auch sicher nicht in dein Tun reinreden«, sagt er.

»Na gut, wenn das so ist, dann kannst du gerne blei-ben.«

»Klingt gut. Ach, übrigens, das Haus sieht fantastisch aus.«

Ich schaue mich automatisch um. »Es ist nicht mit deinem zu vergleichen, aber für den Anfang wohl nicht übel.«

Zehn Minuten später, nachdem wir die Renovie-rungssachen weggepackt haben, stehen Malte und ich in der Küche und beginnen die Schränke nach Essba-rem abzusuchen. Schlussendlich beschließen wir den Dorsch mit Kartoffelpüree und einer Dijonsenfsoße zu servieren. Natürlich kam der Vorschlag mit dem Püree von mir, wohingegen Malte die Idee mit der Soße hatte.

Da die Musik nach wie vor läuft, oder besser gesagt, nach dem Stromausfall wieder, beginnt Malte während des Schälens der Kartoffeln zu summen. Ich schmunzle und er blickt zu mir rüber.

»Was ist? Kein Musikmensch?«

»Ich? Aber natürlich. Zu Hause gehen meine Freundinnen und ich regelmäßig tanzen«, erwidere ich sofort und hebe das Kinn. »Wir sind zwar die Ältesten in dem Club, aber das stört uns nicht.«

»Nun ja, hier gibt es zwar keinen Club ...«, beginnt Malte, legt das Messer und die Kartoffel zur Seite und wischt sich schnell die Hände am Handtuch trocken, ehe er meine Hand greift und mich an sich heranzieht. »... aber tanzen können wir hier ganz hervorragend.« Schon wirbelt er mich umher, nur, um mich wieder an sich heranzuziehen. So nah waren wir uns bisher noch nicht gewesen und obwohl wir uns erst kurz kennen, fühle ich mich in seinen Armen irgendwie sicher. Sein Aftershave steigt mir in die Nase und lässt mich für einen Moment schwach werden. Unsere Bewegungen werden langsamer und mein Herzschlag erhöht sich rasant. Meine Beine werden weich und ich spüre Maltes Blick. Auch ich blicke nach oben. In seinem Gesicht liegt so viel Echtes, so viel Liebe und so viel Vertrauen. Seine Hände ruhen an meinen Hüften und sein Griff wird fester. Meine Hände umfassen seinen Hals, weil ich mich festgehalten habe, als er mich umherwirbelte. Loslassen scheint für ihn genauso wenig möglich zu sein wie für mich. Im Gegenteil, ich glaube, er zieht mich näher an sich heran.

Noch ein Stück näher.

Es trennen uns nur noch Zentimeter.

Wieder ein Stückchen und Nina platzt zur Tür herein, worauf Malte und ich wie aufgeschreckte Hühner zur Seite springen und uns loslassen. Ehe wir ihr Beachtung schenken, schauen wir uns noch mal kurz an, doch keiner sagt etwas.

»Kommen wir etwa ungelegen?«, fragt Nina neugierig.

»Was? Nein, nein, alles gut. Das Essen ist gleich so weit.« Ich bleibe versucht locker, doch ich höre selbst, dass es mir nicht ganz gelingt.

»Aha«, erwidert sie nur. »Max kennst du ja bereits.« Sie deutet auf ihren Ehemann, der anscheinend nicht so recht weiß, was hier vorgeht.

»Ja, wir haben uns kennengelernt.«

Malte und Max begrüßen sich mit einem Händedruck und kommen sofort ins Gespräch über die Gartenhecken von irgendeinem Nachbarn. Ich kümmere mich derweil um das Essen und serviere alles in Schüsseln auf dem Tisch. Als wir Platz nehmen und ich mich neben Malte setze, ist das Gefühl einfach merkwürdig. Das ändert sich glücklicherweise schnell, nachdem wir ein Lob von Nina und Max bekommen und Malte sich darüber lustig macht, dass ich Instantkartoffelpüree nehmen wollte. Selbstverständlich macht ein Koch, wie er einer ist, dieses selbst und hat mir kurzerhand erklärt, wie man es herstellt.

Nach dem Essen sitzen wir gemütlich bei einem Glas Wein zusammen und unterhalten uns über alles Mögliche. Über die Arbeit und das anstehende Fischerfest, über mein Malheur mit dem Cappuccino und Maltes Vater und auch über die Renovierung des Hauses. Da Max es zuvor nicht von innen gesehen hat, kann er sich nur schwer vorstellen, welche Meisterleistung Nina und ich vollbracht haben.

»Glaub mir, es war vorher eine Katastrophe«, sage ich.

»Als hätte eine Bombe eingeschlagen«, fügt Nina hinzu.

Bis spät am Abend sitzen wir gemeinsam am Küchentisch und ich bekomme einen Einblick in das soziale Leben hier. Es gefällt mir, obwohl es so ganz anders ist als mein Leben zu Hause mit meinen Freunden. Hier sitzen wir gemütlich beisammen. Kochen, lachen, reden, arbeiten und packen gegenseitig mit an. Bei uns in der Stadt ist es nicht so persönlich, was ich erschreckend finde festzustellen. Man trifft sich meist in irgendeinem Café oder einer Bar, redet über Kleidung, die nächste Feier oder den angesagtesten Club derzeit. Natürlich führe ich auch mit meiner besten Freundin Sarah tiefgründigere Gespräche, aber – ist es dennoch vergleichbar? Hier scheint alles einfach und leicht, und selbst wenn es das nicht ist, nehmen die Menschen es trotzdem so. Sie beschäftigen sich nicht tagelang mit ein und demselben Problem, sondern kümmern sich lieber um ihr Wohlbefinden. Alles daran fasziniert mich und ich frage mich, wann ich wohl das letzte Mal so entspannt war? Wann habe ich mal eine Arbeitswoche hinter mich gebracht, ohne dabei zu denken, ich würde es nicht bis zum Wochenende schaffen? Es muss eine halbe Ewigkeit her sein. Doch hier an der Ostsee kümmert man sich um sich und erst dann um alles andere. Außerdem ist diese Hilfsbereitschaft etwas, was mich begeistert.

Ich weiß noch, einmal wollte ich ein altes Klappsofa von meiner Wohnung nach unten tragen. Voller Motivation glaubte ich, ich schaffe das hervorragend allein, bis ich plötzlich auf der Treppe stand und nicht mehr vor oder zurückkam. Zwei Nachbarn gingen unterdessen vorbei, ohne mich überhaupt eines Blickes zu würdigen. Niemand kam auf die Idee, mir irgendwie zur Hand zu gehen.

Und hier strömen die Nachbarn regelrecht auf mich zu und bieten mir ihre Hilfe an. Woran liegt das nur? Am Land, am Wasser und dem Strand oder an der Seeluft?

»Wo bist du mit deinen Gedanken, Finny?«, fragt Nina und reißt mich aus meinen Erinnerungen.

»Ach, ich denke gerade nur, wie schön es hier doch ist.«

Kapitel 12

Es ist das erste Wochenende an der Ostsee für mich. Ich möchte mir so viel von der Umgebung anzusehen wie möglich. Das komplette Touristenprogramm möchte ich mir heute antun und dafür habe ich mir extra den Wecker früh gestellt.

In einem angenehmen Sommeroutfit verlasse ich das Haus. Meine erste Anlaufstelle wird ein Café sein, in dem ich frühstücken kann. Ohne das Navigationssystem anzumachen, starte ich den Motor und fahre einfach drauflos. Heute darf es ruhig mal ohne Plan sein und ich schaue einfach, wo ich lande. Mit offenen Fenstern fahre ich durch die Straßen, bis ich eine kleine Bäckerei an einer Kreuzung sehe, die sehr gemütlich und einladend wirkt. Auf einem Parkplatz halte ich, schnappe mir mein Buch, das ich beinahe zu Ende gelesen habe und gehe hinein. An einem runden Tisch in einer Ecke lasse ich mich nieder und kurz darauf kommt eine Bedienung zu mir.

»Guten Morgen, Schätzchen. Wissen Sie, was Sie möchten?«, fragt sie sehr überschwänglich und mit breitem Grinsen.

»Guten Morgen, ich nehme einen Cappuccino und ein Frühstück«, bestelle ich.

»Welches Frühstück möchten Sie denn?«, hakt sie nach und greift nach einer kleinen Karte vom Tisch.

»Wir haben ein Fitnessfrühstück oder ein süßes oder aber lieber herzhaft?«

»Süß klingt gut. Gibt es dazu auch Croissants?«

»Aber sicher, ich bringe Ihnen gleich alles«, sagt sie und düst schon wieder ab, sodass ich mich meinem Buch zuwenden kann.

Immer wieder werde ich abgelenkt von den Menschen, die hier ein und ausgehen. Sie wirken alle erholt und doch sehen sie nicht wie die typischen Urlauber aus. Ich glaube, sie leben hier und trotzdem erscheinen sie mir nicht gestresst oder in Eile. Es ist für mich jedes Mal faszinierend. Wenn ich an die Stadt denke und die geschäftigen Menschen, die von einem Ort zum anderen hetzen und kaum noch Zeit für einen ruhigen Kaffee im Sitzen haben, werde ich fast traurig. Überall sieht man nur noch Kaffeebecher zum Mitnehmen, weil sich kaum jemand die Zeit nimmt, sich hinzusetzen, ein Buch zu lesen oder die Umgebung auf sich wirken zu lassen.

Als mein Frühstück kommt, genieße ich es in vollen Zügen. Ich habe keine Ahnung, wann ich das letzte Mal allein in einem Lokal gesessen habe. Tatsächlich fühle ich mich immer sehr unwohl, wenn ich allein unterwegs bin und viel sicherer, sobald ich eine Freundin dabeihabe. Eigentlich ist es lächerlich, wo ich doch eine erwachsene Frau bin, jedoch stört es mich hier nicht und ich genieße diese Zeit für mich.

Die Tür öffnet sich erneut und meine Augen schweifen abermals von meinem Buch ab, das ich endlich beenden will, als plötzlich Malte hereinkommt und ich aufschrecke. Sofort frage ich mich, ob ich ihn begrüßen soll. Vielleicht sollte ich ihn lieber ignorieren und ihn wieder gehen lassen. Will er mich denn überhaupt schon wieder sehen? Momentan vergeht kein Tag, an dem wir uns nicht über den Weg laufen. Vielleicht wird es ihm zu viel. Auf keinen Fall möchte ich, dass er von mir genug hat. Bevor ich jedoch weiter darüber grübeln kann, schaut Malte zu mir herüber und lächelt freundlich. Sofort kommt er rüber und scheint keineswegs genervt zu sein.

»Du hier?«, fragt er. »Was ein Zufall.«

»Ich dachte, ich frühstücke mal ausgiebig«, sage ich. »Und du? Nur auf dem Sprung?«

»Nein, tatsächlich frühstücke ich fast jeden Samstag hier«, erklärt er. »Darf ich mich zu dir setzen? Ich möchte dich aber nicht stören.«

»Ach was, du störst doch nicht. Setz dich.« Ich zeige auf den freien Stuhl gegenüber und freue mich, dass er mich gefragt hat. Ein Zeichen dafür, dass er offenbar gerne Zeit mit mir verbringt.

»Wie mir scheint, hast du das Buch fast ausgelesen«, sagt Malte und deutet mit einem Kopfnicken darauf. Die Bedienung kommt erneut und Malte bestellt ein herzhaftes Frühstück und einen einfachen Kaffee.

»Ja, es war spannend. Gibt es hier irgendwo eine Buchhandlung?«

»Die Beste«, meint er. »Wenn du willst, kann ich dir nach dem Frühstück gerne zeigen wo.«

»Das wäre prima.«

So vergeht eine halbe Stunde, die wir wieder zusammensitzen und erneut reden. Auf seltsam schöne Weise geht uns niemals der Gesprächsstoff aus.

»Malte?«, spricht ihn eine Frau an, die zu uns an den Tisch ran tritt.

»Lydia«, sagt er und springt auf, um sie mit einer Umarmung zu begrüßen.

In mir brodelt es mit einem Mal und ich komme nicht umher, irgendwas Schlechtes an der fremden Frau zu suchen, was mir nicht gelingen will. Zu meinem Ärger sieht sie wunderschön aus und ist zudem sportlich gekleidet, als käme sie gerade von ihrer Joggingrunde. Vermutlich bestellt sie sich das Fitnessfrühstück, was auch immer darin enthalten ist.

»Darf ich dir Finny vorstellen? Sie ist meine Nachbarin«, stellt er mich vor.

Ich hatte gehofft, er stellt mich als eine Freundin und nicht nur Nachbarin vor, aber offenbar bin ich in erster Linie wohl genau das. »Finny, das ist Lydia. Sie ist … wir sind alte Freunde.« Mir entgeht nicht, dass er ursprünglich etwas anderes hat sagen wollen und ich weiß sofort, dass ich dem auf die Spur gehen werden.

Lydia und ich reichen uns die Hände und lächeln beide nett. Doch auch ihr kann ich ansehen, dass es so falsch ist wie die Nase von Michel Jackson.

»Und wie geht es dir so? Wir haben uns ja schon eine lange Zeit nicht mehr gesehen«, meint Lydia an Malte gewandt.

»Ich weiß, momentan bin ich ziemlich eingespannt in der Firma. Du kennst das ja.«

»Aber sicher. Wie geht es deinem Vater? Hat er sich noch eine Jacht zugelegt?«

Malte lacht. »Er wird wohl nie genug davon haben.«

Sie kennt seinen Vater? Sie weiß, dass er Jachten besitzt? Wer verdammt noch mal ist sie?

»Meinst du, wir können uns mal auf einen Drink treffen? Vielleicht im *Roof*«, schlägt sie vor und ich finde ihre direkte Art ziemlich uncharmant.

»Das ist eine schöne Idee, aber ich denke, ich werde es derzeit leider nicht hinbekommen«, antwortet Malte ausweichend und ich tanze innerlich einen Freudentanz.

Lydia schaut ihn ein wenig lasziv an. »Das ist schade, aber du hast ja meine Nummer«, sagt sie, streichelt seinen Arm und verschwindet.

Sowie Malte sich setzt, kann ich ihm ansehen, dass er sich sichtlich unwohl fühlt.

»Alles in Ordnung?«, frage ich nach.

»Ja, es war nur keine schöne Begegnung«, meint er und atmet schwer durch. »Aber das würde dich vermutlich nur langweilen.«

»Wenn du nicht darüber reden möchtest, ist das okay«, erwidere ich sofort und möchte ihn nicht drängen.

Malte trinkt einen Schluck seines Kaffees. »Vermutlich sollte es nach so vielen Jahren keine Rolle mehr spielen, aber sie ist meine Ex-Freundin«, erläutert er und in mir bricht etwas. Hegt er noch Gefühle für sie oder warum ist er so betroffen?

Selbst wenn, was wäre daran so schlimm?

»Oh, dann tut es dir weh, sie zu sehen?«

»Was? Nein, nein, da bist du auf dem vollkommen falschen Weg«, äußert er sich vehement. »Wir waren circa zwei Jahre zusammen und ich habe sie dabei erwischt, wie sie mich betrogen hat. Das hat mir damals tatsächlich ziemlich zugesetzt und die Trennung verlief alles andere als einfach.«

»Das tut mir leid. So etwas ist nie leicht. Hast du sie seitdem das erste Mal gesehen?«, hake ich nach.

Er nickt. »Obwohl wir in solch einem kleinen Ort leben, sind wir uns bisher noch nicht über den Weg gelaufen und ausgerechnet, wenn du dabei bist, muss ich ihr begegnen.«

Was soll das denn jetzt schon wieder bedeuten? Warum spricht er nur immer wieder so zweideutig? Andauernd muss ich raten, was in seinem Kopf vorgeht, und dabei weiß ich nicht einmal, weswegen ich mir überhaupt Gedanken darüber mache. Es kann mir eigentlich egal sein. Doch das ist es nicht und ich muss endlich herausfinden, weswegen es mich so interessiert. Weswegen es mich so eifersüchtig macht.

Eifersüchtig?

Ja, das ist wohl das richtige Wort für mein Empfinden, auch wenn ich es nur ungern zugebe.

»Dann kannte sie deinen Vater wohl recht gut?«, will ich weiter wissen.

»So gut man die Freundin seines Sohnes eben kennt. Und um ehrlich zu sein auch die Angestellte. Mein Vater mochte sie aber nie leiden. Er hat sie gleich durchschaut und mir von Beginn an gesagt, ich solle vorsichtig bei ihr sein. Man würde ihr ansehen, dass sie nicht ehrlich wäre«, erzählt er. »Wie recht er doch hatte. Damals hatten mein Vater und ich einen riesigen Krach ihretwegen und ihrer Anstellung. Er unterstellte mir, ich würde sie nur einstellen, weil mir ihr Foto auf der Bewerbung gefiel. Ich versprach ihm, nichts mit ihr anzufangen – was ich ja dann nicht wirklich eingehalten habe. Er war stinksauer und erklärte mir, dass solche Beziehungen für ihn absolut nicht in Ordnung sind.

Vor allem aber würde er spüren, dass Lydia lediglich auf mein Geld und meinen Namen aus wäre. Dass er schlussendlich richtig damit lag, konnte ich zu dem Zeitpunkt nicht ahnen und hören wollte ich es erst recht nicht. Seitdem hat er mich niemanden mehr einstellen lassen und extra jemanden für die Personalabteilung engagiert ... bis ... nun ja, bis du kamst.«

»Ich bin also die erste Person, die du selbst eingestellt hast, seit Lydia?«

Malte nickt. »So ist es. Glaub mir, diese Frau hat irgendwas Teuflisches an sich.«

»Dann hat dein Vater wohl eine gute Menschenkenntnis«, sage ich und schieße mir dabei wohl ins eigene Tor, denn von mir wird er vermutlich momentan nicht sonderlich viel halten.

»Das würde ich so nicht unterschreiben. Er erkennt jedoch, wenn man nicht ehrlich ist, und wollte mich eben schützen. Ich habe das nicht hören wollen, habe Lydia vertraut und bin ziemlich auf die Schnauze gefallen«, meint Malte weiter.

»So etwas passiert schneller, als man denkt. Man vertraut einem Menschen und wird enttäuscht. Aber wenn du so verletzt wurdest, wieso sprichst du dann überhaupt noch mit ihr?«, will ich wissen.

Er zuckt mit der Schulter. »Vermutlich aus Höflichkeit. Es liegt mir nicht im Blut jemanden abzuwehren oder unmanierlich zu sein. Außerdem ist sie es doch gar nicht mehr wert, dass ich mir Gedanken über sie mache.«

»Na ja, wenn du mich fragst, hat sie aber offenbar vor, wieder eine Rolle in deinem Leben einzunehmen.«

»Deswegen wird sie mir vor ein paar Tagen auch eine SMS geschrieben haben.«

»Sie hat dir eine Nachricht geschrieben?«, platzt es aus mir raus.

»Ja, warum?«

»Du sagst mir gerade, dass ihr euch seit Jahren nicht mehr gesehen habt und kaum, dass sie dir eine SMS schreibt, trefft ihr euch rein zufällig in einem Café. Kommt dir das nicht auch ziemlich verdächtig vor?«

»Kann sein, darüber mache ich mir keine Gedanken.«

»Warum nicht?«, hinterfrage ich.

»Weil Lydia keine Rolle mehr in meinem Leben spielt. Genau deswegen habe ich ihr nicht zurückgeschrieben und auch die Einladung zum Drink ausgeschlossen. Ich will mit ihr nichts mehr zu tun haben und nach vorn schauen«, sagt Malte und ich werde ruhiger. Wie mir scheint, will er sie wirklich nicht mehr in seinem Leben haben und warum auch immer, aber mich beruhigt es, das zu wissen. »So, und jetzt wollen wir los zur Buchhandlung.«

»Gerne«, erwidere ich und gemeinsam gehen wir hinaus.

Wir lassen die Autos stehen und gehen nur wenige Minuten zu Fuß. Die Sonne ist unlängst da und wärmt uns, als wir an einem kleinen Marktplatz ankommen. Hier befinden sich eine Eisdiele, ein Friseur, eine Bäckerei, ein Arzt und eine Buchhandlung.

»Es ist richtig idyllisch«, merke ich an.

Malte deutet auf den kleinen Platz, auf dem eine große Tanne steht. »Im Winter findet hier immer für zwei Wochen ein Weihnachtsmarkt statt. Es ist nichts Großes, aber es gibt ein paar Stände, etwas zu essen und zu trinken, und es zieht viele Menschen an. Ganz Scharbeutz ist dann dort zu finden.«

»Das klingt gemütlich. Fast so, als wäre die gesamte Stadt eine große Familie.«

»So ist es auch beinahe. Du triffst hier niemanden, der nicht bereit wäre, dir zu helfen und andersherum. Wir sind einfach füreinander da und unterstützen, wo wir nur können. Aber jetzt besorgen wir dir erst einmal ein neues Buch«, sagt er und wir betreten den kleinen Buchladen. »Vergleich es bitte nicht mit einer riesigen Kette, die du in den Städten zuhauf findest. Hier wird wohl kaum der neueste Bestseller stehen, aber du findest sicherlich einige gute Romane.«

Der kleine Laden sieht zauberhaft aus mit seinen vielen Büchern in den alten Holzregalen. In einer der Ecken steht eine Couch, auf der man Platz nehmen kann, um in Ruhe in einem der Bücher zu schmökern. Sogar ein kleiner Kaffeeautomat steht bereit.

»Das ist ja klasse.« Ich strahle über die Auswahl, die viel größer ist, als man von außen meinen mag. Man findet Liebesromane, Fantasygeschichten und einen guten alten Krimi. Es ist alles da, was das Herz begehrt und schnell habe ich das für mich passende Regal gefunden. Ich suche nach einem Roman und werde rasch fündig. »Dieses nehme ich mit.«

»Das geht auf mich«, erwidert Malte und schnappt sich das Buch aus meiner Hand.

»Aber das ist doch nicht nötig«, wende ich ein und doch finde ich die Geste lieb von ihm.

Er schaut mich an. »Ich möchte es gerne.«

»Wenn das so ist.«

»Malte, wie geht es dir, mein Junge?«, fragt sie ältere Verkäuferin hinter der Theke freundlich.

»Gut, und wie geht es Ihnen?«

»Ach, du kennst das ja. In meinem Alter ist alles irgendwie anstrengend und die neuen Bücher verteilen sich nicht von allein.«

»Sie wissen doch, dass ich immer zur Stelle bin, falls Sie mal Hilfe brauchen«, bietet Malte sofort an – wie könnte es auch anders sein.

»Das ist nett, aber der kleine Carlsen-Sohn ist mir eine tatkräftige Unterstützung. Er verdient sich ein bisschen Taschengeld und ich muss nicht mehr auf die Leiter steigen«, erklärt sie und greift nach dem Buch. »Das ist wohl eher für deine Freundin, nicht wahr?«, stellt sie fest, nachdem sie den Buchtitel gelesen hat.

»Sie ist ... ja, genau. Das ist Finny, sie ist die Enkelin von Martha Fischer«, stellt er mich vor und mir entgeht nicht, dass er ihre Frage so stehen lässt, was mein Herz in die Höhe springen lässt.

Nun dreh mal nicht gleich durch! Nicht verlieben war die Devise! Du bist nur eine kurze Zeit hier.

»Das gibt es ja nicht. Wie schön. Ihre Großmutter ist eine so liebe Frau und Ihr Großvater, ein ganz toller Mann. Hach, da haben Sie aber gute Großeltern«, bemerkt sie und Malte zahlt in der Zwischenzeit.

»Das ist mir nicht entgangen, danke«, erwidere ich und lächle.

»Wir gehen mal weiter. War schön, Sie zu sehen«, verabschiedet sich Malte und auch ich verabschiede mich.

»Macht es gut und genießt die Sonne.«

Als wir wieder draußen sind, schaut Malte mich an. »Und, was haben wir nun vor?«

»Wir?«, wiederhole ich skeptisch.

»Es sei denn, du verbringst deinen Samstag lieber allein, dann will ich dich natürlich nicht stören«, entgegnet er sogleich und diese Selbstsicherheit verblüfft mich jedes Mal.

»Ich würde mich über einen Touristenführer freuen«, schlage ich vor. »Denn so langsam würde ich gerne mal ein wenig von der Umgebung sehen.«

»Da hast du Glück, denn ich bin genau der Richtige.«

»Ehrlich?« Ich lache.

»Selbstverständlich, du findest in ganz Scharbeutz niemanden, der dir die Sehenswürdigkeiten besser zeigen könnte als ich.«

»Na, dann begleite ich dich sehr gerne.«

So starten wir unsere Tour durch die Ortschaft und die nähere Umgebung. Malte zeigt mir alles und wir unternehmen viel. So gehen wir Minigolfspielen, Flanieren auf der Dünenmeile und ich kaufe mir ein neues Kleid. Wir fahren mit der Bimmelbahn durch Scharbeutz und spazieren durch den Kurpark. Schlussendlich sitzen wir in einem Restaurant und essen zusammen zu Abend. Es war ein vollgepackter Tag mit unzähligen Attraktionen und nicht eine Sekunde war es langweilig, still oder öde. Ich weiß nicht, wann ich das letzte Mal so viel Spaß hatte.

»Ich danke dir für den schönen Tag«, sage ich daher und trinke einen Schluck meines Weißweines.

»Gerne, jedoch muss ich mich wohl bedanken, denn ich fand es ebenso schön«, erwidert Malte. »Es ist lange her, dass ich unsere Sehenswürdigkeiten bewusst gesehen habe. Wenn man hier lebt, dann nimmt man sie kaum mehr wahr!«

»Das kenne ich gut. So habe ich wirklich schöne Erinnerungen an die Zeit hier.«

»Freust du dich schon auf zu Hause?«

»Ich bin ja gerade mal eine Woche hier«, sage ich.

Gerade kommt der Kellner vorbei, der die Teller abräumt, und wir bestellen noch ein warmes Getränk zum Abschluss. Malte einen Espresso und ich einen Latte macchiato.

»Das muss nicht zwingend bedeuten, dass du dich nicht freust, wenn die vier Wochen rum sind.«

»Zu Beginn war das so. Tatsächlich habe ich mich sehr einsam gefühlt und auch fremd. Das ist ganz natürlich. Aber mittlerweile fühle ich mich sehr wohl und ich schätze mal, dass ich in drei Wochen traurig sein werde, wenn ich wieder abreise.«

»Hierbleiben ist keine Option?«, hinterfragt er.

Ich frage mich, wieso er das wissen will. Weil er es gerne hat, wenn ich in seiner Nähe bin oder weil es ihn ganz einfach interessiert? »Mein gesamtes Leben spielt sich im Rheinland ab. Einfach hierbleiben wäre vermutlich etwas zu viel des Guten. Aber ganz bestimmt werde ich öfter zum Urlauben hierherkommen«, beschließe ich, doch das scheint Malte nicht sonderlich glücklich zu stimmen. »Sicher öfter, als man annehmen möchte, wo ich doch dabei bin, mich in die Ostsee zu verlieben«, füge ich hinzu, jedoch ändert es nichts an seinem Gesichtsausdruck.

»Wenn du willst, zeige ich dir gleich die ultimative Sehenswürdigkeit.«

»Die habe ich noch nicht gesehen?«

»Nein, die habe ich bis zum Schluss aufgehoben und bei untergehender Sonne ist sie besonders schön«, schwärmt er. »Dann bist du nicht mehr dabei, dich in die Ostsee zu verlieben, dann ist es zu spät«, verkündet er und lächelt.

»Das will ich mir natürlich unter gar keinen Umständen entgehen lassen«, erwidere ich und wir stoßen mit unseren Gläsern an.

Eine halbe Stunde später parken wir wieder an einem Strand. Anhand der Autos kann ich aber bereits erkennen, dass hier deutlich mehr los ist als am letzten Strandabschnitt, an dem wir geangelt haben. Vermutlich wegen jener Touristenattraktion, von der Malte mir nichts weiter verraten wollte.

»Los gehts«, sagt er und wieder laufen wir los, bis wir auf einem Steg stehen, der weit hinausführt auf die offene See. »Die Seebrücke ist ein echtes Wahrzeichen hier.«

Der sanfte Wind weht mir die Haare immerzu ins Gesicht, sodass ich mir mein Haargummi schnappe und mir einen flotten Dutt zaubere. Da ich keinen Spiegel zur Hand habe, gehe ich davon aus, dass es nicht ganz so aussieht wie frisch vom Friseur. Aber das stört mich im Moment überhaupt nicht und ich genieße nur den Spaziergang mit Malte.

Viele Menschen zieht es hierher und es dauert schon ein bisschen, bis wir endlich das Ende der Brücke erreicht haben. Irgendwie ein gruseliges Gefühl zu wissen, dass unter uns metertief nur Wasser ist. Bei der Entfernung zum Strand würden mir meine Schwimmkünste nicht mehr viel helfen.

»Es ist beeindruckend.« Wir blicken auf die See hinaus. »Magisch, so hatte ich es, glaube ich, schon einmal beschrieben.«

»Das ist wohl das passendste Wort«, erwidert Malte.

Wir stehen dicht beieinander. So dicht, dass sein Hemd gegen meinen Arm flattert durch den Wind, der uns entgegen rauscht. Dieser Blick, seine Nähe – all das beschert mir eine Gänsehaut und ich denke an gestern Abend zurück. An den Augenblick, als wir uns so nah waren und wir uns in die Augen geschaut haben. Was wäre passiert, wenn Nina und Max nicht dazwischen gekommen wären? Wäre überhaupt irgendwas gewesen? Mein Gefühl jetzt gleicht dem von gestern und ich spüre das Kribbeln in meinem Bauch, das Verlangen nach ... nach ihm. Ich schlucke schwer, möchte diese Emotionen nicht zulassen. Wozu auch? In drei Wochen bin ich wieder weg, dann bin ich zu Hause und kann es sicherlich nicht gebrauchen, mich nach einem Mann zu sehnen, der viele Hunderte Kilometer weit weg ist. Nein, ich muss mich einfach zusammenreißen und dafür sorgen, dass Malte und ich rein platonische Freunde sind und es auch bleiben.

Zudem weiß ich nicht einmal, wie er das alles sieht. Er ist so undurchschaubar, was mich noch um den Verstand bringt. Normalerweise kann ich Menschen gut lesen und weiß oft, was sie denken. Da habe ich eine gute Menschenkenntnis, aber bei Malte ist einfach alles verschwommen und ich sehe rein gar nichts mehr. Bei ihm muss ich mich voll und ganz auf mein Gefühl verlassen und irgendwie redet es im Moment nicht mit mir. Also bleibt mir nichts anderes übrig, als abzuwarten und die Dinge zu nehmen, wie sie sind.

Seine Überraschung zieht nicht nur mich in ihren Bann. Nein, die untergehende Sonne am Ende des Horizontes bringt alle Augen der Menschen um uns herum zum Glänzen. So etwas Alltägliches und Normales – und doch hat es eine gewisse Faszination auf mich, die ich nicht beschreiben kann. Das Ende des Tages wird eingeläutet, die letzten Stunden gelten hier nichts mehr. Nein, hier zählt nur noch das Jetzt.

So genieße ich den Augenblick und Maltes Nähe, lasse die Aussicht auf mich wirken und betrachte die Sonne, die am Ende der Kuppel langsam untergeht.

Kapitel 13

Die neue Woche hat es in sich. Ich mache schon den dritten Tag in Folge Überstunden, doch stört mich das nicht. Ich will nur eines: Dass das Fischerfest mit meiner Werbung ein Erfolg wird. Und dafür werde ich alles tun, was nötig ist. Leider habe ich Malte seit Samstag nicht mehr gesehen. Zwar hatte ich am Sonntag gehofft, ich würde ihn bei sich zu Hause antreffen, doch er war offensichtlich nicht da. Sogar im Vorgarten habe ich mich aufgehalten, damit er mich sieht und eventuell das Gespräch mit mir sucht, aber nichts da. Anscheinend war er nicht zu Hause und seit jenem Tag frage ich mich, ob er sich nicht doch mit dieser Lydia getroffen hat. Eigentlich hatte er es nicht vor, aber wer weiß? Vielleicht ist er schwach geworden. Möglich, dass sie sich nochmals bei ihm gemeldet hat und er daraufhin nicht unhöflich sein wollte. Doch warum treffe ich ihn auch in der Firma nicht an? Ist er unterwegs und hat geschäftlich zu tun? Diese Fragen machen mich noch verrückt.

Auch über Herrn Bergmann Senior habe ich viel nachdenken müssen. Wenn er Lydia schon nicht leiden mochte, fällt es ihm offenbar schwer, irgendeinen Menschen um sich herum zu akzeptieren. Ich meine, sie war schließlich Maltes Freundin. Selbst sie hat er nicht ausstehen können. Kein Wunder also, dass er mich ebenso wenig leiden kann. Selbst wenn ich absolut nichts getan habe, was sein Verhalten rechtfertigen würde. Vielleicht ist er ja wirklich so geworden, weil er seine Frau verloren hat. Ich kann mir durchaus vorstellen, dass so etwas passiert, wenn man die Liebe seines Lebens verliert. Man verhärtet und lässt niemanden mehr an sich heran. Auch keine Angestellte, die nicht einmal so richtig etwas mit ihm zu tun hätte.

Der Sonntag war an sich ein schwerer Tag, denn ich war vollkommen allein. Außer einem Gespräch mit einem Nachbarn war nichts los und das hat mich ziemlich deprimiert. Plötzlich habe ich meine Freunde so sehr vermisst, dass ich sie alle nacheinander angerufen habe. Die meisten waren unterwegs, in irgendwelchen Bars oder Cafés, etwas essen oder in der Stadt spazieren. Niemand von ihnen war allein und wenn doch, dann nur, weil sie sich gerade auf den Weg machten zu irgendwelchen Freunden. Irgendwann habe ich nur noch geweint, was mich ebenso gestört hat. Wieso bekomme ich es nicht hin, mal einen Tag vollkommen für mich zu sein? Was ist daran nur so schlimm?

Als ich dann meine Nachbarin Frau Fries angetroffen habe, haben wir uns über zwanzig Minuten unterhalten. Wahrscheinlich wäre das Gespräch nicht so lange gewesen, hätte ich nicht auf Biegen und Brechen versucht, es am Leben zu erhalten.

Auf Montag habe ich mich schon wieder mehr gefreut, weil ich endlich unter Menschen kommen konnte. Mit einigen aus der Firma habe ich mich unterhalten und die Pausen auch mit ihnen verbracht. Allmählich bin ich wohl recht gut etabliert.

Natürlich hatte ich gehofft, ich würde Malte antreffen, einfach, weil er mir so vertraut ist. Doch ich wurde enttäuscht und das zieht sich nun schon bis heute.

Wo steckt er nur?

Eigentlich kann es mir ja egal sein. Bald lebe ich wieder mein gewohntes Leben, in dem er höchstwahrscheinlich keine große Rolle spielen wird. Dafür wohnt er viel zu weit weg und außerdem möchte er sicherlich auch keine Rolle in meinem Leben haben. Malte ist nett. Ein netter und hilfsbereiter Nachbar. Mehr ist es nicht. Warum also ständig diese Gedanken und auch diese Eifersucht, wenn ich an Lydia denke? Es nervt mich. Ich nerve mich selbst.

Krampfhaft versuche ich mich mit der Arbeit abzulenken, die vor mir liegt, doch es gelingt mir nicht. Plötzlich höre ich Stimmen vor meiner Bürotür und sofort horche ich auf. Bei der Männerstimme könnte es sich um Malte handeln. Die Frauenstimme ist definitiv Lauras. Worüber sie reden, kann ich nicht heraushören. Außer ein paar Schnipsel kann ich nichts verstehen. Aber weit mehr als der Inhalt interessiert mich, wer der Mann ist, der vor meiner Tür steht.

Natürlich könnte ich einfach rausgehen und mir einen Kaffee machen. Das wäre absolut normal und vollkommen in Ordnung. Das würde keineswegs von Neugierde zeugen. Schon stehe ich auf, greife mir meine Tasse, die auf meinem Schreibtisch steht, doch als ich losgehen will, klopft es an meiner Tür und ich husche sofort auf meinen Stuhl zurück. Ich bin mir sicher, Malte ist von seiner Geschäftsreise oder was auch immer zurück und möchte mir Bescheid geben, dass er wieder da ist.

»Herein.« Schnell tue ich beschäftigt, als Laura in mein Büro tritt und ich nichts dagegen ausrichten kann, dass ich eine tiefe Enttäuschung spüre.

»Hi, alles okay?«, fragt sie verständlicherweise.

»Oh, ja. Eine Designänderung bereitet mir Probleme, sonst nichts.«

»Ich wollte nur Bescheid geben, dass ich nun auch Feierabend mache. Du bist hier also wieder völlig allein.«

»Ach, das macht nichts. Ich brauche so eine Stunde, dann bin ich auch fertig für heute. Aber ich will eine Sache unbedingt fertigstellen«, erkläre ich. »Ich wollte mir dafür gerade einen Kaffee holen.«

»Herrje, doch noch so lange?«

»Das ist noch gar nichts. Gestern saß ich bis nach acht hier«, sage ich, winke aber sofort ab. »Mir macht es nichts aus. Ich bin froh um jeden Schritt, den ich vorankomme.«

Laura will gerade gehen und auch wenn ich mir gerne länger Gedanken darum gemacht hätte, sie diskreter zu fragen, so bleibt mir leider keine Zeit dafür. »Mit wem hast du denn gerade vor der Tür gesprochen?«

»Mit Bob aus dem Kundenservice«, erwidert sie und sogleich macht sich erneut die Enttäuschung in mir breit. »Wieso?«

»Wollte nur wissen, wer noch hier ist«, lüge ich.

»Bob ist ebenso schon gegangen. Er ist sehr spät dran für die Ballettaufführung seiner Tochter.«

»Na gut, dann sehen wir uns morgen«, verabschiede ich mich und Laura schließt die Tür hinter sich.

Ich drehe mich um und blicke aus dem Fenster hinaus. Die Sonne steht über dem Meer und auch sind noch einige Strandbesucher auszumachen. Während ich hier drinnen arbeite, genießen die Urlauber das Wetter. Wie gerne würde ich gerade in die Ostsee springen und mich abkühlen.

Damit ich die letzte Stunde produktiv arbeiten kann, beschließe ich mir wirklich einen weiteren Kaffee zu besorgen. Rasch gehe ich hinaus in den Flur. Sofort fällt mir Licht auf, das vom Treppenhaus oben dringt. Ob Malte in seinem Büro ist? Am liebsten würde ich nachsehen, aber das wäre ja zu schwachsinnig. Was, wenn mich jemand sieht, wie ich mich in den ersten Stock schleiche? Ich brauche einen Vorwand. Leider fällt mir nichts ein, weswegen ich nach oben müsste. Kein Grund, kein Druckerproblem, einfach nichts. Also habe ich die Wahl zwischen hochschleichen und hoffen, dass ich nicht ertappt werde oder hier unten bleiben und weiter rätseln, wer im ersten Stock ist.

Zügig stelle ich die Tasse in der Küche ab und überlege nicht lange, als ich die Treppenstufen nach oben steige. Leise und langsam arbeite ich mich vor und fühle mich dabei wie ein Einbrecher. Die Männerstimme wird immer lauter und doch bin ich mir nicht sicher, um wen es sich dabei handelt.

Wenn das hier mal nicht ein Hilfeschrei für eine Therapie ist.

Angekommen auf der Etage sehe ich, dass im Besprechungsraum Licht brennt. Ich sehe mich um, um sicherzugehen, dass niemand sieht, wie ich durch den langen Flur schleiche. Wieder höre ich eine Männerstimme und ich glaube, ich höre eindeutig Malte. Mein Herz schlägt einige Schläge schneller. Sogleich bin ich aber auch wütend, dass er es nicht für nötig hält, sich mal bei mir blicken zu lassen und mir wenigstens mal Hallo zu sagen.

Vorsichtig trete ich näher an den Besprechungsraum und schaue bedachtsam durch die Fenstertür – und da sehe ich Malte. Er sitzt, mit dem Rücken zu mir gedreht und telefoniert. Sofort spüre ich ein Lächeln auf meinen Lippen und ich kann meinen Blick nicht von ihm wenden. Daher bemerke ich auch nicht die Schritte, die hinter mir lauter werden.

»Kann ich Ihnen helfen?«

Erschrocken drehe ich mich um und blicke Herrn Bergmann Senior in die Augen.

Scheiße!

»Oh, hallo.« Hektisch überlege ich mir eine Lüge.

»Und? Kann ich Ihnen helfen? Was machen Sie um diese Uhrzeit denn noch hier?«

Ich bin froh, dass ich zumindest hierauf eine ehrliche Antwort geben kann. »Ich bearbeite ein Design und mache dafür ein bisschen länger.«

In diesem Moment kommt Malte raus, da er offensichtlich gehört hat, dass wir uns unterhalten.

»Finny«, sagt er überrascht und freudig. Ist es Freude, die ich heraushöre?

»Finny?«, fragt Herr Bergmann verdutzt.

»Ja, sie ist ... sie ist meine Nachbarin. Das habe ich sicher mal erwähnt«, sagt Malte an seinen Vater gewandt.

»Daran würde ich mich wohl erinnern. Das hast du mit keiner Silbe erwähnt«, kontert er und in seinem Ton liegt etwas, was ich nicht recht deuten kann. Ist es Neugierde? Vorsicht? Oder eher Skepsis?

»Ist ja auch nicht so wichtig«, meint Malte weiter und dreht sich mir wieder zu. »Was machst du hier?«

»Das wollte Frau Sturm gerade beantworten«, sagt mein Chef und ich ärgere mich darüber, mich in so eine dumme Situation gebracht zu haben.

Mist! Mist! Mist! Lass dir schnell etwas einfallen, Finny.

»Ich war gerade dabei, das neue Design fertigzustellen. Ich wollte gerne wissen, was Sie davon halten, bevor ich es final ändere«, lüge ich wie gedruckt.

Herr Bergmann schaut auf meine Hände. »Und wo ist der Vorschlag?«

»Hoppla, hab ich doch tatsächlich das Laptop in meinem Büro vergessen«, erwidere ich peinlich berührt, aber ganz ohne Scham komme ich aus der Nummer wohl nicht mehr raus.

»Sie haben das Laptop vergessen?«, wiederholt Herr Bergmann stutzig und wie wenig er von mir hält, ist deutlich auszumachen.

»Das kann doch mal passieren«, mischt Malte sich ein.

»Kann es?«

»Natürlich nicht in deiner perfekten Welt, Vater. Mir ist klar, dass dir niemals Fehler passieren«, antwortet Malte ein wenig süffisant. Er scheint die ganze Situation ziemlich belustigend zu finden.

»Fehler schon, aber hier geht es nicht um einen Fehler, sondern um Vergesslichkeit binnen Sekunden. So etwas passiert mir in meinem hohen Alter nicht einmal.«

»Es tut mir leid. Vermutlich ist es auch zu spät. Ich komme einfach morgen nochmals auf Sie zu und wir gehen das neue Design durch«, schlage ich vor und bete, dass er mich gehen lässt.

»Vermutlich eine gute Idee«, sagt Maltes Vater und verschwindet in seinem Büro.

Malte schaut mich ungläubig an. »Du hast dein Laptop vergessen?«

Ich zucke mit der Schulter und weiche seinem Blick aus. »So was passiert.«

Er lacht und ich schätze mal, er weiß genau, dass ich nicht die Wahrheit sage. Er ist jedoch ein Gentleman und lässt es auf sich beruhen. »Wie geht es dir?«

»Gut, danke. Und dir? Ich meine, wir haben uns ein paar Tage nicht gesehen.«

»Ja, ich war geschäftlich unterwegs. Musste einiges für einen Kundentermin vorbereiten«, erläutert er und augenblicklich bin ich beruhigt zu wissen, dass seine Abwesenheit nichts mit der blöden Lydia zu tun hat.

»Deswegen warst du also nicht da, aha«, sage ich.

»Ist es dir also aufgefallen, dass ich weg war.« Malte schmunzelt.

»Nun ja, dein Auto stand nicht wie üblich in der Einfahrt. Und normalerweise hätte ich dich vielleicht angeschrieben und gefragt, wo du steckst, so als Freundin, aber dann ist mir aufgefallen, dass ich deine Handynummer nicht habe.«

»Das sollten wir unbedingt mal ändern. Ich meine, was ist, wenn irgendwas passiert und ich deine Hilfe benötige bei … bei Dingen, bei denen nur du mir helfen kannst.« Malte grinst.

»Genau, wie erreichst du mich sonst«, stimme ich zu und ich kann spüren, dass er genauso gerne mehr Kontakt zu mir hätte wie ich zu ihm.

Oder täusche ich mich?

»Ich könnte mir ja deine Nummer aus der Personalakte notieren und dich anschreiben, dann hast du auch sofort meine Nummer und falls der Notfall eintritt, passiert es nicht noch einmal, dass du nicht weißt, wo ich bin oder wann ich wiederkomme«, schlägt Malte vor.

»Das klingt nach einem guten Plan.« Damit gehe ich zurück zur Treppe, drehe mich nach zwei Metern noch einmal um und füge hinzu: »Tu das ruhig.«

Als ich zwei Stunden später zu Hause ankomme, steht Maltes Auto noch immer nicht in der Einfahrt. Anscheinend hat er eine lange Nacht voller Arbeit vor sich, doch zu meiner Überraschung erwartet mich eine SMS von ihm.

Ich wollte dir nur mitteilen, dass ich länger arbeiten muss. Nicht, dass du dir Sorgen um mich machst, wo mein Auto doch erneut nicht in der Einfahrt steht. Ich will nur ein guter Freund und Nachbar sein. Hiermit habe ich dich also informiert.
Grüße, Malte

Ich zögere nicht lange und schreibe ihm sofort zurück.

Das ist sehr vorbildlich von dir und ja, mir ist aufgefallen, dass dein Auto nicht da ist. Ich war kurz davor, die Polizei zu verständigen. Du hast also noch mal Glück gehabt.
Arbeite nicht mehr allzu lange, das ist nicht gut für den Teint.
Bis morgen, Finny

Mit einem breiten Lächeln im Gesicht gehe ich ins Badezimmer und mache mich sofort fertig für das Bett. Auch wenn ich fix und alle bin, so kann ich nicht anders als ein kleines Freudentänzchen aufführen über die SMS. Darüber, dass Malte wieder da ist und ich herausgefunden habe, dass er sich nicht mit Lydia getroffen hat. Auch wenn ich einen kleinen peinlichen Zwischenfall hatte, so war es doch ein gelungener Tag.

Kapitel 14

Der Samstag rückt immer näher und damit der Tag, an dem das Fischerfest startet. Also muss ich heute zum ersten Mal dorthin, wo dieses Fest stattfindet. Ich bekomme einen ersten Eindruck über unseren Stand und darf mich mit zwei Angestellten darum kümmern, dass alles bestens vorbereitet ist für diesen wichtigen Tag. In einem Firmenwagen fahren wir durch Scharbeutz. Das Wetter ist heute eher kühl, trüb und regnerisch, weswegen ich einen Regenschirm mit habe und einen Mantel trage.

Angekommen in der Nähe des Strandes steht bereits das Willkommensschild und wir laufen mit aufgespanntem Regenschirm zu unserem Stand. Viele weitere Unternehmen und Verkäufer haben ebenfalls ihre Verkaufsstände aufgebaut und sind vor Ort, um nach dem Rechten zu sehen. Der Regen nimmt an Stärke zu und ich hoffe inständig, dass es ab Samstag wieder freundlicheres Wetter gibt. Sonst werden vermutlich wesentlich weniger Menschen das Fischerfest besuchen, als wir angedacht haben.

Am Stand angelangt, sieht soweit alles prächtig aus. Überall ist mein Design zu sehen und ich finde, es macht sich ausgezeichnet. Die Urlaubsplakate im Hintergrund laden direkt ein zum Wohlfühlen. Was aber besonders wichtig ist, ist die Kinderbespaßung. Da haben wir einen Maltisch für die Kleinsten sowie einen Bereich, in dem Kinder geschminkt werden und sich mit einem Kostüm fotografieren lassen können. Außerdem wird es einen Bereich geben, der so abgetrennt ist, dass darin eine Kinderbetreuung stattfinden kann. Tatsächlich habe ich so etwas nie zuvor auf einem Straßenfest gesehen. Genau mit so etwas Einzigartigen gewinnt man genau die Aufmerksamkeit, die wir benötigen. Außerdem habe ich dafür gesorgt, dass ein Stand mit Essen und Trinken nicht allzu weit entfernt ist, sodass die Eltern sich nicht entfernen müssen, wenn sie dem Braten nicht trauen und dennoch ihre Zweisamkeit genießen können. Es hat zwar ein bisschen was gekostet, aber ich denke, es wird sich rentieren.

In einer halben Stunde habe ich ein Treffen mit den zwei Kinderbetreuern, dem Zauberer und der Dame, die die Kinder schminkt. Bis dahin will ich meinen Rundgang beendet haben und so schaue ich mir an, wo überall die Plakate von uns hängen. Ich möchte sichergehen, dass sie gut sichtbar positioniert wurden. Zwar habe ich das mehrmals ausdrücklich gesagt, aber Kontrolle ist bekanntlich besser als Vertrauen.

Überall sind die Stände schön gefüllt mit den verschiedensten Dingen, die angeboten werden. Die Essensbuden bereiten sich ebenfalls vor und putzen, was das Zeug hält. Für die Kinder stehen viele Karusselle bereit und überall kann man sich Süßigkeiten, einen Crêpe oder eine Waffel kaufen. Alles in allem ist es tatsächlich wie eine richtige Kirmes, nur mit wesentlich mehr Angeboten von Fisch und Wein.

Nach meinem Rundgang und der Feststellung, dass alles zu meiner Zufriedenheit erledigt wurde, stehen auch bereits die Hilfen für das Fest parat und ich begrüße sie alle.

»Schön, dass Sie hier sind. Mir war wichtig, dass wir uns vor dem Fischerfest bereits kennenlernen, damit ich Sie unterweisen kann und Sie genau wissen, worauf es der *Villa Bergmann* ankommt«, erkläre ich. »Was die Kinderbetreuung angeht, so bieten wir pro Kind eine Stunde Betreuung an. Mehr ist nicht möglich, da wir nicht möchten, dass die Eltern stundenlang umherschwirren und ihre Kinder schlussendlich über Stunden bei uns lagern. Natürlich ist es außerordentlich wichtig, dass jedes Kind nur abgegeben wird, wenn wir diesen ausgefüllten Zettel von den Eltern haben.« Ich halte ein Blatt Papier vor meiner Brust. »Dort wird aufgeschrieben, ob die Kinder irgendetwas haben, auf das wir gesondert achten müssen, wie alt sie sind, wie sie heißen und natürlich eine Telefonnummer der Eltern. Auch die Abgabezeit wird notiert und den Eltern den Durchschlag mitgegeben mit der Abholzeit.«

Dann wende ich mich an den Zauberer. »Ihnen muss ich wohl nicht viel erklären. Mir ist nur wichtig, dass die Kinder einbezogen werden und einfach Spaß haben und was Sie angeht …« Ich wende mich an die Frau, die die Kinder schminkt. »Ich hoffe sehr auf Ihre Künste, die ich im Internet gefunden habe. Die Kinder lassen sich schminken und danach haben wir eine riesige Auswahl an Kostümen. Die Eltern können dann ein schönes Bild von ihnen machen und haben etwas, das sie immer an diesen Tag und damit auch an uns erinnert und daran, wie gut wir doch mit ihrem Nachwuchs umgegangen sind. Das ist im Übrigen das Allerwichtigste. Es muss den Eltern klar werden, dass ihre Kinder nirgends besser aufgehoben sind als bei uns. Wir bespaßen, wir spielen, wir lachen, wir kümmern uns und wir sind da«, beende ich meine kleine Rede und noch über eine Stunde unterhalte ich mich mit den drei über alles Mögliche. Solange, bis ich mir sicher bin, dass der Start am Samstag brillant funktioniert.

Nach einem langen Arbeitstag fahre ich am Abend nach Hause und freue mich auf eine Dusche und mein Bett. Gerade als ich die Straße einbiege, erblicke ich einen Mann auf einer Bank. Irgendwie macht er einen traurigen Eindruck und sofort kommt mir die Geschichte von Malte in den Sinn über meinen Nachbarn Ernst Nielsen, der seine Frau verloren hat. Als ich parke und aussteige, werfe ich einen Blick rüber. So wie er da sitzt, kann ich unmöglich einfach ins Haus gehen. Da würde ich mich schlecht fühlen. Wenn ich hier eines gelernt habe, dann, dass wir füreinander da sind.

Ohne weiter darüber nachzudenken, gehe ich zu dem Mann und bleibe vor ihm stehen. »Guten Abend«, begrüße ich ihn leise.

Er schaut auf. »Abend!«

»Darf ich mich zu Ihnen setzen?«, frage ich höflich und als er nach einer gefühlten Ewigkeit nickt, nehme ich Platz. »Ein wunderschöner Abend, nicht wahr?«

Wieder nur ein Nicken.

»Sie wohnen hier?«, frage ich weiter und er schaut kurz auf das Haus hinter mir. Es sieht gemütlich aus, wenn auch ein wenig vernachlässigt.

Abermals nickt er und ich glaube schon, dass er nicht mit mir reden wird, bis er plötzlich beginnt zu sprechen.

»Schon seit über fünfundzwanzig Jahren. Damals, als meine Frau sich um das Haus gekümmert hat, sah es natürlich viel besser aus. Sie hat sich so gerne darum gekümmert.«

»Ach ja?«

»Wissen Sie, heute ist es eine Schande, wenn eine Frau sich dazu entscheidet, eine Hausfrau sein zu wollen. Zu meiner Zeit war es völlig normal. Im Gegenteil: Wenn eine Frau arbeiten ging, wurde man als Mann von seinen Freunden schon komisch angeschaut und gefragt, ob man sich nicht um seine Frau kümmern könnte.«

»Es sind beides wohl Extreme, die so nicht richtig sind«, sage ich.

»Meine Frau war gerne eine Hausfrau. Sie hat sich mit Freuden um den Haushalt gekümmert, die Wäsche gewaschen, abgestaubt und dafür gesorgt, dass es gemütlich ist. Immer wenn ich von der Arbeit nach Hause kam, stand ein warmes und liebevoll zubereitetes Essen auf dem Tisch und wartete auf mich. Zu gerne wäre sie auch eine Mutter gewesen und das wäre sie ebenso großartig, doch leider war es uns nicht gegönnt. Sie war eine fantastische Frau und ich erinnere mich gerne an sie«, redet er.

Ich kann ihm ansehen, wie er zeitgleich von den alten Tagen träumt. »Was ist mit ihr geschehen?«

»Vor zwei Jahren war es an der Zeit für sie zu gehen.«

»Das tut mir sehr leid«, sage ich aufrichtig und Tränen stehen mir in den Augen.

»Sie hätte nicht gewollt, dass ich mich so gehen lasse. Aber was soll ich tun, wo sie nicht mehr da ist? Ich bin nicht mehr der Mensch, der ich war, als sie noch gelebt hat. Dieser Mensch, der so gerne mit dem Fahrrad gefahren ist und täglich spazieren ging, ist mit ihr gestorben«, erklärt er.

»Denken Sie nicht, Sie würden ihr würdevoller gedenken, wenn Sie noch immer spazieren gingen? So wie sie Sie gerne gesehen hat? Fit und vital?«

»Glauben Sie daran, dass sie mich sieht?«, fragt er nun und schaut skeptisch drein.

Ich zucke mit der Schulter. »Ich denke schon, ja.«

»Ach, so was ist doch Humbug!«

»Nun ja, wenn ich mir das erlauben darf – Sie glauben ja auch daran, dass Sie sich wiedersehen, wenn Sie einmal nicht mehr sind. Ist es nicht so? Wieso ist mein Gedanke abwegiger als Ihrer?«, hinterfrage ich und ich sehe Herrn Nielsen an, dass er darüber nachdenkt.

»Ihr Gedanke ist ein schöner Gedanke«, erwidert er dann und sieht zu mir.

»Wissen Sie, wenn Sie Lust haben, können wir gleich jetzt einen Spaziergang zusammen machen? Ich habe nichts weiter vor und könnte mir nichts Schöneres vorstellen. Zum ersten Mal für diesen Tag regnet es nicht, das könnte ein Zeichen sein.«

»Sie wollen mit mir spazieren gehen? Wieso?«

»Weil wir Nachbarn sind«, entgegne ich und er schaut interessiert.

»Na gut, wir gehen ein Stück und Sie verraten mir, wo Sie wohnen«, meint er und ich lächle zufrieden.

Es scheint, als hätte Herr Nielsen einen großen Bedarf zu reden. Wahrscheinlich musste er nur mal angesprochen werden.

Gemeinsam stehen wir auf und gehen los. Wir schlendern an Maltes Haus vorbei, dessen Jeep in der Einfahrt steht. Licht leuchtet in seinem Wohnzimmer und ich kann kurz einen Blick auf ihn werfen.

»Wohin schauen Sie denn?«, fragt Herr Nielsen und ich erschrecke.

»Nirgendwohin«, erwidere ich sofort und ein wenig schnippisch. Er dreht den Kopf und sieht ebenfalls in das Haus von Malte.

»Ah, Herr Bergmann Junior«, bemerkt er. »Ja, ja, ein gut aussehender junger Mann.«

»Da ... da habe ich nie drauf geachtet.«

»Ich verstehe schon, Kind. Sie brauchen mir nichts vorzumachen«, erwidert er lässig und wir gehen weiter.

»Aber ich mache Ihnen nichts vor. Zwischen Malte und mir ist nichts. Gar nichts«, betone ich. »Wir sind nur Nachbarn und Freunde. Er hat mir ein paar Mal geholfen.«

»Er ist ein guter Mann. Hilfsbereit und höflich. Er wäre garantiert nicht die schlechteste Wahl.«

»Aber wirklich, ich will gar nicht mehr von ihm. Ich mache mir überhaupt keine Gedanken um ihn«, wiederhole ich mich und tatsächlich glaube nicht mal ich mir selbst.

»Und warum sehen Sie dann in sein Haus?«

»Ach, das war nur im Vorbeigehen«, verteidige ich mich, allerdings sieht er mich so skeptisch an, dass ich doch ein wenig nachgebe. »Na ja, manchmal glaube ich, dass da etwas ist zwischen uns und dann gibt es Tage, an denen weiß ich einfach nicht, was er von mir hält oder wie er über all das denkt.«

»Das ist mir zu kompliziert. Zu meiner Zeit hat man solche Dinge anders geregelt. Wenn man ein Mädchen gerne hatte, dann hat man sie umworben. Blumen, kleine Geschenke und man hat mit ihrem Vater gesprochen. Warum spricht heute niemand mehr mit dem Vater einer Tochter?«

»Das waren noch Zeiten, was?«

»Schöne Zeiten. Besser als heute, das können Sie mir glauben«, sagt Herr Nielsen. »Früher wussten die Frauen, woran sie waren. Die Männer waren da sehr eindeutig und die Frauen haben entweder verzückt gelächelt, wenn sie die Blumen entgegengenommen haben oder sie zurückgegeben. Dann wusste man ebenso gut Bescheid. Es war einfach, praktisch und genau. Nie mussten wir so einen Eiertanz aufführen.«

»Tja, aber Malte ist kein Mann aus Ihrer Zeit, sondern einer aus der heutigen. Und in dieser wird nun mal gerne solch ein Tanz aufgeführt. Irgendwie ist es komplizierter geworden und auch nicht mehr so direkt, wie es damals anscheinend war.«

»Warum ist das so?«, will er von mir erfahren.

Wir sind nun seit einer halben Stunde unterwegs.

»Das fragen Sie mich? Woher soll ich das denn wissen?«

»Sie sind doch auch nicht direkt oder waren Sie bei Malte und haben ihm gesagt, wie Sie empfinden?«

»Ich empfinde doch gar nichts. Das habe ich nie behauptet«, entgegne ich lauter.

»Da ist der Eiertanz!«

Ich bleibe stehen, verschränke die Arme vor der Brust und schaue zu Herrn Nielsen auf. »Sie wissen aber, dass Sie ziemlich anstrengend sind?«

»Das hat mir meine Frau auch immer gesagt«, erwidert er und wir lächeln, ehe wir weiterziehen.

Ich erzähle ihm von meinen Großeltern, von denen er nur Gutes zu berichten hat, von meiner Arbeit und weswegen ich hier bin. Auch berichte ich, dass ich das Haus renoviert habe. Dann kommen wir wieder bei seinem Haus an.

»Das war ganz nett«, sagt er. »Es ist ziemlich spät geworden.«

»Das stimmt. Es wird Zeit für mich, aber ich fand es auch sehr nett. Vielleicht möchten Sie morgen wieder spazieren gehen?«

»Verschwenden Sie Ihre paar Tage hier doch nicht, um mit mir spazieren zu gehen. Wenden Sie sich lieber den Dingen zu, die wichtig sind«, sagt er und deutet auf Maltes Haus.

»Ich entscheide, was wichtig für mich ist und den Spaziergang mit Ihnen betrachte ich auf jeden Fall darunter.«

»Na, dann sehen wir uns morgen«, verabschiedet er sich und ich gehe nach Hause.

Vor der Tür drehe ich mich um und blicke noch einmal durch die Fenster von Maltes Haus. Noch immer brennt Licht, doch ich sehe ihn nicht. Gerade als ich ins Haus gehen möchte, erscheint er vor dem Fenster. Mit nichts anderem bedeckt als einem Handtuch um seine Hüften.

Ich schlucke schwer und auch wenn ich wegschauen sollte, so schaffe ich es nicht. In meiner Hand spiele ich mit dem Schlüssel und lege den Kopf etwas schräg. Mir fallen die Muskeln an seinen Armen auf, die Brust, die straff und definiert ist. Auch seine Schultern sind trainiert und ich frage mich, wann er die Zeit findet, ins Fitnessstudio zu fahren bei all der Arbeit, die er zu tun hat.

In dem Moment sieht Malte mich, schaut zu mir, lächelt und winkt. Ich erschrecke so heftig, dass ich die Schlüssel fallen lasse und dümmlich grinse.

Oh, Mist!

Sofort hebe ich die Schlüssel wieder auf, winke kurz und versuche, nicht erneut zu ihm zu sehen. Dann verschwinde ich schnell im Haus, lehne mich mit dem Kopf gegen die verschlossene Haustür und stoße ihn immer wieder dagegen. »Noch peinlicher kann es nicht werden«, jammere ich.

Kapitel 15

Ich bin bereits sehr früh auf den Beinen. Viel zu aufgeregt, um länger zu schlafen. Heute steht der Start des Fischerfestes an und es erfreut mich zu sehen, dass das Wetter sich von seiner besten Seite präsentiert. Die Sonne kommt raus und der Regen hat nachgelassen. Gestern war ich alles andere als zuversichtlich, wo es doch wieder den gesamten Tag über geregnet hat. Sogar bei dem zweiten Abendspaziergang mit Herrn Nielsen musste der Regenschirm ab und zu her. Das hatte uns allerdings nicht davon abgehalten, über eine Dreiviertelstunde durch die Straßen zu schlendern und uns dabei fabelhaft zu unterhalten. Herr Nielsen hatte so viel zu erzählen, und mir wurde klar, dass er einfach einsam ist. Ich glaube nicht, dass er wirklich sterben möchte. Ich vermute eher, er braucht Gesellschaft. Es verbringe gerne Zeit mit ihm, denn seine Geschichten sind interessant und unterhaltsam.

Er hat mir von seiner Zeit bei der Marine erzählt und davon, wie sie auf einem Schiff waren und im Keller dieses Schiffes jedem seiner Kollegen ein Ankertattoo gestochen wurde. Als er jedoch den Schrei von einem seiner Kollegen hörte, hat er sich verkrochen und so getan, als hätte er Fieber, um seinen männlichen Stolz nicht zu verlieren, weil er zu feige war. Dieses Lachen, das er auflegte, als er davon berichtete, war zauberhaft.

Als wäre er mitten in dieser Geschichte drin und würde alles noch einmal erleben.

Er hatte ein aufregendes Leben, voller Höhen und Tiefen und seine Frau war ihm ständig eine Stütze. Sie war ein Fels in der Brandung. So hat er es beschrieben und dann wurde er ganz nachdenklich. Herrn Nielsen stiegen die Tränen in die Augen, und er blieb stehen. Dann sagte er mir, dass sein bestes Werk die Ehe mit ihr gewesen sei und er keine Sekunde bereue, die er mit seiner Frau verbracht hatte. Er erklärte mir, dass er von der ersten Minute an gewusst hatte, dass sie die Richtige ist und ich nach solch einem Mann Ausschau halten soll. Nichts anderes hätte ich verdient.

Seine Worte haben mich berührt und die ganze Nacht begleitet. Als wir uns verabschiedet haben, fragte er, ob ich ihm nicht dabei helfen könnte, seinen Vorgarten in Ordnung zu bringen, wo ich es doch bei meinem so gut hinbekommen hätte. Natürlich war das eine Lüge, denn mein Vorgarten sieht nach wie vor nicht berauschend aus, wenn auch ein wenig besser als zuvor. Aber selbstverständlich sagte ich zu, denn ich habe Herrn Nielsen endlich dazu gebracht, dass er etwas tut und seine restliche Lebenszeit nicht damit verbringt, auf das Sterben zu warten.

Jetzt bin ich mit dem Auto auf dem Weg zum Fest. Natürlich öffnet es erst in einer Stunde, doch ich will vorab vor Ort sein. Vermutlich werden Herr Bergmann, Malte und Laura ebenfalls dort sein und nach dem Rechten sehen. Ich freue mich darauf, Malte zu sehen, jedoch habe ich auch meine Bedenken wegen meiner Gefühle. In zwei Wochen bin ich nicht mehr in Scharbeutz, sondern wieder zu Hause und lebe mein Leben. Zumindest werde ich es versuchen. Ich werde mir einen erstklassigen Job suchen im Rheinland, wieder mein alltägliches Leben mit meinen Freunden führen und nur hin und wieder hierher zurückkehren, um Urlaub zu machen. Also darf ich nichts für Malte empfinden, denn dann würde ich mir mein eigenes Herz brechen, sobald ich abreise. Zudem wirkt es nicht so, als würde Malte auch nur annähernd das Gleiche für mich fühlen. Klar, es gab da den ein oder anderen Augenblick, aber mehr war nicht zwischen uns. Hätte er Gefühle für mich, würde er doch mal einen Schritt auf mich zugehen, mir ein klares Zeichen geben. Irgendetwas eben. Aber das tut er nicht und somit ist die Sache für mich ziemlich deutlich.

Er weiß doch auch, dass du bald abreist. Wieso sollte er sich auf mehr einlassen, wenn du bald weg bist?

Für mich dennoch ein Zeichen und – Schluss damit!

Als ich aussteige, sehe ich Laura schon wild herumwuseln. Auch die Kinderbetreuer und Malte sind bereits da. Ich frage mich, ob ich früher hätte erscheinen müssen.

»Guten Morgen«, begrüße ich alle zusammen und Malte wendet sich sofort zu mir.

»Dir auch einen guten Morgen. Hattest du gestern einen schönen Spaziergang?«

»Du hast mich gesehen?«, frage ich und gieße mir einen Kaffee aus der Thermoskanne ein.

»Die letzten beiden Abende habe ich dich gesehen«, merkt er an. Offenbar spielt er auf die Begegnung an, bei der er nichts anderes als ein Handtuch trug.

»Ach ja?«, erwidere ich nur und schaue mich nach Milch um, die neben Malte auf dem Tisch steht. Er greift sie, kommt auf mich zu und gießt mir davon einen Schluck ein.

»Du verstehst dich gut mit Ernst Nielsen?«

Ich rühre meinen Kaffee um. »Er ist ein lieber Mensch, der nur ein wenig einsam ist und Unterhaltung braucht. Wir haben uns durch Zufall kennengelernt und ich muss sagen, er ist viel unterhaltsamer, als man denkt.«

»Das glaube ich dir, wenn du schon den zweiten Abend nacheinander mit ihm spazieren gehst.«

»Eifersüchtig?«, frage ich schmunzelnd und bereue es gleich wieder.

»Man könnte es mir nicht verdenken«, antwortet Malte zu meiner Überraschung und ich versuche nicht rot anzulaufen.

Er flirtet! Das war eindeutig ein Flirt!

»Vielleicht darf ich euch ja mal begleiten?«

»Aber sicher. Ich brauche ohnehin deine Hilfe. Herr Nielsen möchte an seinem Vorgarten nun endlich ein bisschen was machen und dafür benötige ich natürlich wieder deine Gartengeräte.«

»Ich kann auch gleich mit anpacken«, schlägt er vor und ich nicke.

»Das klingt viel besser!«

»Finny?«, reißt Laura uns aus dem Gespräch. »Wo genau möchtest du den Zauberer haben?«

»Ich komme sofort.« Kurz blicke ich Malte noch einmal in die Augen und kümmere mich dann um den

Zauberer, um die Schminkstation und die auszufüllenden Dokumente für die Eltern, wenn sie ihre Kinder bei uns abgeben.

»Hoffentlich lassen einige Eltern ihre Kinder bei uns«, sage ich an Laura gewandt, als ich gerade dabei bin, die Spiele auszuräumen.

»Wieso sollten sie nicht?«

»Ach, ich weiß auch nicht. Einfach nur ein Gefühl, dass sie vielleicht denken könnten, sie können uns ihre Kinder nicht anvertrauen.«

»Das glaube ich nicht. Wir haben doch die Zertifikate von den Betreuerinnen sichtbar aufgehängt«, wendet Laura ein.

»Warten wir es einfach ab.«

Als zwei Mitarbeiter aus der Firma kommen, darunter ein Auszubildender, rufe ich sie direkt zu mir. »Hört mal, ich brauche heute eure Hilfe. Sollten die Eltern nicht auf die Idee kommen, ihre Kinder bei uns abzugeben, sie hier schminken zu lassen oder so, dann ist es euer Job, dass ihr ordentlich Werbung für uns macht. Nehmt die Flyer mit und verteilt sie. Wenn ihr Zeit habt, redet mit den Eltern und den Kindern. Erzählt von unseren kostenlosen Angeboten und von dem Gewinnspiel. So kommen hoffentlich noch mehr Menschen an unseren Stand. Es muss nur einmal richtig losgehen, dann läuft es von allein«, erkläre ich. Die zwei nicken mir zu und greifen sich jeweils einen Stapel der Flyer.

Mein Handy klingelt und ich erkenne den Namen meines guten Freundes Ricky auf dem Display, doch habe ich gerade überhaupt keine Zeit für lange Gespräche. Ich lehne den Anruf ab und schicke eine kurze

SMS mit der Info, dass ich im Stress untergehe und mich melde, sobald ich ein wenig mehr Zeit habe. Schon wieder vertröste ich einen Freund, jedoch hängt hiervon meine gesamte berufliche Zukunft ab. Sie werden es alle verstehen, wenn ich es in wenigen Wochen erkläre.

»So weit, so gut«, sage ich zu mir selbst, als plötzlich ein dröhnendes Geräusch ertönt. Nur wenige Sekunden später erscheint ein Auto an der Straße, nur wenige Meter von unserem Stand entfernt und Herr Bergmann steigt aus. Ich kann nicht einmal sagen, was das für eine Automarke ist, so fremd ist sie mir. Vermutlich wird er nur für das Auto mehr hingelegt haben als meine Eltern für ihr gesamtes Haus.

»Jetzt kommt der Obergeneral«, meint Malte und lächelt mir zu.

»Ich hoffe, ihm gefällt alles.«

»Mach dir keine Gedanken. Ihm wird alles gefallen, er wird angetan sein von deinen Ideen und deiner Arbeit. Allerdings wird er es dir mit keiner Silbe sagen.«

Schon lachen wir beide, hören doch sofort aus, als Herr Bergmann vor uns steht.

»Guten Morgen«, begrüße ich ihn.

»Und Sie gehen davon aus, dass das die Kunden anzieht?«, fragt er nach und sieht sich mit einem skeptischen Gesichtsausdruck um.

»Ich bin mir sicher, dass die Eltern begeistert sein werden«, erwidere ich selbstsicher.

»Dann wollen wir mal sehen, wie gut das funktioniert«, meint er weiter und nickt in die Richtung der ersten Besucher des Festes.

Ich sehe eine Dame mittleren Alters, einen alten Herrn, der um diese Uhrzeit bereits ein Fischbrötchen isst und zwei Kinder in Kindergartenalter. Flink nicke ich Ben, unserem Auszubildenden, zu. Er geht sofort auf die Kinder zu, kniet sich hin und erklärt anhand des Flyers, was wir alles zu bieten haben. Es dauert nicht lange und die ersten Kinder stehen an unserem Stand. Eines lässt sich schminken, das andere bestaunt den Zauberer und ich blicke vielleicht ein bisschen selbstgefällig zu Herrn Bergmann.

»Das heißt noch gar nichts. Zwei Kinder sind nicht einmal ein Anfang«, sagt er nur, was mich beinahe zur Weißglut bringt, doch ich bleibe ruhig.

»Sie werden sehen. Die Kinder werden kommen«, prophezeie ich.

»Es ist wichtig, dass die Eltern ein Ferienhaus buchen. Das ist, worauf es mir ankommt. Die meisten werden sich hier an den kostenlosen Dingen bedienen, ihre Kinder zwischenlagern und nie wieder etwas mit uns zu tun haben wollen.«

»Warum bist du nur so zynisch?«, fragt Malte.

»Das bin ich nicht«, entgegnet Herr Bergmann. »Ich bin realistisch und das solltest du auch werden. Würde dir guttun!«

Damit braust er ab und unterhält sich mit Laura, die anscheinend den nächsten Wutanfall abbekommt. Sie tut mir leid, doch sie lässt sich nicht ansehen, wie sehr sie einen auf den Deckel bekommt. Warum kann ich allerdings nicht heraushören?

»Lass dich nicht unterkriegen. Das wird ein Erfolg. Ich weiß es«, betont Malte netterweise und ich nicke.

Ich habe einfach keine Worte mehr übrig und kann nun selbst nur noch hoffen und beten, dass meine Idee bei den Eltern ankommt.

Die ersten Stunden vergehen und nach wie vor sind wir alle am Stand vertreten. Auch Herr Bergmann ist noch hier und führt ein Gespräch nach dem anderen. Offenbar ist er ziemlich bekannt in der Ortschaft und scheint höflich und zuvorkommend zu sein. Was habe ich nur an mir, dass er mich nicht mag? Und dass er mich nicht leiden kann, ist wohl eindeutig. Derzeit unterhält er sich mit einer Frau, die ein Geschäft hier in Scharbeutz hat. Er bringt sie immerzu zum Lachen, unterhält sich angeregt mit ihr und schenkt ihr sogar Wein in ein Glas. Er kümmert sich um die Menschen und das macht er bei all denen, die an unseren Stand kommen. Will er nur etwas verkaufen und ist deswegen so zuvorkommend oder ist es sein Naturell, das nur ich nicht zu sehen bekomme?

»Wir haben nun schon zehn Kinder in der Betreuung«, sagt Laura, die neben mich tritt und mich aus meinem Gedankenkarussell reißt.

»Was? Oh, das ist beachtlich. Haben die Eltern Broschüren mitgenommen, wenn sie ihre Kinder abgeholt haben und wie war dein Gefühl?«

»Ja, alle haben sich Informationsblätter mitgenommen und ich kann dir nur raten, selbst mit den Eltern zu sprechen. Du bist nicht so sehr in die Firma involviert wie wir anderen und kannst eventuell besser vermitteln.«

»Aber du bist genau die Richtige dafür. Schließlich arbeitest du schon so lange für die *Villa Bergmann*, kennst die Preise und wo sich die Ferienhäuser befinden. Ich weiß von alldem nichts«, werfe ich ein.

»Ganz ehrlich? Das hat niemanden interessiert. Sie möchten wissen, wer auf die tolle Idee für die Beschäftigung der Kinder kam, was wir sonst noch zu bieten haben und was es mit dem Gewinnspiel auf sich hat. Es ist genau deins, also, trau dich«, fordert Laura weiter und zwinkert mir zu. »Du machst das schon.«

Unmittelbar stelle ich mich weiter nach vorn, passe die Eltern ab und komme ins Gespräch mit den ersten, die recht jung wirken und gerade ihre Tochter von der Betreuung abholen möchten. »Wir danken Ihnen für diese Möglichkeit. Ich weiß nicht, wann mein Mann und ich das letzte Mal allein über ein Fest geschlendert sind. Es war so entspannt, eine großartige Sache«, meint die Mutter.

»So sind wir bei der *Villa Bergmann*. Wir haben ein großes Herz für die kleinsten Mitmenschen und lieben es, wenn es ihnen und den Eltern gut geht. Haben Sie sich schon um einen Sommerurlaub in diesem Jahr Gedanken gemacht? Oder verreisen Sie lieber im Herbst oder Winter?«, hake ich nach und bringe das Gespräch sofort auf die richtige Spur.

»Der Sommer steht bereits fest, aber wir suchen tatsächlich noch etwas für den Herbst«, meint der Vater und sogleich drücke ich ihm eine Broschüre in die Hand.

»Hier sollten Sie einmal reinschauen. Wir haben lukrative Angebote, gerade für den Herbst. Und eines ist Ihnen sicher – wir kümmern uns um Ihre Kinder. Möchten Sie eine Paarmassage? Das ist mit uns kein Problem. Wir sind da und nehmen Ihnen die Kinder ab, bespaßen Ihre Tochter und sorgen dafür, dass auch sie einen wundervollen Tag hat«, verspreche ich, doch sehe ich Zweifel in den Augen des Paares vor mir.

»Wissen Sie, das klingt ja alles sehr eindrucksvoll und wir kennen die Ferienhäuser der *Villa Bergmann* auch, aber ich muss zugeben … es ist einfach zu teuer für uns«, erwidert die Mutter.

»Da darf ich widersprechen. Wenn Sie sich die Preise in der Broschüre oder auf unserer Website genauer anschauen, dann werden Sie feststellen, dass wir sogar meist günstiger sind als andere Ferienhäuser. Zusätzlich dazu bieten wir jedoch auch den Luxus der Kinderbetreuung und, falls ich das nicht schon gesagt haben sollte, ist dies im Preis mit inkludiert«, sage ich mit einem Lächeln, denn ich glaube, damit fange ich meine ersten Eltern ein.

»Wie bitte? Das ist im Preis mit drinnen? Also dann werden wir tatsächlich nochmals einen genaueren Blick darauf werfen«, erwidert der Mann und beide lächeln mir entgegen.

Nur fünf Minuten später komme ich mit einer alleinerziehenden Mutter ins Gespräch, die ihren Sohn zur Betreuung abgibt.

»Es ist klasse, dass Sie so etwas anbieten. Das macht sonst niemand hier. Ich schätze mal, sobald sich das herumgesprochen hat, können Sie sich vor Kindern nicht mehr retten«, meint sie.

»Und genau darauf freuen wir uns. Dafür sind wir da und das lieben wir so sehr an unserem Job.«

»Ich habe auch an dem Gewinnspiel mitgemacht. Ehrlich, es wäre schön, wenn ich diesen Aufenthalt gewinnen würde. Mein kleiner Jonathan hat einen Urlaub verdient, aber seit der Scheidung vor zwei Jahren kann ich es mir einfach nicht mehr leisten«, erklärt sie.

Ich greife nach der Preisliste in der Broschüre. »Auch nicht bei diesen Angeboten?«, hake ich nach und deute auf eine Ein-Zimmer-Ferienwohnung an der polnischen Ostsee für einen Spotpreis.

»Oh, wow, das ist tatsächlich preiswert. Und das ist für fünf Nächte?«

Ich schüttle den Kopf. »Für sieben!«

Und wieder kann ich sehen, dass ich einen Fang gemacht habe, und könnte nicht glücklicher sein. Auch Malte und sein Vater bekommen mit, wie gut das Geschäft läuft, und unterhalten sich angeregt. Zum ersten Mal sehe ich Herrn Bergmann Senior sogar lachen. Er klopft seinem Sohn auf die Schulter, nickt ihm zu und sie sehen richtig vertraut miteinander aus. Irgendwie ein seltsames Bild, wenn ich an die vergangene Zeit zurückdenke. Doch offenbar ist es für Malte nichts Neues, denn er reagiert vollkommen ruhig und ebenso erfreut wie sein Vater. Vermutlich habe ich nur den harten Geschäftsmann kennengelernt und nichts anderes wahrnehmen wollen. Vielleicht steckt noch so vieles mehr in meinem Chef als lediglich der knallharte Boss.

Kurze Zeit später kommt Malte auf mich zu, in seinem Gesicht ein breites Grinsen.

»Du hast gute Laune?«, frage ich. »Ist das auch für mich ein gutes Zeichen?«

»Ein sehr gutes würde ich behaupten«, meint er. »Mein Vater hat eben von Laura mitgeteilt bekommen, dass der Start noch nie so gut verlief wie in diesem Jahr. Bisher ist es uns nicht gelungen, so viele Menschen auf uns aufmerksam zu machen und er weiß genauso gut wie ich, dass wir das nur dir zu verdanken haben.«

»Das ist ja fantastisch.« Ich bin erleichtert. »Wird er mich denn dann auch mal freundlich anlächeln oder ist das denen vorbehalten, die nur zu Besuch auf dem Fest sind?«

»Wenn du magst, kann ich mal mit ihm reden?«, schlägt er vor.

»Tu das bloß nicht! Ich will nicht, dass er denkt, dass ich mich bei dir über ihn beschwere. Nein, die zwei Wochen halte ich seine Laune auch noch aus.«

Mit einem Mal schweigen wir und Maltes Gesichtsausdruck verändert sich.

»Alles okay?«, hinterfrage ich.

Er schaut zu mir herunter. »Finny, was hältst du davon, eine Pause einzulegen und mit mir zusammen über das Fischerfest zu spazieren? Gerne würde ich dir alles zeigen.«

»Das klingt spitze, aber denkst du denn, wir können uns hier wegschleichen?«

»Ich bin Geschäftsführer, wer soll es uns verbieten?«
»Ein wirklich guter Einwand.«

Gemeinsam gehen wir los und beginnen an einem Stand, nicht weit von unserem und holen uns je ein Glas Wein. Ein Stückchen weiter gibt es ein Fischbrötchen und es schmeckt unfassbar lecker. So etwas gibt es bei uns nicht und wenn doch, ist es garantiert nicht vergleichbar. Wir schauen den kleinen Kindern zu, wie sie Karussell fahren und unterhalten uns wieder einmal prächtig. An den vielen Verkaufsständen testen wir Hüte aus und bringen uns gegenseitig zum Lachen.

Am nächsten Stand gibt es die verschiedensten Süßigkeiten und wir probieren uns durch alles Mögliche. Die ganze Zeit über fühle ich mich wie in einer schlechten Liebesromanze, jedoch weiß ich, dass solche Filme immer mit einem Happy End enden. Das wird es bei uns wohl kaum geben. Nicht, wenn ich in zwei Wochen wieder abreise. Zum Abschluss kauft Malte mir eine Zuckerwatte und gewinnt für mich beim Schießen ein Kuscheltier.

»Jetzt hast du deinem Geschlecht aber alle Ehre gemacht.« Ich schmunzle schelmisch.

»Es musste sein. Damit du mich für einen echten Mann hältst«, scherzt er.

»Ich glaube, ich brauche mal eine Pause«, sage ich und schaue auf die Uhr. Seit über acht Stunden war ich ununterbrochen auf den Beinen.

»Da kenne ich genau den richtigen Platz für dich.« Malte reißt mich am Arm mit und wir laufen noch weitere zwei Minuten, die sich für mich allmählich wie eine Ewigkeit anfühlen. Doch als wir ankommen, an einem Stand, der Strandkörbe anbietet, sehe ich ein, dass es sich gelohnt hat.

»Darf ich bitten?«, fragt Malte mich und bietet mir einen Sitzplatz gleich am ersten Strandkorb an.

»Denkst du, wir dürfen uns hier hinsetzen?«, hake ich nach, nehme allerdings bereits Platz, da ich kaum noch stehen kann.

»Natürlich, du musst es doch ausprobieren«, erklärt er, was mir sinnvoll erscheint.

Ich lehne mich zurück, genieße die Pause und meine Zuckerwatte, die ich noch immer in meinen Händen halte. »Es war eine schöne Pause.«

»Kann es sein, dass Scharbeutz dich immer mehr in seinen Bann zieht?«, horcht er mich aus.

»Ja, es kann gut sein. Das ist gefährlich«, sage ich. »Wenn ich mich in diesen Ort verliebe und in einigen Tagen abreisen muss, wird es mir nur umso schwerer fallen.«

Fast glaube ich, Malte versteht den versteckten Hinweis. Oder interessiert es ihn nicht?

»Nachvollziehbar, aber so etwas sollte doch kein Hindernis darstellen.«

»Was rätst du mir also?«

»Bleib einfach hier. Hier in Scharbeutz. Denn sei mal ehrlich, wo kann man schöner leben? Hier hast du alles, was du brauchst und noch viel mehr. Ich will ja gar nicht abstreiten, dass es im Rheinland ebenso schön sein kann, aber die Ostsee, die hast du nur hier.«

»Ein gutes Argument.«

Stille.

»Doch ich glaube, ich muss zurück.«

»Verstehe«, sagt Malte nur.

»Wieso reden wir überhaupt darüber? Ich habe erst die Hälfte der Zeit hinter mir, die ich hier bin. Es ist noch viel zu früh für solche Gespräche«, wende ich ein. »Lass uns lieber die Aussicht genießen.«

Gemeinsam lehnen wir uns nach hinten, schauen auf ein Ehepaar gleich vor uns, das hektisch am Diskutieren ist und beginnen zu lachen, als plötzlich mein Handy klingelt.

»Oh, das ist Nina.« Sofort hebe ich ab. »Hallo?«

»Hi Finny, ich bin es, Nina.«

»Wie geht es dir?«

»Alles super. Du, sag mal, willst du nicht mit mir mal etwas trinken gehen?«

»Ähm, ja klar, wieso nicht«, sage ich und freue mich über den Vorschlag. »Aber welche Möglichkeiten gibt es hier?«

»So winzig ist unser Örtchen nun auch wieder nicht. Wir haben Bars, ob du es glaubst oder nicht«, erwidert Nina und lacht. »Hast du heute Abend Zeit? Wir könnten zusammen ins Roof. Es ist ein nettes Restaurant mit einer Bar.«

Ich erinnere mich sofort, dass Lydia mit Malte dorthin wollte, und sofort bin ich neugierig. »Sehr gerne. Sagen wir gegen acht Uhr?«

»Das passt, wir treffen uns vor der Tür. Ich fahre, dann kannst du was trinken.«

»Klingt gut.« Ich lege auf. Malte beäugt mich fragend. »Nina, sie möchte mit mir heute Abend ins *Roof* etwas trinken gehen. Hey, wenn du magst, kannst du doch auch kommen«, schlage ich vor.

»Ach ne, macht ihr mal euer Mädelsding«, erwidert Malte.

»Nein, so ist das nicht. Du kannst gerne kommen«, beteuere ich und er schaut skeptisch.

»Ich überlege es mir.«

»Ist gut, aber überleg es dir gut«, fordere ich und lächle, woraufhin er ebenfalls lächelt. »Und jetzt lass uns noch bisschen weiterlauschen, welches Eheproblem das Paar da vorn hat.«

Kapitel 16

Frisch zurechtgemacht, ziehe ich mir passende High Heels zu meinem Kleid an. Ich hoffe, ich bin nicht zu overdressed für diesen Laden. Es ist schwierig, etwas Passendes anzuziehen zu finden, wenn man eine Location noch nicht kennt. Auch die Klientel ist mir bisher fremd, was die Sache noch komplizierter gestaltet. Aber mit einem schwarzen Kleid und hohen Schuhen macht eine Frau eigentlich nie etwas verkehrt.

Um Punkt acht Uhr stehe ich vor der Tür und Nina kommt heraus.

»Ich freue mich, dass das so spontan geklappt hat«, sagt sie und umarmt mich. »Max ist heute Abend mit seinen Kumpels unterwegs und ich wollte nicht zu Hause bleiben, sondern lieber ausgehen und Strohwitwe spielen«, erklärt sie.

»Recht hast du«, sage ich und wir steigen in ihr Auto. »Ich hab Malte gesagt, er soll auch dazu kommen. Ich hoffe, es ist in Ordnung?«

»Aber sicher. Umso mehr, umso besser.«

Wir düsen durch Scharbeutz und halten an einer Location, in der wirklich etwas los zu sein scheint. Musik dröhnt nach draußen, die ich höre, sobald ich aus dem Auto steige, und irgendwie fühlt es sich an wie zu Hause. Da Nina ebenso ein Kleid und Pumps trägt, fühle ich mich nun wohler in meinem Outfit. Sie hakt sich bei mir ein und wir gehen in die Bar. Dort herrscht viel Trubel. Zwar nicht so viel wie an einem Samstagabend in der Stadt bei mir zu Hause, aber doch schon einiges. Sehr viele Leute in meinem Alter sind hier, was ich sehr angenehm finde. Zu Anfang glaubte ich, man würde nur Rentner vorfinden, daher überrascht mich die bunte Mischung der Gäste doch sehr.

Der übergroße Raum ist tiefrot gestrichen und überall leuchtet dezentes Licht und Kerzen. Hinter der Bar wird ein Cocktail gemixt, ein paar Kellnerinnen tragen Tablets durch die Menschenmenge und verteilen die Bestellungen.

Nina und ich stellen uns an einen der letzten freien Tische und nur wenige Sekunden später steht eine eifrige Bedienung vor uns.

»Hi, ich bin Klara. Was darf es bei euch sein?«

»Ich nehme nur eine Cola, da ich fahren muss«, meint Nina.

»Tja, dann darf ich den Abend wohl nutzen und nehme einen White Basil«, bestelle ich nach einem schnellen Blick in die Cocktailkarte.

»Gerne. Bringe ich euch sofort.«

»Ziemlich was los hier. Damit hatte ich nicht gerechnet«, sage ich zu Nina.

»Wir sind doch nicht so ein verschlafenes Örtchen, wie du gedacht hast, nicht wahr? Vermutlich glaubtest du, dass hier absolut nichts los ist und um sechs Uhr die Bordsteine hochgeklappt werden.«

»Gerne würde ich behaupten, es sei anders, aber genau so habe ich gedacht, ja.«

Nina lacht. »Ich nehme es dir nicht übel. Scharbeutz erweckt nicht den Eindruck, als würde hier der Bär tanzen. Ich muss auch zugeben, dass hier normalerweise ein paar Leute weniger zu finden sind, aber wegen des Fischerfests kommen sehr viele. Ein Großteil der Urlauber nur wegen des Festes.«

»Ich habe mich im Internet schlaugemacht und war überrascht, wie beliebt dieses Straßenfest doch ist. Unglaublich viele Urlauber zieht es an, das ist der Wahnsinn«, erwidere ich.

Gerade will Nina etwas sagen, als ein gut aussehender Mann an unseren Tisch kommt.

»Guten Abend, die Damen. Ich hoffe, ich darf kurz stören?«

»Kommt drauf an, worum es geht«, meint Nina plump.

»Ich wollte gerne wissen, ob ich dir nicht einen Drink ausgeben darf?«, wendet er sich an mich und genau in diesem Moment serviert Klara unsere Getränke. »So ein Mist aber auch. Wie mir scheint, hat sich das erledigt.«

»Da kommst du wohl ein bisschen zu spät«, sage ich.

»Und dennoch stelle ich mich vor. Ich bin Lars und darf ich wissen, wer du bist?«

Ich mustere ihn kurz und denke nach, ob das so eine gute Idee ist, doch ich finde ihn sympathisch. »Ich bin Finny«, sage ich dann und wir reichen uns die Hand. »Und das ist meine liebe Freundin Nina.«

»Darf ich fragen, woher du kommst? Sicher nicht von hier, dann würde ich dich kennen«, meint Lars.

»Da hast du recht. Ich komme aus dem Rheinland und bin nur noch zwei Wochen hier.«

»Urlaub?«

»Nicht direkt. Ich bin wegen eines Jobs hier«, erläutere ich. »Ich arbeite bei der *Villa Bergmann*.«

»Oh, wow, dann musst du aber einiges auf dem Kasten haben«, erwidert er. »Da kommt man nicht so einfach rein.«

»Tja, ich habe schon so meine Qualifikationen«, sage ich neckisch.

»Leute, ich sehe gerade eine Freundin. Ich bin sofort wieder da«, meint Nina, springt vom Stuhl und umarmt eine Frau an einem anderen Tisch.

»Und wenn du in zwei Wochen wieder nach Hause fährst, wartet dort dein Mann auf dich?«, will Lars wissen und ich kann spüren, dass er versucht, ganz diskret zu sein, was gänzlich missfällt.

»Nein, ich … ich bin nicht verheiratet«, sage ich und plötzlich fühle ich mich schlecht. Wieso habe ich auf einmal das Gefühl, ich würde etwas Verbotenes tun? Ich bin Single, bin in einer fremden Stadt und unterhalte mich lediglich mit einem netten Mann. »Ich gehe mal davon aus, dass du ebenfalls nicht verheiratet bist?«

»Ganz richtig beobachtet.« Lars sieht mich an und nippt an seiner Bierflasche. »Magst du vielleicht tanzen?«

»Hier tanzt niemand«, entgegne ich und schaue mich um.

»Und das soll uns davon abhalten?«

»Nein, aber … nein, danke, ich tanze nicht«, meine ich unsicher. Ich weiß gar nicht so recht, wieso ich nicht mit ihm tanze. Was ist schon dabei? Zu Hause bin ich jedes Wochenende in irgendwelchen Bars oder Clubs gewesen und wurde jeden Abend von irgendwelchen Männern angesprochen, die nur halb so charmant waren wie Lars. Dennoch habe ich mit ihnen getanzt oder etwas getrunken. Schlussendlich war es harmlos, aber hier bekomme ich es nicht hin. Warum nur?

»Du tanzt nicht?«, wiederholt er. »Wenn ich dein Kleid so betrachte, dann weiß ich genau, dass du nicht zum ersten Mal ausgehst. Ich wette, du tanzt sogar sehr gerne«, meint Lars und ich muss lachen.

Auf einmal steht Malte neben mir. Ich hatte nicht mehr daran gedacht, dass er vielleicht auch vorbeikommen könnte. Nina ist in einem tiefen Gespräch mit ihrer Freundin verstrickt und ich fühle mich mit einem Mal komisch. »Malte.« Ich bin erschrocken. »Hi.«

»Hallo Finny«, begrüßt er mich und zu meiner Verwunderung drückt er mir einen Kuss auf die Wange auf. Es fühlt sich schön, aber auch seltsam an. Wieso jetzt?

»Hi, Malte«, stellt sich Lars vor, der seine Hand nimmt und ebenfalls nur seinen Namen nennt.

Na klasse.

»Lars ist gerade gekommen, um sich mit mir zu unterhalten«, sage ich, was sich in meinen Ohren schwachsinnig anhört.

»Wie nett«, erwidert Malte. »Wie geht es dir nach dem anstrengenden Tag?«

»Oh, danke. Es geht mir gut und dir?«, frage ich zurück, weil es sonst unhöflich ist. Ich will aber auch Lars nicht ausschließen. Diese Situation ist mir mehr als unangenehm, dabei habe ich beiden gegenüber keine Verpflichtung. Im Gegenteil, Malte hätte jede Chance gehabt, mir irgendwie mitzuteilen, dass er mich mag, doch das hat er nicht.

»Auch gut«, meint er und wendet sich an Lars. »Wir arbeiten zusammen und sind Nachbarn. Das heißt, wir sehen uns eigentlich jeden Tag.«

Lars nickt nur.

»Nun ja, nicht jeden Tag«, füge ich hinzu, auch weil ich ein bisschen wütend werde über dieses Machogehabe von ihm, das ich gar nicht gewohnt bin.

»Und dennoch sehen wir uns oft. Sehr oft.«

»Ich verstehe«, sagt Lars nur. »Und wie sieht es aus? Einen Tanz?«, fragt er mich erneut, doch ich schüttle sofort den Kopf.

»Ganz lieb von dir, aber jetzt gerade besser nicht.«

»Aber natürlich tanzt du«, mischt Malte sich ein und ich bin mir nicht sicher, ob ich ihn richtig verstehe. Dann zieht er mich an meinem Arm auf die kleine Tanzfläche und ich habe keine Chance, mich zu wehren, ohne einen großen Aufstand zu machen. Angekommen zieht er mich enger an sich und wir bewegen uns zu der Musik.

»Ich sagte doch, du tanzt.«

»Malte, was soll das Ganze?«, frage ich gereizt.

»Was meinst du?«

»Warum bist du so?«, will ich erfahren und ich finde es nervig, dass er so tut, als wüsste er nicht, was ich meine.

Malte schaut mich an und drückt mich dann wieder zärtlich an sich. »War es zu viel?«

Ich lache. »Eindeutig!«

»Okay gut, vielleicht hätte ich mich nicht einmischen dürfen, aber dieser Typ ist sicherlich nicht gut für dich«, meint er. »Ich kenne Lars. Zwar nicht persönlich, aber von vielen, wirklich vielen Geschichten, die man sich hier erzählt. Er nutzt die Frauen nur aus. Jedes Wochenende ist er hier in der Bar, spricht eine Frau an und versucht sie ins Bett zu bekommen«, erklärt er.

Ich schlucke. »Und du denkst, ich kann nicht auf mich selbst aufpassen?«

»Aber sicher kannst du das, aber du darfst es mir nicht übel nehmen, dass ich es auch tue.«

»Woher willst du denn wissen, dass ich nicht gerne einer dieser Frauen gewesen wäre?«, hake ich nach und lausche gebannt seinen Worten.

Wieder schaut er mich an. »Weil ich dich kenne. Und ich weiß, dass du nicht so eine Frau bist«, erwidert er.

Dieses Mal schmiege ich mich näher an ihn dran. »Du kennst mich?«, frage ich leise und ich denke, er hat mich nicht gehört, doch dann spricht er weiter.

»Natürlich kenne ich dich, Finny.«

Mein Herz beginnt schneller zu schlagen und ich weiß nicht, ob ich jemals so gefühlt habe wie in diesem Moment. Habe ich schon einmal einen Mann so begehrt wie ich ihn, wie ich Malte begehre? In diesem Augenblick wird mir bewusst, dass ich mich verliebt habe.

Das war ja klar, dass ich mich ausgerechnet in einen Mann verliebe, der über sechshundert Kilometer von mir weg wohnt und den ich nur noch zwei Wochen in meiner Nähe habe. Es wäre zu einfach gewesen, wenn es anders wäre und Malte aus dem Rheinland käme. Nein, bei mir muss es natürlich wieder problematisch laufen, wie könnte es auch anders sein?

»Sag mal, steht Lars noch da?«, will ich wissen.

»Ja, und er hat einen hochroten Kopf«, sagt Malte und lacht, während ich kichere.

»Dann sollte ich wohl nicht mehr zurück zu meinem Tisch.«

»Es sei denn, du willst dich noch länger mit diesem Ekel unterhalten«, meint Malte. »Davon würde ich dir allerdings abraten. Allerdings ist Nina gerade am Tisch angekommen und sie unterhalten sich.«

»Aber sie ist verheiratet, da wird er nicht weit kommen.«

»Es scheint so, als würde ihm das gerade klar«, erläutert Malte und ich sehe ihn grinsen. »Nina ist wohl sehr deutlich in ihren Worten.«

»Sie ist eine präzise Frau!«

»Oh ja, das kannst du wohl sagen.« Malte dreht mich um und ich kann gerade noch sehen, wie Nina Lars einen Drink ins Gesicht schüttet. Dieser wendet sich ab und verschwindet schnurstracks aus der Bar, während Nina zu mir blickt, mit den Schultern zuckt und zu lachen anfängt.

»Ja, sehr präzise, du hast recht«, sagt Malte und wir gehen lachend zu Nina zurück.

Es ist nach zwei Uhr am Morgen und ich werde allmählich müde. Nina jedoch scheint gerade erst angefangen zu haben mit der Party.

»Nina, ich muss morgen arbeiten. Vielleicht sollte ich nach Hause.«

»Och ne, jetzt schon?«, fragt sie, während sie wie wild tanzt und in die Luft springt.

»Schon? Hast du mal auf die Uhr gesehen? Es ist nach zwei.«

»Noch eine Stunde?«, fragt sie.

»Weißt du was, ich rufe mir einfach ein Taxi. Dann kannst du noch weiterfeiern«, schlage ich vor.

Mit einem Mal hört sie auf zu tanzen. »Nein, das geht doch nicht. Ich habe dich hierher gebracht und ich wollte mit dir hierhin, dann muss ich dafür sorgen, dass du gut nach Hause kommst«, beschließt sie und geht zu unserem Tisch, an dem auch Malte sitzt. Ich glaube, sie will ihre Tasche holen, doch spricht sie lediglich mit Malte. Als ich zu ihnen komme, strahlt sie zufrieden. »So, alles geklärt. Malte fährt dich nach Hause«, erklärt sie mir, doch ich will ihm keine Umstände machen. Wer weiß, ob er nicht hätte bleiben wollen?

»Ehrlich, mir macht es nichts aus, wenn ich mir ein Taxi besorge«, wende ich erneut ein.

»Und mir macht es nichts aus, dich nach Hause zu bringen. Ich hätte allmählich auch Schluss gemacht. Morgen muss ich genauso wie du auf dem Fischerfest sein«, meint Malte.

»Bist du dir sicher?«, hake ich nach.

»So was von sicher. Komm, zieh dich an.« Er reicht mir meine Jacke und wir verabschieden uns von Nina.

Draußen steigen wir rasch in Maltes Auto. Es ist recht frisch, vor allem in dem kurzen Kleid, das ich trage. Sofort beginne ich zu zittern und versuche, meine Jacke in die Länge zu ziehen, um meine Beine zu verdecken, die mit einer Gänsehaut bedeckt sind.

»Warte, ich schalte die Heizung an«, sagt Malte aufmerksam. Dann zieht er seine Jacke aus, die er erst vor eine Minute angezogen hat, beugt sich zu mir rüber und legt sie mir sachte über meine nackten Beine. »So dürfte es gleich besser werden.«

Für einen Augenblick fehlt mir die Sprache für solch eine süße Geste und ich kann lediglich dankend lächeln.

Die Rückfahrt dauert nur ein paar Minuten und wir unterhalten uns über das Fischerfest, über Nina und wie unbeschwert sie ihr Leben lebt. Ich finde es bewundernswert und finde sie klasse wegen ihrer lebensfrohen Art und Weise. Auch sprechen wir noch einmal über Herrn Nielsen und suchen einen Termin, um seinen Vorgarten zu verschönern und beschließen, die Sache gleich morgen anzugehen.

»Denkst du, wir haben dafür Zeit neben dem Fischerfest?«

»Klar, morgen wird für uns nicht viel zu tun sein. Eigentlich rechnet man an einem Sonntag gar nicht mit uns. Wenn du dich für vier Stunden mit den Eltern unterhältst und ich meine Aufgaben erledigt habe, können wir am frühen Nachmittag wieder zurück sein«, meint Malte.

»Okay, das hört sich klasse an. Er wird sich sicher sehr freuen. Vor allem, wenn er sieht, dass noch mehr Menschen helfen und mit anpacken. Dann sieht er vielleicht, dass er nicht allein ist.«

»Es scheint so, als wäre er dir ziemlich wichtig geworden?«

Ich nicke. »Das ist er auch. Ich weiß gar nicht, wieso, aber ich will nicht, dass er seine restliche Lebenszeit vergeudet und nur auf den Tod wartet. Seine Frau hätte das garantiert nicht gewollt.«

»Tja, ich denke mal, du bist schlicht und einfach ein guter Mensch.«

»Ich weiß nicht«, erwidere ich bescheiden. »Ich mag ihn und möchte, dass es ihm gut geht.«

»Ich sag ja – ein guter Mensch«, wiederholt Malte sich und lächelt mir zu, als wir gerade in unsere Straße einbiegen und in seiner Einfahrt parken. »Ich bringe dich rüber.«

»Denkst du denn, hier könnte mir etwas passieren?«

»Wir sind vielleicht ein kleines Örtchen, aber auch hier gibt es sicherlich den ein oder anderen Freak«, warnt er mich, lacht allerdings sofort. »Nein, hier ist seit Ewigkeiten nichts wirklich Großes passiert, aber ich habe Nina versprochen, dass ich dich sicher und heil nach Hause bringe und dieser Aufgabe gehe ich natürlich auch gewissenhaft nach.«

»Dann möchte ich dich mal nicht davon abhalten«, entgegne ich. Zusammen überqueren wir die Straße, gehen weiter, bis wir vor meiner Haustür stehen und ich in meiner Handtasche nach dem Schlüssel krame. Sowie ich ihn gefunden habe, ziehe ich ihn heraus und stelle mir die Frage, ob ich Malte auf ein Getränk einladen soll. Klingt so etwas nicht immer wie eine indirekte Bitte nach Sex? Und was soll ich ihm anbieten? Ein Kaffee wäre um diese Uhrzeit ziemlich bescheuert und ein Glas Wein hätte einen Beigeschmack. Ich will nicht, dass er denkt, ich will ihn unbedingt in mein Bett locken.

»Soll ich dich morgen mitnehmen?«, fragt Malte. »Wir müssen schließlich beide zum Fischerfest und wenn du magst, kannst du dein Auto stehen lassen.«

»Aber was ist, wenn einer von uns länger arbeiten muss?«

Malte steckt seine Hände in die Hosentaschen. »Ich kann mich da ganz nach dir richten. Sobald du fertig bist, fahren wir zurück und gehen zu Herrn Nielsen.«

»Okay, dann gerne.«

»Um wie viel Uhr, denkst du, bist du so weit?« Er blickt auf seine Armbanduhr und ich beuge mich zu ihm, um ebenfalls zu sehen, wie spät es ist.

»Was? Schon halb drei? Oje! Also, auf keinen Fall vor elf.«

»Gut, dann halten wir elf Uhr fest«, erwidert er und dann ist dieser Blick plötzlich wieder in seinen Augen zu erkennen. Ich kann ihn nicht deuten. Ich spüre nur, dass er mich in seinen Bann zieht und ich genau jetzt in seine Arme möchte. Sie sollen mich nie wieder loslassen. Mein Herz macht abermals diese Sprünge, die ich in seiner Gegenwart häufiger zu spüren bekomme. Es pulsiert so stark in meiner Brust, dass mir fast die Luft wegbleibt und auf einmal höre ich mich sagen: »Dann wünsche ich dir eine gute Nacht.«

Was war denn das?

»Ähm ... ja, dir auch eine gute Nacht, Finny«, sagt Malte, wartet, bis ich zur Tür rein bin und geht.

Und ich? Ich kann nicht fassen, dass ich diesen Moment zerstört habe und beschließe, dass ich selbst schuld bin, sollte ich als alte Jungfer sterben.

Kapitel 17

»Guten Morgen«, begrüßt Malte mich an der Haustür, die ich nicht ganz wach öffne. In seiner Hand hält er einen Becher Kaffee. »Hier, der ist für dich. Ich dachte mir, dass du den brauchen könntest.«

»Das duftet ja himmlisch.« Ich schnuppere an dem Becher. »Danke.«

»Bist du fertig?«

»Ja, wir können los.«

Schon sitzen wir in seinem Jeep und fahren die für mich mittlerweile gewohnten Straßen entlang.

»Heute wird sicherlich einiges los sein?«, frage ich.

»Klar, Sonntage sind perfekt für so etwas. Und da das Wetter mitspielt, wirst du kaum treten können.«

»Und dennoch können wir uns später wegschleichen?«

»Wie gesagt, heute sind wir gar nicht eingeplant. Von daher wird das kein Problem sein«, meint Malte.

Ich dachte zwar, es würde merkwürdig zwischen uns werden, doch Malte lässt sich nichts anmerken. Oder aber es hat ihm nichts ausgemacht, dass ich den Moment in der letzten Nacht unterbrochen habe, weil es ihm gelegen kam. Immer diese Fragen.

Einige Minuten später ist der Kaffeebecher leer und wir kommen auf dem Fest an. Tatsächlich ist einiges los und wir müssen uns durch eine dichte Menschenmenge quetschen, um an unseren Stand zu gelangen. Ich versuche Malte, der vor mir läuft, nicht zu verlieren, doch gestaltet es sich schwieriger als erwartet. Plötzlich greift eine Hand nach meiner und ich blicke nach unten. Zu meiner Verwunderung ist es Malte, der nun meine Hand hält und sich einen Weg vor uns bahnt, damit wir hindurchkommen. Erneut spüre ich dieses Gefühl in mir aufkeimen, das ich versuche zu verdrängen. Was nützt es mir, wenn ich doch in einigen Tagen weg bin und ihn nicht mehr jeden Tag sehen kann?

Als wir ankommen, dauert es noch einige Sekunden, ehe Malte meine Hand loslässt. Ich hatte das Gefühl, er streichelte zuvor kurz über meinen Handrücken. Oder habe ich mir das nur eingebildet?

»Da seid ihr ja«, meint Laura hektisch. »Hier ist die Hölle los. Alle wollen ihre Kinder in die Betreuung geben. Wir müssen viele wegschicken und bitten, später wiederzukommen, da wir so eine große Kapazität nicht bieten können.«

»Das ist doch super«, sage ich erfreut. »So soll es sein.«

Laura schaut mich skeptisch an.

»Das ist nichts Schlechtes, Laura. Das ist gut für das Geschäft. Jeder Elternteil, den du wegschicken musstest, weiß nun, wie beliebt wir sind. Genauso soll es sein«, wiederhole ich glücklich.

»Gute Arbeit«, lobt Malte. »Ich muss mich nun mal um meine Angelegenheiten kümmern. Finny, um vier Uhr ist Abfahrt. In Ordnung?«

»Das schaffe ich«, erwidere ich und schon taucht Malte in der Menschenmenge ab und ich bin mit Laura alleine. »So, was kann ich tun?«

»Willst du noch einmal die Gespräche mit den Eltern übernehmen? Das lief doch gestern so gut und du hast tolle Werbung gemacht. Viele der Eltern waren heute noch mal da und haben nach dir gefragt«, erzählt sie und ich bin schon ein wenig stolz.

»Aber gerne, dann lege ich gleich mal los«, sage ich und begrüße einen Vater mit seinem Sohn. »Guten Tag, kann ich Ihnen helfen?« Und schon bin ich im ersten Gespräch versunken. In Nullkommanichts sind die vier Stunden rum und ich habe nicht einmal gesessen, nichts gegessen und nicht mal mehr gemerkt, wie müde ich eigentlich bin. Auch weiß ich nicht, mit wie vielen Eltern, Tanten und Onkeln ich heute gesprochen habe, doch es waren durchweg positive Gespräche mit tollem Feedback. Alle waren begeistert von unserem Angebot, zufrieden mit den Preisen und dankbar für die Betreuung. Rundum war es wieder gelungen. Jedoch fühle ich mich schlecht, die anderen hier weiterarbeiten zu lassen, während ich abdüse. Sowie ich darüber nachdenke, kommt auch schon Malte um die Ecke.

»Bist du fertig?«

»Meinst du, ich kann einfach gehen? Schau mal, die anderen haben so viel zu tun«, bemerke ich.

»Laura ist auch weg, genauso wie Peer. Sie sind ursprünglich nicht für das Fest eingeteilt gewesen und du kannst keine sieben Tage am Stück arbeiten. Du brauchst ebenso deine Pausen, wobei man ja nicht von einer Pause reden kann, wenn wir gleich einen Garten umgraben«, meint er.

»Aber ich fühle mich schlecht.«

»Das weiß ich. Daher befehle ich dir als dein Chef Feierabend zu machen.« Er sieht mir wohl an, dass ich nicht ganz überzeugt bin. »Ehrlich, Finny, du kannst nicht jeden Tag zehn Stunden arbeiten. Das hältst du nicht aus.«

»Ist gut, dann verschwinden wir. Ich sag nur schnell den Jungs Bescheid«, sage ich und meine damit die Angestellten der *Villa Bergmann*, die für heute auf dem Fischerfest eingeteilt sind.

Einige Minuten später sitzen wir wieder im Auto und sobald wir die Türen schließen, erlischt die Kakofonie von Dutzenden Menschen um uns herum. Was für eine Wohltat für die Ohren.

»Das tut ja vielleicht gut«, merkt auch Malte an und recht hat er.

»Und wie!«, stimme ich zu. Wir lächeln uns an und düsen zurück nach Hause, wo ich mich umziehe und zwanzig Minuten später mit Malte und seiner Schubkarre voller Gartengeräte vor Herr Nielsens Haus stehe.

»Malte, was machst du denn hier?«, fragt Herr Nielsen verdutzt, als er die Tür öffnet.

»Finny hat mir erzählt, dass Sie ein wenig Hilfe bei der Umgestaltung Ihres Vorgartens brauchen könnten«, sagt Malte und ich finde es lieb, dass er es so umsichtig ausspricht.

»Sie wollen mir helfen? Ich weiß nicht.«

»Ach, Herr Nielsen, nun seien Sie doch nicht so. Mit Malte werden wir viel besser vorankommen. Hier hilft man sich doch einander«, merke ich an.

»Sie haben mir doch auch geholfen, als ich hier eingezogen bin«, erinnert Malte ihn netterweise. »Ohne Sie stünde die Firma mit ihrem Umzugswagen sicherlich immer noch vor der Tür.«

»So viel habe ich doch nicht geholfen«, winkt Herr Nielsen ab. »Das war doch nichts. Und Sie haben Zeit? Ich weiß ja, wie beschäftigt Sie immer sind. Ihr Vater verlangt Ihnen da einiges ab.«

»Das stimmt, aber heute Nachmittag habe ich frei und was könnte da besser sein als im Garten zu arbeiten?«

»Na gut, dann wollen wir mal«, sagt Herr Nielsen und knickt endlich ein.

Ich gehe stark davon aus, dass sein männliches Ego ein wenig angekratzt war, als er Malte gesehen hat. Sogar in seinem Alter spielt das also noch eine Rolle. Diese Männer, irgendwie werden sie nie erwachsen.

Wir teilen uns auf und so erledige ich das, was ich am besten kann und schneide die Hecke. Herr Nielsen kümmert sich um seine Obstbäume, wovon er drei Stück hat. Einen Apfelbaum, einen Kirschbaum und einen Pflaumenbaum und jeder einzelne von ihnen spendet hervorragenden Schatten, um arbeiten zu können. Malte ist derweil damit beschäftigt, Unkraut zu jäten und den Pflanzen zu bewässern, die die Vernachlässigung überlebt haben.

»Den Rasen werde ich Ihnen morgen mähen«, meint er.

»Ich fand es schon immer nervig, dass man sonntags nichts arbeiten darf. So laut ist das doch auch nicht«, meckert Herr Nielsen, doch glaube ich, wird er von Minute zu Minute offener und freundlicher. »Es ist doch mein Haus und mein Garten. Da werde ich ja wohl arbeiten dürfen, wann immer ich will.«

»Ihnen würde es auch nicht gefallen, würden alle Nachbarn an einem Sonntag plötzlich den Rasenmäher anwerfen«, meint Malte weiter.

Herr Nielsen winkt ab. »Ach was, das interessiert doch keinen mehr. Was juckt es mich, wenn es mal eben ein bisschen lauter ist? Ob das nun an einem Mittwoch oder Sonntag der Fall ist, ist mir doch egal.«

»Ich stimme Ihnen zu«, sage ich. »Zwar merkt man in der Stadt nicht sonderlich viel von dem Ruhetag, da wir keinen Garten haben, aber ich finde es auch nervig. Der Sonntag ist doch perfekt für die Hausarbeit. Alle Geschäfte haben zu und man hat wirklich mal Zeit für die Dinge, die man sonst innerhalb der Woche nicht schafft.«

»Gutes Argument«, bemerkt Malte, als Nina mit ihrem Mann Max vorbeispazieren kommen.

Merkwürdigerweise sieht sie viel erholter aus als ich, dabei hat sie es noch viel länger krachen lassen.

»Hallo, was seid ihr denn so fleißig?«, ruft Nina über den weißen Gartenzaun.

»Und das an einem Sonntag«, meint Max und sofort rollt Herr Nielsen mit den Augen. Malte und ich lachen laut.

»Wir helfen Herrn Nielsen nur etwas dabei, den Vorgarten fit zu machen«, sage ich. »Und ihr? Dreht eine Runde bei dem schönen Wetter?«

»Nina musste mal ein wenig an die Luft«, sagt Max. »Sie hatte ziemliche Kopfschmerzen, wo sie doch erst gegen fünf heute früh zu Hause war.«

»Wie bitte?« Ich drehe mich verblüfft um. »So lange hast du noch gemacht?«

Nina zuckt mit der Schulter. »Wir sind nur einmal jung.«

»Richtig so.« Ernst Nielsen steigt von der Leiter ab, auf der er stand. »Leben Sie Ihr Leben, solange Sie können! Morgen stehen Sie auf und sind über siebzig Jahre alt. Wenn Sie an Ihre Vergangenheit denken, dann denken Sie nicht daran, dass Sie verkatert auf die Arbeit gefahren sind. Auch nicht, dass Sie auf Tischen getanzt und sich vielleicht blamiert haben. Wissen Sie, woran Sie denken? Dass Sie keine Gelegenheit verpasst haben. Dass Sie Ihr Leben wirklich gelebt haben und Spaß hatten. Nichts anderes sollten Sie tun«, beendet Herr Nielsen seine Rede.

»Ziemlich tiefgründig für einen Sonntag«, sage ich und wir lachen alle zusammen.

Nina und Max bringen frische Limonade und plötzlich sind wir zu fünft und arbeiten fleißig im Garten. Auch die Nachbarn Fries von gegenüber kommen vorbei, weil sie neugierig geworden sind. Sie und Herr Nielsen sind wohl seit einer Ewigkeit befreundet, doch hat er sich seit dem Tod seiner Frau so abgeschottet, dass nicht einmal sie den Kontakt halten konnten. Und das, obwohl sie nur ein paar Meter weiter wohnen.

»Was ist das denn für ein Auflauf?«, fragt Frau Fries und lächelt breit.

»Sie wollten unbedingt helfen«, meint Herr Nielsen und wir lassen es einfach mal so stehen.

»Wie schön«, sagt Herr Fries und auch er scheint begeistert.

Im Laufe des Nachmittags wird viel Limonade getrunken, eine Menge Gespräche gehalten und gelacht, bis die Bäuche wehtun.

»Weißt du noch, wie wir uns jeden Samstag zum Kartenspielen getroffen haben?«, fragt Herr Fries seinen Nachbarn.

»Das waren noch Zeiten und immer hat Hilde gewonnen.«

»Sie war unschlagbar«, stimmt Frau Fries zu. »Komm doch gerne nächste Woche zum Kartenspielen vorbei. Dann können wir mal sehen, wer jetzt eine Chance hat zu gewinnen.«

Kurz herrscht Stille und alle warten gebannt auf Herrn Nielsens Antwort.

»Ist gut«, erwidert er nur plump und ich strahle vor Freude. Auch die anderen freuen sich heimlich, doch sagt niemand etwas. Herr Nielsen ist wie ein scheues Reh. Schenkt man ihm zu viel Aufmerksamkeit, zieht er sich sofort zurück.

»Und ich hole Sie morgen zum Einkaufen ab«, erinnert Nina Herr Nielsen. Dieser hat nämlich im Laufe der Zeit mitgeteilt, dass ihm das Autofahren immer schwerer fällt und somit das Einkaufen zur großen Aufgabe wird. Nina hat sich sogleich angeboten, ihn zum Einkaufen zu fahren. Natürlich hat es eine halbe Stunde an Überredungskunst gedauert, bis er endlich klein beigegeben hat. Aber nun ist er sichtlich erleichtert über diese Unterstützung, und ich bin heilfroh zu sehen, dass er nun endlich ein wenig Gesellschaft hat.

Malte kommt zu mir und stupst mich an. »Das hast du ausgezeichnet gemacht.«

»Ich war das nicht. Das ist Nina«, entgegne ich.

»Du hast ihn aus seinem Haus bekommen. Ihn dazu gebracht, dass er redet und sich wieder mehr öffnet. Dass er bereit ist, sich wieder auf andere Menschen einzulassen, ist allein dein Verdienst.«

»Das war nichts«, wende ich ab und konzentriere mich darauf, nicht rot anzulaufen.

»Nimm doch einfach mal ein Kompliment an«, fordert er leise. »Und jetzt machen wir Pause und trinken eine Limonade.«

»Oh, das ist mal ein guter Vorschlag.«

Kapitel 18

Ich bin mittlerweile den fünften Tag in Folge auf dem Fischerfest, die letzten drei Tage jeweils über elf Stunden. Eine Pause mache ich fast nie, weil einfach keine Zeit dafür bleibt. Mit Malte hatte ich kaum Kontakt, weil er ebenfalls ziemlich eingespannt ist. Herr Bergmann kam zwischendurch immer mal wieder vorbei, um nach dem Rechten zu sehen. Ich glaube, er war ganz angetan von dem, was er hier zu sehen bekam. Wie ich von Laura gehört habe, kamen sogar bereits erste Anfragen und Buchungen rein. Die genaue Zahl bekomme ich aber erst zum Ende des Festes genannt. Wobei das natürlich nicht aussagekräftig ist. Viele Familien buchen erst in einigen Wochen oder Monaten für den nächsten Sommer. Aber ich hoffe, dass Herr Bergmann auch dann noch an meine Arbeit und mich denkt, die ihm diese Buchungen verschafft haben.

Heute strahlt die Sonne besonders kräftig und die Hitze meint es gut mit uns. Ich trage lediglich ein dünnes Top und einen Rock, da es sonst viel zu warm wäre. Durch das gute Wetter werden aber noch mehr Menschen nach draußen getrieben, wodurch der Ansturm heute enorm ist.

Wir bieten extra Wasserflaschen für die Kinder an, damit diese genug zu trinken bekommen, was wiederum bei den Eltern für Pluspunkte sorgt. Allmählich verbessert sich meine Laune. Die Arbeit mit so vielen Kindern macht mich einfach glücklich. Sie sind so voller Lebensfreude und lächeln den ganzen Tag. Selbst wenn es mal Streit gibt, ist er in Nullkommanichts wieder aus dem Weg geräumt.

Mein großer Triumph allerdings war, dass ich einen örtlichen Fernsehsender dazu bekommen habe, von uns und unserem Stand zu berichten. Sogar Herr Bergmann wurde interviewt. An diesem Tag konnten wir uns nicht mehr retten vor Besuchern.

Jedoch konnte ich in den letzten drei Tagen Herr Nielsen nicht besuchen. Ich war abends so fix und fertig, dass ich nur noch ins Bett wollte und zu nichts mehr zu gebrauchen war. Doch ich habe von Nina gehört, dass sie den Einkauf am Montag mit ihm genossen hat. Auch sie bekam die vielen interessanten Geschichten mit ihm zu hören und so ging sie mit ihm am Dienstag eine Runde spazieren. Soviel ich weiß, ist er heute Nachmittag zum Kaffee bei Kurt und Inge Fries eingeladen und er soll sogar angenommen haben.

Wie mir scheint, blüht er auf und es geht ihm besser. Meine Laune allerdings wird von Tag zu Tag mieser, wenn ich darüber nachdenke, dass ich nur noch eineinhalb Wochen hier bin. Irgendwie kann ich mir derzeit gar nicht vorstellen, abzureisen. Vermutlich wird das wieder anders, wenn ich erst mal mit meinen Freunden telefoniere, was ich schon seit einer Woche nicht getan habe.

Sobald ich im Rheinland angekommen bin, wird alles wieder so, wie es mal war, und ich werde die Zeit in Scharbeutz in guter Erinnerung behalten.

Jetzt im Augenblick aber tut es weh, wenn ich darüber nachdenke, dass ich bald weg bin. Die Menschen hier, das Haus, der Ort und die Ostsee sind mir ans Herz gewachsen. Doch so ist das nun mal, wenn man sich länger an einem Ort aufhält. Irgendwann fühlt man sich zu Hause.

Es ist nach vier Uhr am Nachmittag, als Laura nass geschwitzt auf mich zukommt. »Ich muss heute unbedingt früher Feierabend machen. Ich kann einfach nicht mehr.«

»Das verstehe ich«, sage ich. »Du kannst ruhig gehen, ich bin ja da.«

»Aber das geht nicht. Du warst die letzten Tage doch auch immer hier und bist vermutlich genauso müde wie ich. Das wäre nicht fair«, erwidert sie.

»Dann machst du heute früher Feierabend und ich morgen«, schlage ich vor.

Sie schaut mich unsicher an. In ihrem Blick kann ich sehen, dass sie wirklich eine Runde Schlaf nötig hat. »Meinst du, dass das geht?«

»Natürlich. Komm, ich möchte dich hier nicht mehr sehen für heute. Du hast definitiv genug gearbeitet. Fahr nach Hause und ruh dich aus«, befehle ich, zwinkere ihr zu und sie lächelt dankbar.

Ein neues Elternpaar kommt mit gleich drei Kindern auf unseren Stand zu. Während ich versuche, den Eltern zu erklären, was wir alles für ihre Kinder in petto haben, sieht ihre älteste Tochter so aus, als würde sie sich jeden Moment übergeben müssen.

»Wissen Sie, Melina ist nicht so für Pferdereiten oder sportliche Betätigungen. Sie ... nun ja ... sie ist halt ein

Teenie«, verteidigt ihre Mutter sie und ich muss mir ein Lachen verkneifen.

»Das ist kein Problem«, erwidere ich verständnisvoll. »Das kennen wir doch alle. Aber du hast Glück«, wende ich mich an Melina. »Wir haben auch für die Großen ein paar coole Sachen auf Lager. Was hältst du von einer Disco? Oder dich mal verwöhnen lassen bei einer Massage? Du könntest dir auch die Nägel lackieren lassen oder aber du nimmst bei unseren Beschäftigungsprogrammen für die größeren Geschwister dran teil. Da wird gebacken, gebastelt oder gewerkelt.«

Sie scheint noch nicht so begeistert, wie ich es gerne hätte. Aber ich weiß, dass ich noch ein Ass im Ärmel habe. »Und es sind alle dabei. Mädchen und auch Jungs«, sage ich dann ein wenig kokett.

Zum ersten Mal schaut sie mich an und ich sehe ein wenig Röte in ihren Wangen. »Cool.«

Ihre Mutter scheint überrascht, während der Vater sich um die kleinen Kinder kümmert, die unbedingt ein rotes Gummibärchen wollen und mit den grünen ganz und gar nicht einverstanden sind.

»Cool«, wiederhole ich.

Die Dämmerung tritt über Scharbeutz herein und zum ersten Mal für heute sehe ich Malte. Anders als die letzten Tage scheint er sogar ein bisschen Zeit zum Plaudern zu haben, derart zielstrebig, wie er auf mich zukommt.

»Ein produktiver Tag?«, fragt er.

»Ich denke schon. Zumindest hatte es für mich den Anschein.«

»Also, ich habe nur Positives gehört und das von ganz oben. Das soll schon was bedeuten.«

»Na, wenn das so ist«, sage ich.

»Was hast du heute noch vor?«, will Malte von mir wissen, während er mir dabei hilft, den Stand dichtzumachen.

»Heute? Eigentlich genau das, was ich die letzten Tage gemacht habe – nichts.«

»Schade.«

»Wieso fragst du?«

»Ich dachte, vielleicht hast du ja Lust, mich zum Strand zu begleiten. Den Sonnenuntergang werden wir wohl knapp verpassen, aber auch wenn es dunkel ist, ist es dort wunderschön.«

Ich zögere nicht lange und freue mich über die Einladung. »Bei so einem Vorschlag kann ich doch nicht Nein sagen. Natürlich komme ich mit. Gibst du mir noch zehn Minuten? Dann bin ich hier fertig.«

»Ich helfe dir«, erwidert er und gemeinsam stapeln wir Stühle und bauen alles ab, was nicht wetterfest ist. In weniger als zehn Minuten haben wir es geschafft und sitzen in unseren Autos auf dem Weg zum Strand. Es wäre ein Umweg gewesen, hätten wir nur ein Auto genommen und das andere später geholt. Also fahren wir in getrennten Autos zum Strand.

Dort angekommen, umgibt mich sofort ein wohltuendes Gefühl. Der Geruch, der Anblick der See und das Gefühl des Sandes zwischen meinen Zehen fühlen sich an, wie nach Hause zu kommen. Es ist fast nicht zu beschreiben, wie sehr mich diese Umgebung beruhigt. Augenblicklich bin ich ausgeglichener und spüre nichts mehr von dem ganzen Stress, der mich den Tag über beherrscht hat. Er ist wie weggepustet. Weggepustet und weggetrieben, hinaus auf die Ostsee. Dort, wo ich von alldem nichts mehr spüren kann.

»Es ist einfach jedes Mal aufs Neue atemberaubend schön«, sage ich, als wir vor der Ostsee stehen und mit den Füßen schon das Wasser berühren.

»Oh ja«, stimmt Malte mir zu.

Wieder gehen wir den gleichen Strandabschnitt wie beim letzten Mal entlang. Wieder habe ich die Hoffnung, er ergreift meine Hand und dann ... dann nimmt er sie und legt seine Hand um meine.

Ich lächle, wovon Malte nichts mitbekommt und spüre, dass er zu mir blickt. Auch ich schaue kurz auf, jedoch eine Sekunde später wieder weg.

Was passiert hier nur?

Ich will es nicht wissen. Ich will es einfach geschehen lassen. Jetzt im Moment will ich nicht auf meinen Kopf hören. Ich will mutig und dumm zugleich sein, will verrückt und spontan sein und will lebhaft und gefühlsbestimmt sein. Dieses eine Mal schalte ich meinen Kopf aus, lasse meine innere Stimme nicht hervordringen und lasse meinen Bauch gegen ihn antreten. Diesen Kampf wird er gewinnen. Diesen Kampf darf er einfach nicht aufgeben und wenn er siegt, dann mit aller Leidenschaft, die in mir steckt.

Nach einer ganzen Weile kommen wir erneut an den Strandkörben vorbei und ohne dass es ein Wort braucht, nehmen wir uns die Pause und setzen uns in den gleichen Korb vom letzten Mal.

Die Sonne ist längst untergegangen, keine Menschenseele ist weit und breit zu sehen und außer meinem pochenden Herzen höre ich nur die See. Das Wasser, wie

es immer wieder an Land fließt, nur um dann zurückzukehren in die weite Ferne.

»Weißt du, Finny, du hast mein Leben ganz schön auf
den Kopf gestellt«, sagt Malte ruhig.

»Ach ja?«, frage ich. »Du wirkst so ausgeglichen. Als
wärst du schon immer so und nicht erst seit Kurzem.«

Er schaut auf die Ostsee, atmet durch. »Bevor du hier-
herkamst, war ich ein anderer Mensch. Ich kam mit
diesem Menschen zurecht, so war das nicht.« Er macht
eine kurze Pause. »Aber ich wusste nicht, wie einsam
ich war.«

Ich kann nichts sagen und höre nur zu.

»Vor dir wusste ich natürlich schon, dass ich ein Einsiedler bin. Eine Art Eremit, wenn du so willst. Ich kümmere mich um meine Mitmenschen, ich sorge für die
Ortschaft, aber nach alledem war ich lieber für mich.
So war das einfach und das war in Ordnung. Aber dann
kamst du und mit deiner liebevollen Art hast du dafür
gesorgt, dass ich mein Leben hinterfragte. Ich hinterfragte, ob mir das wirklich ausreicht oder ob es nicht
doch mehr geben kann.«

»Malte, ich ...«

Er unterbricht mich. »Versteh mich nicht falsch. Ich
bin nicht dumm und weiß, dass du bald wieder weggehst von hier.« Er wendet sich zu mir. »Aber wenn ich
das nicht wage, dann werde ich mich mein Leben lang
fragen, wie es wohl wäre.«

»Wie was wäre?« In dem Augenblick rückt er näher
an mich heran. Uns trennen nur Millimeter und dann
küsst er mich. Seine Lippen liegen zärtlich auf meinen
und in mir brodelt ein Feuer, das ich so lange Zeit nicht

mehr gespürt habe. Seine Hand umfasst meinen Nacken und er zieht mich dichter an sich heran.

Ich wehre mich nicht.

Im Gegenteil.

Ich will mehr.

Mehr von ihm, mehr von seinem Kuss und mehr von
dem Gefühl, das sich in mir ausbreitet.

Was auch immer hier geschieht, zwei Dinge weiß ich
genau.

Zum einen will ich nicht, dass dieser Kuss jemals endet und zum anderen bin ich einer Gefahr ausgesetzt,
die vor allem mein Herz bedroht.

Kapitel 19

Es ist Freitagabend. Da es in Strömen regnet, war heute nicht viel los auf dem Fischerfest, weswegen ich schon um fünf Uhr zu Hause bin. Sofort nachdem ich die Tür reinkomme, schalte ich dezentes Licht an, denn draußen ist es so dunkel, als würde bereits der Herbst einbrechen. Für den späten Abend ist ein Sturm gemeldet mit starken Windböen und ich bin froh, dass ich bereits nach Hause fahren konnte. Bei solch einem Wetter sitze ich nur ungern hinter dem Lenkrad.

Nachdem ich den Rock gegen eine Jogginghose getauscht habe, schaue ich aus dem Wohnzimmerfenster. Maltes Jeep steht nicht in seiner Einfahrt und ich frage mich, wo er ist. Seit dem Kuss ist leider nicht allzu viel zwischen uns passiert, was erwähnenswert wäre. Und das, obwohl der Abend unglaublich schön war.

Gestern habe ich Malte nur kurz auf dem Fest gesehen. Wir waren beide in Gespräche mit Besuchern vertieft, sodass wir uns nur kurz anschauen und zulächeln konnten. Daraufhin war er wieder mal weg.

Eigentlich hatte ich mal mit einer SMS oder einem Anruf gerechnet, aber er hat sich bisher nicht gemeldet. Das zu deuten fällt mir schwer.

Normalerweise würde ich denken, dass der Typ sämtliches Interesse an mir verloren hat und sich deswegen nicht meldet. Aber Malte scheint nicht so ein Mensch zu sein und erst recht nicht so ein Mann. Er küsst mich nicht einfach und stellt unmittelbar darauf fest, dass er mich nicht mag. Vor allem nicht, nachdem er mir mitgeteilt hat, wie einsam er vorher war. Diese Worte hallen immer und immer in meinem Kopf wider. Ich glaube, dass zuvor noch nie ein Mann solch liebe und bezaubernde Worte an mich gerichtet hat. Das macht man nicht, wenn man plant, die Person danach zu ignorieren. Nein, es muss einen triftigen Grund dafür geben, dass er sich nicht gemeldet hat. So viel Vertrauen muss ich einfach in ihn haben!

Natürlich habe ich viel über den Kuss nachgedacht. Zum einen, weil er mich nicht mehr losgelassen hat. Hat mich jemals ein Mann so geküsst? Ich glaube nicht! Das wüsste ich, denn es war atemberaubend. Diese Sinnlichkeit, die in diesem Kuss steckte, war zum Greifen. Zum anderen aber denke ich über die Konsequenzen nach. Dieser Kuss zusätzlich zu den Dingen, die Malte zu mir gesagt, ergibt ein riesiges Problem, wenn ich daran denke, dass ich in knapp einer Woche abreise.

Dass Malte durch mich gemerkt hat, dass er nicht länger als Eremit leben möchte, berührte mich sehr. Nur was tut er, wenn ich weg bin? Irgendwie habe ich schon fast ein wenig Angst davor, dass er sich dieser Lydia wieder zuwendet. Jetzt, wo er sich sicher ist, dass er nicht länger allein bleiben möchte. Je länger ich darüber nachdenke, desto mehr steigt eine ungemeine Eifersucht in mir auf. Diese blöde Kuh soll den Mann bekommen, den ich bekehrt habe?

Aber warum nur diese Eifersucht? Es wäre unfair, Malte an mich binden zu wollen, mit dem Wissen, dass ich bald nicht mehr hier sein werde. Vielleicht sollte er sich nach einer anderen Frau umschauen.

Dieser Gedanke versetzt mir einen Stich.

Auch wenn ich es nicht zugeben will und weiß, dass ich bald weg sein werde, so will ich Malte für mich allein. Ich kann und möchte mir keine andere Frau in seinen Armen vorstellen.

Ich gehe in die Küche und will mir gerade ein Glas Wein einschenken, als ich mich umentscheide und Wasser aufsetze, um einen Tee zu kochen. Währenddessen peitscht der Wind gegen die Fensterscheiben und die Dunkelheit legt sich über Scharbeutz.

Langsam schlendere ich durch das Haus und weiß nichts so recht mit mir anzufangen. Ich könnte ich mir das Laptop schnappen und arbeiten, doch habe ich den Feierabend verdient und keine Lust darauf. Das Buch, das Malte mir gekauft hat, reizt mich heute nicht und der Fernseher ebenso wenig. Ich habe auf nichts Lust und ich ahne, woher das kommt. Also beschließe ich, mich abzuschminken und es mir gemütlich zu machen.

Nachdem ich im Badezimmer war, hat das Wasser gekocht und ich gieße mir den Tee auf. Mit der Tasse in der Hand laufe ich erneut durch das Haus. Als ich am Fenster im Wohnzimmer entlang komme, erblicke ich plötzlich Maltes Jeep. Er ist gerade angekommen und steigt aus. Sofort rennt er in sein Haus, da es draußen regnet wie aus Eimern. Licht geht an und ich kann beobachten, wie er einige Augenblicke später durch das Wohnzimmer geht und in der Küche das Licht einschaltet. Dann verschwindet er aus meinem Blickfeld und ich frage mich, was ich hier überhaupt tue. Was ist nur aus mir geworden? Seit wann bin ich eine Frau, die einen Mann ausspioniert?

Auf einmal klingelt mein Handy und ich erschrecke mich fast zu Tode.

»Scheiße«, fluche ich und greife nach dem Telefon. Auf dem Display erkenne ich, dass meine Schwester Anna der Anrufer ist, und nehme an. »Hallöchen Schwesterchen.«

»Du lebst noch? Ich hätte nicht gedacht, dass du es da oben so lange aushältst. Ist dir nicht sterbenslangweilig?«

»Überhaupt nicht! Du glaubst gar nicht, wie viel Stress ich hier ausgesetzt bin«, kontere ich sofort. »Ich bin durchweg am Arbeiten.«

»Freust du dich denn, wenn du wieder zu Hause bist?«

Diese Frage kann ich keinesfalls ehrlich beantworten, also lüge ich. »Logisch!«

»Logisch?«, wiederholt meine Schwester fragend. »Das klingt nicht sehr begeistert.«

»Ach, du kennst das doch. Man hat sich irgendwann an die neue Umgebung gewöhnt. An das Haus, die Arbeit und die Menschen.«

»Menschen? Welche Menschen?«

»Na ja, die Nachbarn und Kollegen und so«, sage ich ausweichend.

»Aha.«

»Und was läuft bei dir so? Warst du mal bei den Eltern?«

»Klar, erst gestern. Die haben mir doch davon erzählt, dass du in Scharbeutz bist. Ich konnte es kaum glauben. Weißt du denn nicht mehr, wie schrecklich du es fandest?«

»Doch, ich habe mich daran erinnert. Aber ich weiß einfach nicht mehr, warum ich es so schrecklich fand. Ganz ehrlich? Es ist zauberhaft. Die See, der Strand, die Menschen hier. Es ist so ganz anders als bei uns in der Stadt. Hier grüßt man sich. Wirklich, wenn ich spazieren gehe und mir eine fremde Person entgegenkommt, dann grüßt sie mich. Die ersten Male dachte ich schon, ich werde verwechselt.« Ich lache.

»Das echte Landleben. Die Stadt muss dir doch unheimlich fehlen. Du bist das geborene Stadtkind. Nicht mal bei den Großeltern hieltest du es aus und die leben in einer Kleinstadt.«

Ich atme durch. »Es hat sich ein bisschen was geändert, Anna. Ich habe mich geändert. Zumindest glaube ich das.«

»Was meinst du damit?«

»Es ist … ich … ich freue mich nicht wirklich, wenn ich an zu Hause denke. Ich meine, was habe ich denn schon, was auf mich wartet? Eine winzige Wohnung, keinen Job und was sonst noch?«

»Wie bitte? Du bist jeden Tag unterwegs, hast viele Freunde, die du ebenfalls täglich triffst. Was ist das denn für ein Gedanke? So negativ kenne ich dich gar nicht. Was ist denn da oben los? Ist der Job so gut?«

»Er ist anstrengender und anspruchsvoller als alles, was ich je gemacht habe, und ich liebe ihn. Diese Arbeit füllt mich so aus und ich bin sehr traurig darüber, dass es eine zeitlich begrenzte Stelle ist. Aber ich weiß nun, dass ich mehr in meinem nächsten Job brauche. Ich will nicht mehr einfach nur die nächste stupide Arbeit annehmen, sondern brauche etwas, was mich fordert.«

»Dann such dir etwas. Du findest so was bestimmt. Hier gibt es Tausende von freien Stellen, da wird ja wohl eine passende für dich dabei sein.«

Ich schnaufe. »Du hast recht. Natürlich, ich werde schon irgendwas finden.«

»Würdest du denn etwa dortbleiben, wenn die Stelle länger zu besetzen wäre?«, fragt Anna weiter.

»Ja, denke schon«, erwidere ich sofort, ohne darüber nachzudenken. »Es ist genau das, was ich machen möchte. Hier habe ich Verantwortung und darf mich kreativ frei entfalten. Nur der Chef ist ein bisschen ... nun, nennen wir es prätentiös.«

»Ein Arschloch also?«

Ich muss so sehr lachen, dass ich den Tee auspruste, an dem ich gerade genippt habe. »Das habe ich nicht gesagt. Aber ich widerspreche dir auch nicht unbedingt.«

»Dann sei doch froh, dass du bald weg bist. So was ist immer blöd. Wenn der Chef mies ist, dann kann es nicht gut gehen. Früher oder später wird es zu kompliziert, vertrau mir.«

»Du hast recht, da bin ich wohl Profi drin.«

»Irgendwie gefällst du mir nicht. Was ist nur los? Ich nahm an, du würdest mir die Ohren vollweinen, wie sehr du es dort hasst und dich freust, wenn du endlich nach Hause kannst.«

»Tja, so schlimm ist es nicht.«

»Hast du denn jemanden kennengelernt?«

Ich beiße mir auf die Unterlippe und lege die Stirn in Falten. Auf keinen Fall will ich ihr etwas sagen, denn ich weiß genau, dass es gleich morgen bei meinen Eltern landet. Und dann bei meinen Großeltern, weil sie hoffen, sie hätten ein paar Infos von Malte und dann zögern die werden sicherlich nicht und kontaktieren die Nachbarn Fries. Schlussendlich wird es also nur peinlich für mich. Vor allem, wenn Malte davon erfährt. Nein, danke, ich werde gekonnt lügen! »Nö!«

»Nö?« Anna lacht laut. »Und jetzt raus mit der Sprache. Lügen war noch nie deine Stärke. Ich will alles wissen. Wie schaut er aus? Hat er einen knackigen Hintern?«

»Da ist niemand!«, betone ich.

»Warum willst du es mir nicht sagen?«

»Weil du sofort zu unseren Eltern rennen würdest«, platzt es aus mir raus.

»Aha! Dann gibt es also jemanden! Nicht schlecht. Okay, ich verspreche dir, ich werde mit niemandem darüber sprechen.«

»Ich glaube dir kein Wort«, sage ich schlicht.

»Ich schwöre es auf die Britney-Spears-CD, die ich beim Auszug mitgenommen habe und bewahre, als wäre es der Heilige Gral.«

»Es war ja klar, dass du sie hast, und all die letzten Jahre hast du es immer abgestritten«, tadle ich sie gespielt empört. »Also gut, aber bitte tu mir wirklich den Gefallen und sag es niemandem. Es würde nur zu Problemen führen.«

»Versprochen! Und jetzt raus mit der Sprache!«

Ich nehme noch einen Schluck Tee und atme tief durch, ehe ich meiner Schwester von Malte erzähle. Von unserem Kennenlernen, der Zusammenarbeit und wie meine Gefühle für ihn Tag für Tag wachsen. Auch von dem Kuss erzähle ich und von meinem Ausspionieren unmittelbar vor ihrem Anruf.

»Wie heiß ist er denn?«, fragt sie.

»Ist das die einzige Frage, die dir in den Kopf kommt?«, will ich wissen und bin verwirrt.

»Nein, aber die Einzige, die mir wichtig erscheint.«

»Er sieht umwerfend aus. Leichter Bart, dunkle Augen, gut gebaut und ja, er hat einen knackigen Hintern.«

»Okay, jetzt kann ich dir folgen. Du hast also einen Traummann am Meer kennengelernt. Du weißt nicht so recht, wo ihr beide steht und auch nicht, wo das mit euch hinführen soll. Zeitgleich bist du traurig, wenn du an dein Zuhause denkst, würdest aber am liebsten dortbleiben.«

»Das habe ich nicht gesagt. Ich werde wieder nach Hause fahren. Dort ist doch mein Leben. Ich kann nicht einfach hierbleiben und erst recht nicht wegen eines Mannes.« Ich versuche, entschlossen zu wirken.

»So, wie ich das sehe, bist du im Begriff, dir selbst richtige Schwierigkeiten zu machen. Du verliebst dich in einen Kerl, von dem dich bald sechshundert Kilometer trennen werden. Und wenn du dir so sicher bist, dass du wieder abreist, dann solltest du Abstand halten von ihm. Ganz egal, was für ein Traummann er ist. Wäre es nur Sex und Flirten, würde ich dir sagen, genieße die Zeit einfach. Aber du kannst es nicht trennen und tust dir selbst schlussendlich am meisten weh«, spricht Anna offen aus, was ich die ganze Zeit über denke.

»Du hast recht und das weiß ich auch. Es ist nur so, dass ich in Maltes Gegenwart nicht mehr fähig bin, klar zu denken. Sobald er bei mir ist, schaltet mein Kopf aus und ich will nur in seine starken Arme«, schwärme ich.

»Finny Sturm! Jetzt ist aber Schluss mit dem Quatsch! Liebeleien an der Ostsee sind einfach nicht dein Ding«, meint sie dann, aber ich verstehe nicht ganz.

»Was meinst du denn jetzt damit?«

»Weißt du es nicht mehr?«

»Was denn?«, hake ich nach.

»Es gibt einen Grund, weswegen du es so gehasst hast, dort in Scharbeutz und auch, warum du nicht mehr mit in den Urlaub wolltest.«

»Und der wäre?«

»Du hast damals in deinem letzten Urlaub dort einen Jungen kennengelernt. Dann habt ihr wie wild am Strand geknutscht und ich habe euch erwischt. Du hast mir tierischen Ärger gemacht und nur eine Stunde später hat er dich wieder abserviert.«

»Nein, so war das nicht. Ich habe gesagt, dass ich keine Lust auf was Festes habe«, widerspreche ich.

»Ich war doch dabei, Finny. Ihr habt geknutscht und du hast ihm gesagt, wie gerne du ihn hast. Dann hat er dir eine emotionale Ohrfeige gegeben. Du hast danach Ewigkeiten geweint und wolltest sofort abreisen. Das war das letzte Mal, dass du dort warst.«

Plötzlich fällt es mir alles wieder ein. »Oh mein Gott, du hast recht. Sven hieß er, wenn ich mich richtig erinnere. Was ein Vollidiot. Aber wegen so etwas habe ich die Ostsee seitdem gemieden?«

»Hey, du warst ein Teenager und für die sind solche Dinge eben dramatisch und tragisch. Und irgendwann hat sich diese Einstellung wohl in deinem Kopf eingebrannt.«

»Wie bescheuert, wenn ich jetzt darüber nachdenke. Und das alles wegen eines Jungen, der mich offenbar nicht verdient hatte.« Ich schüttle den Kopf.

»Hör mal, ich muss langsam los. Aber versprich mir, dass du dir in Ruhe Gedanken machst und nichts Unüberlegtes mehr«, fordert sie.

»Ich versuche es. Mach es gut.«

Damit legt sie auf und ich erschrecke erneut, als ein Windstoß einen der Fensterläden gegen eine Scheibe knallt. Ich öffne das Fenster und mit einem Mal stößt ein Windstoß beide Scheiben des Doppelfensters auf und der Regen prasselt ins Haus.

»Mist, Mist, Mist!«, schimpfe ich laut und versuche mit aller Gewalt, die Fensterläden und das Fenster zu schließen. Zwischenzeitlich klopft es an der Tür. »Moment!«, rufe ich. Bis ich alles auf Normalstand habe, bin ich von oben bis unten durchnässt. Ich schaue an mir herunter. »Na toll.«

Es klopft erneut. »Ja, ich komme schon.« Ich öffne die Tür. Plötzlich steht Malte vor mir und trotz des Vordaches ist er ebenso klitschnass wie ich.

»Darf ich reinkommen?«, fragt er und ich nicke. Er putzt sich die Schuhe ab, was bei dem ganzen Regenwasser in seiner Kleidung unnütz ist, und ich beginne zu lachen.

»Also, ich weiß ja, warum ich durch und durch nass bin. Aber was hast du angestellt, um so auszusehen?«, fragt er und mustert mich.

»Ein Fensterladen, der Wind, der Regen und ein Kampf, der gänzlich gescheitert ist«, antworte ich nur und rolle mit den Augen. »Wieso hast du keinen Regenschirm mitgenommen?«

»Bei seitlich kommendem Regen bringt der nichts.«

»Regenmantel?«

»Ich bin ein Kerl«, erwidert er nur und zieht eine Augenbraue in die Höhe.

»Ist gut, dann hole ich mal Handtücher«, meine ich.

Zwei Minuten später trocknet Malte sich ab und ich verziehe mich in mein Schlafzimmer, um mir etwas anderes anzuziehen. Diese Situation nutze ich, um aus der Jogginghose zu schlüpfen und mir eine Jeans und ein anständiges Oberteil überzuwerfen.

»Du hättest dich nicht extra umziehen müssen«, sagt Malte, als ich zu ihm komme.

»Soll ich etwa in der nassen Kleidung bleiben?«

»Nein, das meinte ich nicht. Aber du hättest dir ruhig wieder etwas Bequemes anziehen können«, entgegnet er.

»Was wolltest du eigentlich?«, wechsle ich das Thema.

Er zuckt mit der Schulter. »Nichts Bestimmtes. Einfach nur schauen, wie es dir geht und ob alles gut ist bei dem Sturm, der da draußen tobt.«

»Das ist charmant von dir.«

Kurz herrscht Stille zwischen uns.

»Magst du vielleicht eine Tasse Tee? Ich habe mir vorhin erst einen aufgesetzt.«

»Gerne«, sagt Malte und zusammen gehen wir in die Küche. »Bist du aufgeregt wegen morgen?«

»Was genau meinst du?«

»Der letzte Tag des Fischerfestes. Es gibt ein Feuerwerk, Musik und der Bürgermeister möchte ein paar Worte an die Leute richten.«

»Na, mich interessiert wohl eher der Montag, wenn wir uns alle zusammensetzen und erfahren, ob das Fischerfest bereits für Buchungen gesorgt hat«, erwidere ich. »Denkst du, es war erfolgreich?«

»Aber natürlich und wie gesagt, es wird nicht jeder sofort eine Buchung tätigen. Wer im nächsten Sommer verreist, macht sich heute keine Gedanken darum, zu buchen. Das restliche Jahr wird viel besser zeigen können, wie gut du deine Arbeit gemacht hast. Aber verlass dich darauf, es war sicherlich von Erfolg gekrönt.«

»Ich hoffe es sehr, sonst verflucht dein Vater mich bestimmt noch.«

Der Tee ist fertig und ich drücke Malte eine Tasse in die Hand. Kurz streifen sich unsere Finger und ich kann spüren, wie er mich mit seinen Augen durchlöchert.

»Du siehst heute besonders hübsch aus«, bemerkt er und mir fällt ein, dass ich weder die Haare gestylt habe noch Make-up trage.

»Das ist lieb von dir«, erwidere ich und neige meinen Kopf, damit er nicht sieht, wie ich rot anlaufe.

Im Wohnzimmer nehmen wir beide auf der Couch Platz. Er links und ich rechts. Zwischen uns genug Platz, damit wir uns nicht berühren und dort weitermachen, wo wir vorgestern aufgehört haben. Noch so ein Fehler darf mir einfach nicht passieren.

»Was steht morgen an? Muss ich etwas berücksichtigen?«

»Eigentlich ist es ein Tag wie jeder andere. Viele Stände verteilen irgendwelche Kleinigkeiten am letzten Tag oder haben Nettigkeiten für die Besucher. Aber das haben wir bereits die ganze Woche über, von daher wird bei uns alles so laufen wie die letzten Tage.«

»Denkst du nicht, die Leute erwarten morgen bei uns irgendeine Besonderheit? Ich meine, klar, wir haben viel für die Besucher getan, aber möglicherweise wäre ein abschließendes Highlight eine gute Idee.«

»Hast du denn einen Vorschlag?«, fragt Malte und ich denke nach.

»Wie soll das Wetter morgen werden?«

Malte zückt umgehend sein Handy, schaut auf der entsprechenden App nach und hebt seinen Daumen nach oben. »Wenn wir dieser App vertrauen können, soll sich morgen die Sonne wieder zeigen.«

»Das ist klasse. Was hältst du davon, wenn wir morgen einen kleinen Eiswagen an unseren Stand stellen? Für jeden, der sich mit uns näher befasst oder unterhält, gibt es eine Kugel Eis«, schlage ich vor und bin selbst ganz begeistert. »Allerdings weiß ich nicht, wo wir so kurzfristig einen Eiswagen herbekommen sollen.«

»Lass das mal meine Sorge sein, denn die Idee ist gar nicht mal so übel. Macht es dir etwas aus, wenn ich kurz telefoniere?«

»Aber nein, nur zu.«

Malte wählt eine Nummer und während er mit einem Bekannten spricht, läuft er im Haus umher. Fast wirkt es, als gehöre er hierher. Als wäre er es gewohnt, tagtäglich in meinem Haus zu sein und mit seinen Freunden oder Bekannten zu telefonieren. So, als gehöre er hierhin.

Er legt auf und setzt sich wieder mir gegenüber. »Das geht klar. Morgen ab zehn Uhr wird ein Eiswagen vor Ort sein.«

»Wie hast du denn das jetzt so schnell klären können?«, will ich wissen.

»Du erinnerst dich an die Eisdiele auf dem Marktplatz, wo der Buchladen ist?«

Ich nicke.

»Die gehört dem Vater eines guten Freundes und ich konnte mich erinnern, dass er sich mal einen Eiswagen für Hochzeiten und Feste gekauft hat. Und wie der Zufall es will, hat er morgen noch nichts vor und kommt samt Wagen zu uns an den Stand«, erklärt er mir.

»Aber das ist ja perfekt«, sage ich.

»Deine Ideen sind perfekt«, ergänzt er und wir stoßen mit unseren Tassen an.

»Du, sag mal, darf ich dich etwas fragen?«

»Sicher! Was ist los?«, hakt Malte nach.

Ich bin mir unsicher, doch hätte ich gerne eine Antwort auf meine Frage, und wenn ich sie nicht stelle, wird sie ewig in meinem Kopf bleiben. »Du hast dich gestern nicht gemeldet. Es ist nicht so, dass ich das unbedingt gewollt hätte, aber ich habe mich gewundert nach ... nach Mittwoch eben.«

Malte setzt sich aufrecht hin, dreht sich weiter zu mir um und sein Blick wird ganz ernst. »Soll ich ganz ehrlich sein?«

Ich nicke.

»Ich war mir nicht sicher, ob du willst, dass ich mich bei dir melde. Ich nahm an, du brauchst vielleicht etwas Abstand und Ruhe, um nachzudenken oder so. Außerdem war ich mir unsicher darüber, wie du über Mittwoch denkst.«

»Wie ich darüber denke?«

»Ja, ob … ob ich es hätte lieber lassen sollen.«

Ich sage nichts, schaue ihn nur an und ich spüre etwas in mir aufkeimen. Eine Zuneigung, die so mächtig und gewaltig ist, dass sie mir mein Herz brechen kann. Seines genauso, wenn ich bald weg bin. »Dir ist klar, dass ich in einer Woche nach Hause fahre?«

»Natürlich, darüber denke ich viel nach.«

»Was machen wir denn dann hier? Wir sollten lieber … lieber … ach, ich weiß auch nicht«, stammle ich.

»Ich verstehe«, erwidert Malte trotz meines Gestotters.

Plötzlich herrscht wieder Stille zwischen uns. Dieses Mal jedoch ist sie sehr unangenehm und ich vermeide es ihn anzusehen.

»Tja, dann sollte ich wohl mal wieder rüber. Mir war nur wichtig, dass es dir gut geht und du alles hast, was du brauchst«, sagt Malte.

»Das ist sehr freundlich von dir, aber mir geht es gut. Danke«, erwidere ich zögernd, denn mit einem Mal ist die Stimmung zwischen uns merkwürdig und ziemlich angespannt.

Malte steht auf und ich begleite ihn zur Tür. Kaum öffne ich sie, weht der Wind ins Haus und zeigt bedrohlich, dass mit ihm heute nicht zu spaßen ist.

»Dann sehen wir uns also morgen«, sage ich und stehe vor Malte, der sich noch einmal umdreht.

»Ja, morgen«, erwidert er.

Unsere Blicke treffen sich.

Die Atmosphäre um uns herum wird anders, fast elektrisierend. Mit einem Mal ist nichts mehr, wie es war und alle Worte, die wir vor nicht mal fünf Minuten gewechselt haben, geraten in Vergessenheit. Sie werden unwichtig und fühlen sich nicht richtig an.

Er kommt einen Schritt näher an mich heran. Mein Herzschlag verdoppelt sich und ich spüre meinen Pulsschlag in meinem gesamten Körper beben. Noch ein Stückchen dichter kommt er und meine Beine werden zittrig, ehe er mich überhaupt berührt. Dann beugt Malte sich zu mir herunter und küsst mich. Abermals so zärtlich und schön, wie ich es schon einmal erleben durfte. Er legt eine Hand an meinen Nacken und zieht mich zu sich heran. Der Wind von draußen weht noch immer mit kräftiger Geschwindigkeit in mein Haus, doch lassen wir uns davon nicht stören.

Plötzlich lässt er von mir ab, schaut mir tief in die Augen und wartet auf eine Reaktion. Auf irgendwas, was ihm sagt, dass er weitermachen soll. Dass ich genau das ebenso will wie er. Ich lächle leicht und dann küsst er mich wieder. Dieses Mal jedoch leidenschaftlicher als jemals zuvor. Ich schlinge meine Arme um seinen Hals, kralle mich förmlich an ihm fest und genieße seine Lippen auf meinen. Meinen Mund öffne ich und lasse seine Zunge hinein, die mit meiner spielt.

Als erneut ein Windstoß hereinweht, tritt Malte die Tür mit seinem Fuß zu, ohne dabei von mir abzulassen.

Wir torkeln küssend in mein Schlafzimmer. Das Licht ist nicht an, doch die Fensterläden sind offen, und durch den Mond, der den Himmel zwischen den vielen dunklen Wolken versucht zu erhellen, erkennen wir

Umrisse, Silhouetten, aber nicht mehr. Fast wirkt es geheimnisvoll.

Vor meinem Bett bleiben wir stehen, und er legt mich sanft darauf ab, beugt sich über mich und küsst mich weiterhin. Er wird immer drängender und ich spüre seine Erregung auf meinen Beinen. Ich kann kaum noch einen klaren Gedanken fassen und meine Sinne schwinden. Ich will nur noch Malte.

Dann steht er auf und beginnt damit, mir meine Jeans auszuziehen. Er macht weiter, bis ich nur in BH und Slip auf dem Bett liege. Dann entblößt er sich ebenso und auch wenn ich nicht viel erkennen kann, so sehe ich seinen Umriss, der mir unglaublich gut gefällt. In dem sanften Licht, das vom Wohnzimmer hereinfällt, kann ich die Muskeln in seinen Armen tanzen sehen und auch sein Oberkörper ist durchtrainiert.

Malte legt sich wieder zu mir, beginnt, mich zu berühren. Erst meine Brust, die er mit seinem Mund liebkost, was mich zur Ekstase bringt. Ein leises Stöhnen entflieht mir und er begibt sich weiter hinunter. Küssend arbeitet er sich über meinen Bauchnabel bis hin zu meinem Becken und schlussendlich zwischen meine Beine. Mein Stöhnen wird lauter, hingebungsvoller, wollüstiger. Alles um mich herum schwindet, während er mich mit seiner Zunge verwöhnt. Aus meiner Kehle drängen begierige Schreie hervor, die ich nicht mehr kontrollieren kann. Mit einer Hand kralle ich mich in den Laken fest. Die andere ruht auf Maltes Haaren. Als mich die Welle erreicht, sitze ich mit einem Mal aufrecht im Bett, atme schwer vor mir her und Malte ist sofort bei mir, um mich zu küssen.

Sanft legen wir uns zurück und noch immer kann ich seine Erregung deutlich wahrnehmen. Dann entledigt er sich seiner Shorts und sein Gemächt ruht auf mir. Er wartet, schaut mich an und atmet ebenso schwer wie ich.

»Sag mir, was du willst, Finny.«

Ich schlucke und weiß genau, was ich will. Nichts anderes war mir je so klar wie in diesem Moment. »Ich will dich!«

Endlich dringt er in mich ein und wieder beginne ich zu stöhnen. Wir bewegen uns im gleichen Takt miteinander. Wie eine abgestimmte Symphonie passen wir zueinander. Unsere Bewegungen werden immer schneller, heftiger und sinnlicher.

Wir wollen es beide.

Wollen mehr.

Wollen uns.

Dann erreicht uns beide die Welle der Befriedigung und Malte lässt sich neben mir nieder. Da liegen wir nun. Schwer atmend, schwitzt und zittrig, während draußen ein Gewitter tobt und der Donner die Stille zwischen uns beiden unterbricht.

Kapitel 20

Die Nacht war kurz.

Viel zu kurz für das, was heute ansteht. Doch ich kann nicht mehr schlafen. Zu durcheinander und verwirrt bin ich. Neben mir liegt Malte und schläft friedlich. Langsam versuche ich mich zu bewegen, um ihn nicht zu wecken. Ich will einen Blick auf die Uhr werfen, allerdings wird er genau dann wach, als ich mich aufsetzen möchte.

»Guten Morgen«, murmelt er schlaftrunken.

»Guten Morgen«, erwidere ich schüchtern.

»Wolltest du etwa flüchten?«, will er wissen.

Ich schmunzle. »Nein, nur wissen, wie spät es ist.«

»Das kann ich dir sagen.« Er wirft einen Blick auf seine Armbanduhr. »Es ist kurz nach sieben.«

»Also noch sehr früh, zum Glück. Stell dir mal vor, wir würden verschlafen. Gerade heute, wo es wichtig ist, dass wir pünktlich auf dem Fischerfest sind.«

»Das bedeutet, wir haben genug Zeit, um gemeinsam unter die Dusche zu springen?«, fragt er mich mit einem Grinsen.

Ich freue mich, dass er so locker ist. Die Nacht über habe ich mir alle möglichen Szenarien überlegt, wie der Morgen starten könnte. Von peinlich berührt bis hin zu schuldig war alles dabei. Diese Variante gefällt mir jedoch am besten.

»Das willst du also? Ich bin mir gar nicht sicher, ob du das verdient hast«, necke ich ihn, stehe auf, umwickelt mit einem Laken, und gehe in Richtung Badezimmer.

»Was glaubst du, was du gleich verdient hast?« Malte kommt mir nach und zusammen landen wir einige Minuten später in der Badewanne, was Malte sogar noch viel besser fand als eine Dusche. Warmes Wasser umgibt uns und unsere Küsse sind genauso leidenschaftlich wie die Nacht zuvor. Malte zieht meinen Körper auf seinen Schoß und wir geben uns unseren Gelüsten hin. Das Wasser wird so in Bewegung versetzt und schlägt Wellen wie die See, an der wir leben.

Fünfzehn Minuten später liege ich mit dem Rücken an Maltes Körper angelehnt und er schäumt mit einem Schwamm meinen Oberkörper ein.

»Was geht dir durch den Kopf?«, will ich wissen.

»Du willst wissen, was ich denke? Unmittelbar nach dem Sex? Ist das nicht das typische Klischee?«

»Malte, sag schon«, fordere ich ihn auf und kann heraushören, dass ihn etwas belastet.

»Ich frage mich, wie es wohl weitergeht. Das mit uns.« Meinen Kopf bewege ich zur Seite und küsse seine Brust. »Das habe ich mich auch gefragt und weißt du was? Ich finde, wir sollten uns keine Gedanken darüber machen. Nicht jetzt und nicht heute. Ich bin noch eine Woche hier und die möchte ich genießen. Lass uns Sorgen machen, wenn es einen Grund dazu gibt. Aber nicht, wenn wir wissen, dass wir noch ganze sieben Tage haben, die wir zusammen genießen können.«

»Das klingt nach einem Plan.«

»Denkst du, du kannst das?«, hake ich nach.

»Wer weiß, vielleicht«, erwidert er nicht ganz zufrieden, doch höre ich, dass er versucht, sich zusammenzureißen. Mir geht es nicht anders. Auch ich kann nichts anderes tun, als mich zu bemühen. Genau das ist es, wovor ich solch große Angst hatte, und jetzt ist es eingetroffen. Uns bleibt nichts anderes übrig, als irgendwie damit umzugehen.

Wenig später stehen wir in der Küche und trinken einen Kaffee gemeinsam, als es an der Tür klingelt und ich öffne. Ich könnte nicht schockierter sein, als ich Jens vor mir stehen sehe.

»Jens, was machst du denn hier?« Ich bin überrascht.

»Hallo Finny, wie geht es dir?«

Ich weiß gar nicht, was ich darauf antworten und auch nicht, wie ich reagieren soll, wo Malte nur einige Meter neben mir in der Küche steht.

»Ähm, gut«, sage ich daher nur knapp. »Und jetzt noch mal – was machst du hier?«, wiederhole ich mich.

Jens lacht. »Ich finde es schön, dass ich dich noch so in Erstaunen bringen kann.«

»Ja, so kann man es auch nennen.«

»Hast du vielleicht einen Kaffee für einen alten Freund?«, fragt er.

Sofort blicke ich zu Malte, der sich sichtbar unwohl fühlt. »Komm schon, Finny. Ich weiß, wir haben ein paar schwere Zeiten hinter uns, aber wir hatten doch immer unseren Spaß. Hast du das etwa vergessen? Es lief so gut zwischen uns.«

Nichts kann ich sagen, zu unangenehm ist mir das alles und am liebsten würde ich Jens anschreien und ihm sagen, dass er den Mund halten soll.

»Du kannst hier doch unter gar keinen Umständen glücklich sein«, meint er weiter und steckt die Hände in die Hosentaschen seines teuren Anzuges. »Ich meine, sieh dich doch nur um. Diese Häuser, die bereits halb verfallen sind und dann die Umgebung. Drei Bäume, fünf Menschen und kein Geschäft weit und breit.« Er lacht abermals.

Ich finde sein Verhalten schlimmer als jemals zuvor. Ich bin mir nicht sicher, ob er schon immer so war oder ob es mir vorher einfach nicht aufgefallen ist. Wieder blicke ich zu Malte.

»Oh, hast du etwa Besuch?«, hakt Jens nach.

Wieder sage ich nichts und plötzlich steht Malte neben mir. »Den hat sie, richtig.«

Jens blickt zu Malte auf, der deutlich größer ist als er selbst. Die beiden Männer auf einmal zu sehen, ist beinahe zu viel für mein Gemüt.

»Jens Lauer«, stellt er sich vor und reicht Malte die Hand.

»Malte Bergmann«, erwidert er trocken.

»Dann störe ich offensichtlich?«

»Könnte man so sagen«, meint Malte. »Aber ich sehe schon, dass Sie einiges zu besprechen haben. Da möchte ich nicht stören. Also gehe ich jetzt«, sagt er unerwartet.

Hastig schüttle ich den Kopf. »Du musst doch nicht gehen.«

»Das wäre sehr nett. Sie haben recht, Finny und ich müssen einiges bereden«, äußert Jens sich.

Malte geht zur Couch und schnappt sich seine Jacke. Ich laufe ihm hinterher und Jens tritt ungefragt herein. »Malte, bitte, du musst nicht gehen.«

Er bleibt stehen und schaut mich an. Uns trennen nur Zentimeter. »Bitte, ich will nicht, dass du jetzt gehst.«

»Ich denke, es ist besser so«, erwidert er.

»Aber ist denn alles gut zwischen uns?«, frage ich und kann sogar verstehen, dass er nicht bleiben möchte, solange Jens hier ist.

Er nickt. »Natürlich.«

Gerade als er mich küssen möchte, mischt Jens sich ein. »Sie sollten sich keine Gedanken um Finny machen. Ich kümmere mich schon gut um sie, wo sie doch bald wieder im Rheinland bei mir ist.«

»Wir sehen uns später«, sagt Malte an mich gerichtet, eilt nach draußen und schlägt die Tür hinter sich zu.

»Bist du nun zufrieden?«, frage ich Jens.

»Zumindest bin ich nicht ganz unzufrieden.«

»Was willst du hier?«

»Zuerst wäre ein Kaffee toll«, meint er, geht in die Küche und durchstöbert die Schränke nach einem Kaffee. »Gibt es hier keinen Starbucks? Irgendetwas, wo man hingehen kann, ohne Angst haben zu müssen, dass der Kaffee noch aus der Filtermaschine kommt?«

»Jens!«, schreie ich. »Was zu Teufel willst du hier?«

»Dich, Finny! Ich will dich!«, entgegnet er rau und kommt auf mich zu. »Es tut mir leid, hörst du? Es tut mir leid, dass ich dich rausgeschmissen habe. Das war nicht richtig und du hattest recht – ich habe dich gekündigt, weil du mich verlassen hast. Es hat mich einfach sehr verletzt und ich hatte es nicht verstanden. Ich fand, wir waren das perfekte Paar und dann lässt du mich so abblitzen. Da ist es mit mir durchgegangen.«

Ich lege die Stirn in Falten. »Und jetzt willst du, dass ich wieder für dich arbeite?«

»Ja, aber ich will auch, dass du zu mir zurückkommst. Lass es uns noch einmal probieren. Du weißt doch genauso gut wie ich, dass wir hervorragend zusammengepasst haben.«

»Also, da sind wir offenbar komplett unterschiedlicher Auffassung«, erwidere ich. »Unsere Beziehung, wenn man sie überhaupt so nennen kann, war alles andere als innig. Wir waren wie zwei Fremde, die sich öfter zum Essengehen getroffen haben. Nichts zwischen uns war romantisch oder liebevoll. Nicht mal der Sex war wirklich gut.«

»Gut, da möchte ich dann doch mal widersprechen. Der Sex war umwerfend und seit wann brauchst du Romantik? Woher kommt das denn?«

»Jens, warum bist du nur so?«, platzt es aus mir raus.

»Wie bin ich denn?«

»Du bist so ichbezogen. Es geht immer nur um dich und darum, was du willst, wie es dir geht und was dich glücklich macht. So war es schon immer.«

»Jetzt geht es aber um dich. Mir geht es um dich und ich weiß, dass du bald einen Job brauchst.«

»Woher weißt du eigentlich, dass ich hier bin?« Ich bin verwirrt und stemme die Hände in die Hüften.

Jens lächelt schief. »Ich habe da so meine Quellen.«

»Wie geheimnisvoll«, murmle ich und rolle mit den Augen. »Es spielt auch keine Rolle. Ich werde ganz sicher nicht wieder für dich arbeiten.« Ich bleibe bestimmt.

»Was willst du denn dann tun, wenn du wieder zu Hause bist? Du weißt schon, dass das in einer Woche der Fall ist?«

»Ich muss nicht in einer Woche wieder heim. Durch meinen Verdienst hier kann ich getrost auch einen Monat dranhängen«, werfe ich ein.

Jens betrachtet die Gardinen, die Nina und ich angebracht haben und scheint alles andere als angetan. »Und was dann? Auch in einem Monat brauchst du nach wie vor eine Arbeitsstelle. Aber ich verstehe, dass du mehr willst als du hattest. Was hältst du davon, wenn du nicht meine Mitarbeiterin wirst, sondern meine stellvertretende Geschäftsführerin?«

»Meinst du das ernst?«, hinterfrage ich erstaunt. Von solch einem Job habe ich mein Leben lang geträumt.

Er kommt näher zu mir. »Das meine ich so, wie ich es sage. Und du bekommst einen Firmenwagen, ein viel besseres Gehalt und natürlich ein Spesenkonto.«

»Und was willst du, was ich dafür tue?« Irgendwo muss doch der Haken sein, denke ich mir.

»Nichts. Alles, was du tun musst, ist nächste Woche zum Ersten des Monats im Büro erscheinen und schon ist dir die Stelle sicher.«

»Dann muss ich hier am Samstag abreisen«, stelle ich leise fest. Auch wenn ich noch nicht lange mit dem Gedanken gespielt habe, länger in Scharbeutz zu bleiben, so wurde die Idee in den letzten paar Tagen sehr anziehend.

Jens kommt noch näher an mich ran. »Ja, du müsstest abreisen. Komm nach Hause, Finny. Da gehörst du hin und nicht hier aufs Land. Du brauchst die Stadt, das Leben dort und den Trubel. Das macht dich doch aus. Diese Lebenslust, die du hast, kannst du hier doch gar nicht ausleben.«

»Ich weiß nicht.« Ärgerlicherweise lösen seine Worte eine gewisse Unsicherheit in mir aus.

»Klar, du hast hier einen Kerl kennengelernt. Ich hab ihn ja selbst sehen dürfen«, meint Jens abwertend. »Aber mal ehrlich. Was hat er, was ich dir nicht geben kann? Noch dazu bekommst du von mir einen Job, den du dir immer gewünscht hast. Und du hast ihn dir verdient. Also greif zu. Das ist deine Chance.«

»Darüber muss ich mir erst Gedanken machen. Das kann ich unmöglich so schnell entscheiden. Ich brauche Zeit«, fordere ich.

»Natürlich«, erwidert Jens sofort und hebt die Hände. »Du sollst dir alle Zeit nehmen, die du brauchst.«

»Ist gut, dann geh jetzt«, sage ich plump.

»Ich bleibe eine Nacht hier in ... wie heißt der Ort noch mal?«

»Scharbeutz!«

»Genau, was ein merkwürdiger Name. Also, ich komme eine Nacht in dem Hotel *Bayside* unten am Strand unter. Morgen würde ich noch einmal vorbeikommen und dann erwarte ich deine Antwort.«

»Wie bitte? Du sagtest doch gerade, ich soll mir alle Zeit nehmen, die ich brauche.«

Er legt den Kopf schief. »Ja, okay. Das war gelogen! Ich brauche morgen deine Antwort. Wenn ich am Montag im Büro bin, muss ich wissen, ob du wiederkommst oder ob ich jemanden Neues finden muss.«

»Gut, du bekommst morgen meine Antwort. Aber komm nicht zu früh.«

»Um zehn Uhr muss ich das Zimmer verlassen.«

Ich schnaufe. »Dann bring Croissants mit«, fordere ich ihn auf, öffne die Tür und zeige mit meiner Hand nach draußen. »Und jetzt gehst du bitte. Ich muss bald arbeiten und mich fertig machen.«

»Ist gut, wir sehen uns morgen.«

Damit verschwindet Jens zur Tür raus und ich bin mit Kopfschmerzen und einem riesigen Fragezeichen über meinem Kopf allein.

Kapitel 21

Nachdem ich schnell im Badezimmer war und mich zurechtgemacht habe, bin ich auf dem Weg zum Fischerfest. Maltes Jeep stand nicht mehr in der Einfahrt, was bedeutet, dass er bereits dort sein muss.

Irgendwie hatte er einen wütenden Eindruck auf mich gemacht, als er abgebraust ist. Aber warum? Weil Jens da war? Von Jens weiß er, weil ich ihm von meinem Ex-Freund erzählt habe. Aber warum hat er nur so reagiert und mich allein gelassen, wo ich ihn doch drum gebeten habe, dass er bei mir bleibt? Vermutlich hatte er keine Lust, im selben Raum wie mein Ex zu sein, nehme ich an.

Angekommen steige ich aus und laufe zum Stand. Malte hat nicht zu viel versprochen, denn es ist einiges los. Auch wenn ich die Tage über immer mal wieder das Gefühl hatte, dass noch mehr Menschen auf einem Fest nicht möglich sind, so wurde ich jedes Mal eines Besseren belehrt. So auch heute.

Sofort halte ich Ausschau nach Malte, doch ich sehe ihn nicht. Kein Wunder allerdings, denn ich kann gar nichts erkennen bei den vielen Leuten, die alle an mir vorbeilaufen und mir die Sicht versperren.

Am Stand kommt Laura auf mich zu und sie wirkt, als brauche sie dringend einmal Urlaub. Und dabei ist es noch früh am Morgen.

»Geht es dir gut?«, frage ich.

»Das frag mal lieber nach dem Fest. Ich bin fix und fertig. Das wird sich heute wohl kaum ändern. Das, was du jetzt hier siehst, ist nur die Hälfte der Besucher, die wir heute erwarten«, warnt Laura mich vor und macht große Augen.

»Okay, dann sollten wir mal lieber die Ärmel hochkrempeln. Wir bekommen das schon hin, so wie die ganze Woche über. Mach dich nicht verrückt und vor allem: Stress dich selbst nicht so.«

»Wenn ich doch nur anders könnte.«

»Das musst du, Laura. Du stresst die anderen Mitarbeiter und außerdem auch die Besucher unseres Standes. Die sollen nicht mitbekommen, dass uns das hier eventuell bisschen überfordert, okay?«, versuche ich Laura zu beruhigen.

»Alles klar, ich fahre runter.«

»Sehr gut und jetzt sagst du mir, wo ich anpacken soll und was ich tun kann.« Ich lächle ihr aufbauend zu. Den letzten Tag werden wir jetzt auch noch schaffen.

»Du könntest gleich den Infostand übernehmen, damit Paula sich um die Kinder kümmern kann und später wieder die Eltern einfangen und mit ihnen sprechen.«

»Ist gut, dann gehe ich mal rüber zu Paula.« Gerade als Laura weitergehen möchte, halte ich sie auf. »Ach, sag mal, hast du Malte irgendwo gesehen?«

»Er war eben hier.« Sie sieht sich um. »Hm, keine Ahnung, aber sicherlich ist er gleich wieder da. Vielleicht besorgt er nur etwas.«

»Danke dir.«

Schnell bin ich am Infostand und löse Paula ab, die sichtlich froh ist, dass sie sich nun mit den Kindern beschäftigen darf. Und ich kann sie sogar verstehen. Manche Erwachsene sind alles andere als einfach. Vor allem, wenn es um ein Gewinnspiel geht, das heute ausgelost wird. Ich habe das Gefühl, dass einfach jeder Besucher auf dem Fest daran teilnehmen möchte, was die Arbeit nicht gerade vereinfacht. Aber genau für diese Werbung machen wir es ja. Jeder, der an dem Gewinnspiel teilnimmt, bekommt eine Werbebroschüre in die Hand gedrückt und ich mache gesondert auf die günstigen Preise der *Villa Bergmann* aufmerksam.

Plötzlich sehe ich Malte, der ebenfalls sehr beschäftigt und in einem Gespräch mit einer Frau ist. Er lächelt und dann überreicht er ihr einen Flyer. Sowie sie weg ist, erblickt er mich ebenso. Schnell winke ich und lächle ihm zu, doch er reagiert kaum. Lediglich ein Kopfnicken bekomme ich von ihm, was mich nicht nur verwirrt, sondern auch stinksauer macht.

Was habe ich falsch gemacht?

»Entschuldigen Sie mich bitte?«, frage ich einen Mann, der vor mir steht und darauf wartet, dass ich seinen Namen mit auf die Gewinnspielliste setze. Ehe er antworten kann, bin ich schon weg und gehe schnurstracks auf Malte zu.

»Malte!«, rufe ich und merke, dass ich meine Wut schlecht kontrollieren kann. »Was ist dein Problem?«

»Wie meinst du das?«

»Es ist doch ganz deutlich, dass irgendwas nicht stimmt, und ich hätte gerne gewusst, was los ist? Habe ich etwas falsch gemacht?«

»Finny, es ist nichts«, erwidert er und ich sehe ihm an, dass er mich belügt.

»Heute Morgen warst du noch wesentlich besser gelaunt. Woher kommt diese Stimmung? Seitdem Jens da war, bist du distanziert mir gegenüber.«

»Das bildest du dir nur ein«, meint Malte weiter.

»Du lügst und ich verstehe nicht wieso. Verdiene ich nicht die Wahrheit? Eigentlich nahm ich an, dass nach gestern und heute früh unsere Verbindung eine ganz andere wäre. Auch dachte ich, sei ich mehr wert und hätte mehr verdient als das hier.« Schon steigen mir Tränen in die Augen.

Malte schnauft und nickt. »Ja, du hast mehr verdient. Aber was soll ich dir sagen, Finny? Was willst du hören? Dass dieser Typ mir klargemacht hat, dass du bald weg sein wirst? Dass ich dich vermissen werde? Dass du mir jetzt schon fehlst, wenn ich daran denke? Dass ich gemerkt habe, dass er dich wiederhaben möchte? Was ist es, was du hören willst?«

»Aber das wusstest du doch vorher alles. Wir haben darüber gesprochen, weißt du nicht mehr?«

»Und dennoch ist es etwas anderes, wenn man es gezeigt bekommt. Er ist dein Leben dort und ich war nur ein Zeitvertreib hier«, knallt er mir an den Kopf. »Nennen wir es doch einfach beim Namen, denn nichts anderes ist es.«

»Es ist schade, dass du das so siehst und auch, dass du glaubst, du könntest Entscheidungen für mich treffen. Ich hätte nie gedacht, dass du mich so enttäuschen würdest.« Ich drehe mich um und gehe, ohne noch einmal zurückzublicken. Würde ich zurückschauen, würde ich in Tränen ausbrechen und der Schmerz, den mein Herz jetzt aushalten muss, würde mich zerstören.

Das Fischerfest nimmt seinen Lauf und den ganzen Tag über sind wir alle fleißig am Arbeiten. Jeder ist beschäftigt und kaum jemand findet die Zeit, um zu essen oder gar eine Pause einzulegen. Mit der Dämmerung wird es allmählich aber ruhiger, da die Besucher sich am Strand versammeln, um dem Feuerwerk zuschauen zu können, das in zwanzig Minuten losgehen soll. Von einem Boot aus soll das Feuerwerk gezündet werden und auch ich möchte es mir ansehen. Laura und einige Kollegen sind vorgegangen, um sich einen guten Platz zu sichern.

Marcel, einer aus dem Kundenservice, hat sich freiwillig bereit erklärt, beim Stand zu bleiben, solange alle am Strand sind. Er sagte, er hätte so oft das Spektakel miterleben dürfen und für ihn sei das kein Problem. So kann auch ich zum Strand runter und suche Laura und die anderen. Das ist bei der Menschenmenge jedoch alles andere als einfach und ich suche Minute für Minute, die das Feuerwerk immer näher rückt.

Mit gestrecktem Hals laufe ich den Strand rauf und wieder runter. Auch eine SMS hilft mir nicht weiter, da Laura anscheinend ihr Handy nicht hört und mir nicht antwortet. Verärgert laufe ich weiter, bleibe jedoch irgendwann stehen und beschließe nicht mehr weiterzusuchen. Ich finde sie ja doch nicht, denke ich mir, als ich von einer Person angerempelt werde. Sowie ich aufschaue, ist es niemand anderes als Malte selbst.

»Was ein Zufall«, sage ich.

»Glaubst du an Zufälle?«, fragt Malte mich.

»Du etwa nicht?«

Er zuckt mit der Schulter. »Eher weniger. Für mich hat das alles etwas mit Schicksal zu tun.«

»Da kommt dann wohl der Romantiker in dir durch.«

Plötzlich beginnt das Feuerwerk und die Menschenmasse beginnt zu jubeln, sodass wir uns nicht weiter unterhalten können.

»Es tut mir leid, wegen vorhin«, sagt Malte, als es wieder ruhiger wird und die Leute den Knalleffekten in der Luft zuschauen. »Das war absolut nicht richtig von mir und es war auch keine Absicht, dich so anzugreifen.«

»Ist schon gut. Ich verstehe es ja irgendwie sogar. Wir sind da einfach Schritte gegangen, ohne darüber nachzudenken, welche Konsequenz das alles hat. Wie du sagtest, ich bin in einer Woche weg.«

»Du gehst also wirklich?«

Ich schaue ihn verdutzt an. »Was soll ich denn sonst tun? Hierbleiben? Mein gesamtes Leben ist dort unten und ich kann doch nicht einfach alles liegen lassen.«

»Meinst du damit Jens?«

»Nein«, sage ich bestimmt und schüttle den Kopf. »Damit meine ich mein Leben. Einfach alles, was damit zusammenhängt. Das lässt man nicht einfach so zurück und zieht ohne Perspektive weiter weg.«

»Da hast du wohl recht«, stimmt Malte mir zu. »Wir sollten das vernünftig angehen.«

Ich verschränke die Arme vor der Brust und blicke ebenfalls nach oben. Viele bunte Farben zeichnen sich am Himmel ab und jede einzelne lässt mich schwermütiger werden. Irgendwie hat ein Feuerwerk etwas Erhabenes und sorgt dafür, dass ich sentimental werde. Aber was tut dies momentan nicht?

Malte blickt ebenfalls nach oben gen Himmel und sagt kein Wort mehr. Ist es das dann nun gewesen? Wir haben uns nichts mehr zu sagen, und das war es? Wir hatten Sex, hatten ein paar innige Augenblicke und in einer Woche gehen wir getrennte Wege?

Du suchst es dir doch so aus!

Doch was soll ich tun? Hierbleiben ohne Aussicht auf einen Job. Und was haben Malte und ich dann? Eine Beziehung? Davon war nie die Rede. Ich kann nicht für einen Mann mein Leben umkrempeln für die Aussicht auf eine ungewisse Zukunft. Wie naiv wäre das von mir. Und das nach gerade einmal drei Wochen, die ich ihn kenne. Würde eine meiner Freundinnen mit solch einer Idee aufkreuzen, würde ich ihr den Kopf waschen.

Aber wenn ich an seine Küsse denke, die mir das Gefühl gegeben haben, als wäre ich in Watte gepackt, dann will ich alles hinschmeißen und nur noch zurück in seine Arme.

Jetzt stehe ich neben ihm und obwohl er mir so nah ist, habe ich unendliche Sehnsucht nach ihm.

Das Feuerwerk endet mit einem imposanten Showdown und mit einem Mal ist diese Magie, die soeben über unseren Köpfen schwebte, vorbei.

Bevor Malte und ich erneut einen dummen Fehler machen, verabschiede ich mich kühler, als ich es beabsichtigt habe, und laufe schnellen Schrittes zu meinem Auto. Tränen fließen mir die Wangen herunter und kaum habe ich die Tür geschlossen, kann ich sie nicht mehr aufhalten und weine bitterlich all meinen Kummer aus.

Kapitel 22

Zu Hause verzichte ich heute auf die Tasse Tee und gieße mir einen Wein ein. Den kann ich gut gebrauchen, um meinen Schmerz zu betäuben. Ich will ihn nicht mehr spüren, will ihn verdrängen und an nichts mehr denken müssen.

Mit einem riesigen Becher Schokoladeneis und der Flasche Wein setze ich mich auf die Couch und beschließe einen schnulzigen Film zu schauen. Irgendwas, was mich noch mehr zu weinen bringt, sodass ich alles rauslassen kann. Allerdings haben diese Filme meistens ein Happy End, was in meinem Leben vermutlich nicht passieren wird. Dieses glückliche Ende wird auf sich warten lassen und mich wieder mal versetzen, so wie es mich schon seit Jahren versetzt. Es übergeht mich, sieht mich nicht und ignoriert mich mit voller Wucht, während ich allen anderen um mich herum zuschauen darf, wie sie ihr zufriedenes Ende finden.

Schlussendlich entscheide ich mich für einen Film mit Jennifer Aniston und als ich ihren durchtrainierten Körper begutachte, stelle ich den Eisbecher zur Seite. Jetzt ein paar Kilos zulegen, kann ich nicht noch gebrauchen.

Es klopft an der Tür und sofort sitze ich aufrecht. Schnell wische ich mir die Tränen ab, schüttle mein

Haar durch und hoffe inständig darauf, dass Malte davor steht. Selbst wenn ich nicht weiß, ob das gut für uns endet, so will ich ihn zu gerne sehen. Sein Auto stand schon vor zwanzig Minuten in der Einfahrt. Also wäre es gut möglich, dass er es ist.

Mit einem Lächeln öffne ich die Tür und ich sehe – Jens.

»Du schon wieder?« Sofort bin ich genervt.

»Was ist das denn für eine Begrüßung?«

»Jens, was willst du hier?«

Er tritt einfach in mein Haus hinein. So war er schon immer. Er bittet nicht, er fragt nicht um Erlaubnis, er holt sich, was er haben will.

»Ich langweile mich und da dachte ich mir, schau ich doch mal bei dir vorbei. Sicherlich wirst du einen besseren Wein hier haben als die winzige Bar, die in meinem Hotel ist.«

»Du willst einen Wein?«

»Wenn du nichts dagegen hast?«

Augenrollend gehe ich in die Küche, greife nach einem weiteren Glas und schenke ihm ein. So bin ich wenigstens nicht mehr allein und kann mich selbst bemitleiden. »Hier!« Ich halte ihm das Glas hin.

»Auf was sollen wir anstoßen?«

»Es gibt nichts, auf das wir anstoßen können.«

»Irgendwas gibt es immer.« Er setzt sich auf die Couch und ich nehme neben ihm Platz. Wenn ich daran denke, dass ich erst gestern mit Malte hier gesessen habe, werde ich schon wieder traurig.

»Wie siehst du eigentlich aus?«, fragt er und mustert mich eindringlich.

Vermutlich meint er mein verweintes Gesicht und das Make-up, das sicherlich nicht mehr an Ort und Stelle ist. »Du bist mal wieder ganz der Gentleman«, antworte ich sarkastisch.

»Hast du über mein Angebot nachgedacht?«, hakt er nach.

»Du hast mir Zeit bis morgen gegeben«, erinnere ich ihn. »Wobei das auch nicht sonderlich viel ist.«

»Mehr Zeit kann ich dir leider nicht geben«, sagt er und trinkt einen Schluck. »Wusste ich es doch. Besser als in der Bar. Du hattest schon immer einen ausgezeichneten Geschmack. Nicht nur, was deine Arbeit betrifft.«

»Ach ja? Wenn ich mich recht erinnere, durfte ich mich nicht ausleben, weil mein Geschmack zu neumodisch sei und außerdem wurde bei uns nur stupide abgearbeitet. Kreativität war ein Fremdwort für euch.«

Jens schüttelt den Kopf. »Das war einmal. Wenn du zurückkommst, kannst du einiges verändern. Dann hast du richtig etwas zu sagen und kannst Regeln erstellen. Du kannst verändern, wenn du es willst. Merkst du nicht, was das für eine Chance für dich wäre? Solch ein Angebot bekommst du sicherlich nie wieder in deinem Leben«, mahnt er mich.

»Denkst du, das weiß ich nicht? Glaubst du etwa, ich mache mir keine Gedanken darüber oder dass es mir egal wäre? Jens, das ist eine großartige Möglichkeit für mich, das ist mir bewusst. Und auch, dass sich vielleicht nie wieder solch eine Gelegenheit für mich bietet. Aber ich bin nicht mehr die gleiche wie vor drei Wochen.«

Er lacht. »Finny, was kann sich in drei Wochen schon gewaltig verändert haben?«

Ich schaue ihn an. »Mehr als du dir vorstellen kannst. Meine Einstellung, meine Bedürfnisse und mein inneres Ich. Daher muss ich mir Gedanken darüber machen, ob ich wirklich zurückwill. Es wäre möglich, dass ich nicht mehr in diese Welt passe, in der ich einst gelebt habe«, erkläre ich.

»Dein inneres Ich? Finny, du machst Scherze. Hör mal, mir ist ja klar, dass man manchmal durch den Wind sein kann und auch, dass sich Dinge ändern können. Aber du bist immer noch dieselbe. Du bist humorvoll, einfallsreich, liebevoll und einfühlsam und – du weißt immer, wo du hingehörst. All das hat dich ausgemacht und das verschwindet nicht innerhalb von drei Wochen.«

»Und wenn doch?«

»Das funktioniert so nicht. Vertrau mir, wenn du erst einmal wieder zu Hause angekommen bist, wirst du dich besser fühlen. Sobald du dein gewohntes Umfeld um dich herum hast, vergisst du den Unsinn mit dieser Unsicherheit, die dich gerade umgibt.«

Es wäre denkbar, dass er recht hat, doch ich sage nichts. Jens rückt zu mir auf, hebt seine Hand und streichelt mit seinem Daumen über meine Wange. Er hebt mein Kinn an und kommt verdächtig nahe an mich heran.

»Was wird das?«, unterbreche ich ihn und ziehe meinen Kopf zurück.

»Ich nahm an, dass diese Stille ein Zeichen wäre.«

»Was denn für ein Zeichen?«, hake ich irritiert nach.

Er verzieht den Mund. »Na ja, um einen Schritt weiterzugehen, und dafür, dass wir uns näherkommen können.«

»Verzeihung, aber das hast du dann wohl falsch interpretiert.« Sofort stehe ich auf. »Es wäre wohl das Beste, wenn du jetzt gehst.«

»Bist du dir sicher?«

»Sehr sicher, verlass dich drauf«, erwidere ich.

Er springt von der Couch und lächelt, obwohl ich ihm gerade einen Korb gegeben habe. »Ist gut, dann sehen wir uns morgen früh. Und dann erwarte ich eine Zusage für den Job.«

»Bis morgen, Jens.«

Damit verschwindet er und als ich die Tür schließen möchte, sehe ich Malte an seinem Fenster, der zu mir rüberblickt. Ich winke, doch er wendet sich ab und verschwindet dorthin, wo ich ihn nicht sehen kann. Ob das in meinem Kopf und meinem Herzen auch funktionieren würde, würde ich die Stelle bei Jens annehmen? Würde Malte dann genauso einfach verschwinden oder würde ich ihm mein gesamtes Leben nachtrauern?

»Wo ist meine Antwort?«, fragt Jens mich am nächsten Morgen in meiner Küche stehend, während ich einen Kaffee aufsetze.

»Wo sind meine Croissants?«

»Zuerst die Entscheidung«, fordert er und zieht eine Augenbraue in die Höhe.

Ich unterbreche meine Arbeit, wende mich ihm zu und schlucke schwer. »Nach reiflicher Überlegung bin ich zu dem Schluss gekommen, dass ... dass ich den Job annehmen werde.«

Jens grinst über beide Ohren. »Das ist ja hervorragend.« Er nimmt mich in den Arm und drückt mich fest an sich. »Du wirst es sicherlich nicht bereuen und triffst die richtige Entscheidung, du wirst schon sehen. Jetzt bekommst du auch deine Croissants.«

Damit düst er nach draußen und ich schalte die Kaffeemaschine ein. Diese Entscheidung in so kurzer Zeit treffen zu müssen, hat mich wirklich fertig gemacht.

Nach einigen Minuten und nachdem ich den Kaffee bereits in zwei Tassen gefüllt habe, wundere ich mich, wo Jens bleibt, und schaue aus dem Fenster im Wohnzimmer. Zu meinem Erschrecken stelle ich fest, dass er sich mit Malte unterhält, der in seiner Einfahrt steht und offenbar an seinem Briefkasten war.

»Oh, bitte nicht«, flehe ich leise vor mich her, weiß allerdings nicht, was ich tun soll. Rausgehen und mich einmischen, als wäre ich eine kontrollsüchtige Irre? Nur, was haben gerade diese zwei Menschen zu besprechen? Jens sieht amüsiert aus, wohingegen Malte alles andere als begeistert wirkt. Oder bilde ich mir das nur ein und ihre Gesichter sagen etwas ganz anderes? »So eine verfluchte Scheiße!«

Dann nickt Jens, greift nach der Tüte vom Bäcker, die auf seinem Beifahrersitz liegt und kommt herein.

Sofort überfalle ich ihn. »Worüber hast du mit Malte gesprochen?«

»Nichts Interessantes. Nur zwei Kerle, die sich unterhalten haben«, meint er, doch sehe ich ihm an, dass er lügt.

»Jens, sag es mir«, fordere ich nachdrücklich.

Er geht in die Küche und schnappt sich ungefragt eine der Kaffeetassen. »Ich habe ihm nur gesagt, dass du eine Entscheidung getroffen hast und wieder nach Hause kommst.«

»Wie bitte? Warum tust du denn so etwas?«, schreie ich ihn an.

»Hey, ich dachte, es sei vollkommen in Ordnung. In weniger als einer Woche weiß er doch sowieso, dass du abreist. Oder denkst du, ihm fällt nicht auf, wenn du plötzlich weg bist?«

»Du hattest kein Recht dazu.«

»Okay, entschuldige. Aber sei froh, dass er es bereits weiß. So kann er sich darauf schon einmal einstellen und muss nicht sechs Tage lang hoffen, dass du hier in Scharbeutz bleibst. Allein die Vorstellung, du würdest dich hier niederlassen wollen, ist zu lächerlich.«

Auch wenn ich noch immer sauer auf Jens bin, so hat er vermutlich recht. Es ist besser für Malte, dass er bereits weiß, dass ich gehe. Dann kann er sich mit dem Gedanken anfreunden und ich muss ihn nicht in ein paar Tagen enttäuschen. Doch richtig war es nicht, dass er meine Entscheidung von Jens erfahren hat.

Nach einer Stunde und einigen Gesprächen über die neue Arbeitsstelle fährt Jens nach Hause. Er sagte, er könne es unter keinen Umständen länger in diesem Kaff aushalten. Ganz theatralisch, wie immer. Ich schnappe mir meine Autoschlüssel und muss ein bisschen den Kopf freikriegen. Wo ich dafür hinmuss, weiß ich genau.

Also fahre ich durch Scharbeutz und werde ganz wehmütig bei dem Gedanken daran, dass ich die Straßen bald nicht mehr entlangfahren werde. Hier zu urlauben erscheint mir unmöglich, wenn ich an Malte denke.

Nach zehn Minuten komme ich am Strand an. Da das Wetter heute nicht so berauschend ist, ist niemand zu sehen und ich bin vollkommen allein, was mir sehr gelegen kommt. Barfuß und mit verschränkten Armen blicke ich hinaus auf die weite See, während Tränen über meine Wangen fließen. Ich versuche erst gar nicht, sie aufzuhalten, sondern lasse ihnen freien Lauf. Immer wieder erscheint mir Maltes enttäuschtes Gesicht vor Augen. Wie niedergeschmettert er geschaut hat, als Jens mit ihm sprach. Ihn muss es so verletzt haben, aber was hat er erwartet? Dass ich mein ganzes Leben umschmeiße und hierbleibe? Wofür? Er hat nie ein Wort darüber verloren, wie wir zueinanderstehen, auch nach der gemeinsamen Nacht nicht. Wenn er mir wenigstens zu verstehen gegeben hätte, dass wir eine Beziehung führen, dass wir irgendetwas haben, was mehr ist als nur eine Nacht, hätte ich anders entscheiden können. Doch so war es mir unmöglich.

Mit einer Sache hatte Jens recht. Diese Stelle ist eine womöglich einzigartige Chance für mich und die darf ich mir nicht einfach durch die Finger gehen lassen. Nicht, ohne triftigen Grund und den bietet Malte mir nicht.

Mit geneigtem Kopf beginne ich zu schluchzen, so unendlich quälend ist es mir Maltes Ausdruck in seinen Augen ins Gedächtnis zu rufen. Doch ist das vermutlich meine Strafe dafür, dass ich nicht auf meinen Kopf gehört habe. Dieser wollte mich schützen, wollte mich warnen vor dem, was ich nun durchmachen muss. Ich jedoch wollte nicht hören und habe meinem Bauch vertraut, der zwar für romantische und unvergessliche Momente gesorgt hat, aber auch dafür, dass ich nun am Boden zerstört bin.

Es spielt keine Rolle, wie gebrochen mein Herz ist, ich werde abreisen. Doch ich werde lediglich wegen der Stelle zurückkehren und nicht wegen Jens. Eine erneute Beziehung werde ich nicht mit ihm eingehen. Wenn ich etwas gelernt habe, dann, dass ich etwas anderes in meinem Leben brauche. Etwas Warmherziges und Echtes. Etwas, worauf ich vertrauen kann und mir das Gefühl gibt, dass ich geborgen und beschützt bin nur durch die Anwesenheit dieses einen Mannes. Ich will nichts anderes mehr und nichts anderes habe ich verdient. Ich will mehr.

Doch wird es Zeit brauchen.

Zeit zum Heilen.

Zeit zum Trauern.

Und Zeit zum Entlieben. Denn eines weiß ich nun mit absoluter Gewissheit und das macht die Tatsache, dass ich bald abreisen werde, nur noch schlimmer: Ich habe mich in Malte verliebt.

Kapitel 23

Mit einem Kaffee, den ich dringend benötige, weil ich kaum Schlaf letzte Nacht hatte, habe ich mir heute Morgen kurz Zeit genommen, um meine beste Freundin Mia anzurufen und sie auf den aktuellen Stand der Lage zu bringen. In weniger als fünf Minuten habe ich die letzten Wochen heruntergerasselt und sie um ihre Meinung gebeten. Natürlich konnte sie mir nicht viel dazu sagen, da ich eindeutig nicht ins Detail gegangen bin. Aber ihre Stimme zu hören, tat unglaublich gut und hat mir ein wenig Mut für den Tag gegeben.

Nun sitze ich im Besprechungsraum der *Villa Bergmann*. Laura ist ebenfalls hier und ein Auszubildender, der dafür zuständig ist, ein Protokoll zu führen. Ich verkneife mir ein Gähnen und reibe mir ein Auge. So müde war ich in der gesamten letzten Woche nicht, in der es so stressig war, doch die letzte Nacht hat mir sämtlichen Schlaf geraubt und ich bin vollkommen gerädert heute früh wach geworden. Immer wieder habe ich an Malte gedacht, an seine Enttäuschung, die er verspüren muss und auch mein Schmerz wollte mich nicht zur Ruhe kommen lassen. Ständig habe ich geweint und mir überlegt, ob ich nicht doch Jens absagen soll und einfach hierbleibe. Dann sehe ich, was aus Malte und mir wird. Ich setze alles auf eine Karte und wenn ich nicht gewinne, dann habe ich nicht mehr, als ich vorgestern hatte, bevor Jens aufgetaucht ist. Allerdings verliere ich durch sein Angebot weitaus mehr, als ich mir verzeihen könnte, sollte sich nichts zwischen Malte und mir entwickeln. Wie sollte ich jemals damit zurechtkommen, dass ich solch ein Angebot ausgeschlagen habe?

Egal, wie ich es drehe und wende, ich komme immer wieder zu dem Schluss, dass ich zurück nach Hause gehe. Alles andere ergibt keinen Sinn. Es wäre naiv und dumm von mir. Vor allem, da Malte mich seit gestern so behandelt. Fast ignoriert hat er mich und mir graut vor dem Zusammentreffen in wenigen Augenblicken, wenn er ebenfalls an der Besprechung teilnimmt. Wie wird er mich behandeln? Wird er mich überhaupt ansprechen, mich anschauen oder irgendwie in die Kommunikation gehen?

Meine Güte, wir hatten Sex miteinander! Da wird es doch nicht zu viel verlangt sein, dass er mich mit Respekt behandelt.

Schon wieder werde ich sauer und das, obwohl er noch nicht einmal hier ist.

Dann kommt Sonja aus der Buchhaltung und legt eine dicke Mappe auf einen leeren Platz. Wie sich eine Minute später herausstellt, gehört dieser Platz Herrn Bergmann höchstpersönlich und auch Malte betritt das Büro, setzt sich hin und würdigt mich keines Blickes.

Dieser Stich ins Herz trifft mich sehr und erneut würde ich am liebsten alle Tränen hinauslassen, doch ich halte mich zurück.

»Guten Morgen zusammen«, begrüßt uns Herr Bergmann. »Frau Jakobs, wenn Sie so freundlich wären und das Fischerfest für uns zusammentragen würden?«, bittet er Laura. Malte schaut unentwegt auf sein Handy oder die Unterlagen, die vor ihm auf dem Tisch liegen.

»Gerne«, erwidert Laura, öffnet die Mappe vor ihr und ich tue ihr gleich. »Um es auf den Punkt zu bringen – das Fest war sehr erfolgreich und unser Stand war ein absoluter Hit auf dem Fischerfest. Frau Sturm hat geschafft, was wir uns erträumt haben. Sämtliche Besucher haben von keinem anderen Stand so intensiv und positiv gesprochen wie von unserem. Die Werbung war klar sichtbar, deutlich in der Kommunikation, ein Hingucker und überall vertreten. Man kam gar nicht umher, uns nicht zu sehen. Es war genau das, was wir wollten«, schwärmt sie und ich lächle leicht. Auch wenn mir ihre Worte viel bedeuten sollen, so haben sie im Moment keine Gewichtung für mich. Zu schmerzhaft ist die Tatsache, dass Malte mit voller Absicht meinen Blicken ausweicht.

»Frau Sturm hatte den richtigen Riecher, wenn es um die Eltern ging. Unser Angebot aus Betreuung, Bespaßung und den richtigen Preisen war ein Volltreffer und wir haben ausschließlich positive Rückmeldungen erhalten. Unsere Auszubildenden haben gestern eine Umfrage gestartet und sich dabei mit über zweihundert Eltern unterhalten und auch wenn nicht alle das Betreuungsangebot genutzt haben, so waren auch sie schlichtweg begeistert. Von diesen zweihundert Eltern haben über einhundertachtzig angegeben, dass die Kinderbetreuung ein Kriterium wäre, wonach sie einen Urlaub buchen. Und von diesen einhundertachtzig waren allein gestern über fünfzig Kinder in unserer Betreuung.«

»Das ist keine schlechte Anzahl«, wirft Sonja ein und notiert sich alles.

»Alles in allem war es rundum gelungen und wir gehen stark davon aus, dass die Zahlen künftig signifikant steigen werden«, beendet Laura ihre Rede.

Herr Bergmann Senior nickt und legt sein Kinn auf dem Daumen ab. »Was haben wir zu den Zahlen?«, fragt er nach. Wie immer will er es genau wissen.

»Frau Becht, wenn Sie das bitte übernehmen würden«, bittet Malte Sonja, schaut kurz zu ihr auf und gleich wieder in die Unterlagen.

In mir bricht etwas und doch reiße ich mich zusammen, wenn es mit jeder Sekunde, die vergeht, auch schwerer wird.

»Natürlich«, meint Sonja und richtet sich auf. »Selbstverständlich sind diese Zahlen nicht zu einhundert Prozent ausschlaggebend für den Erfolg des Festes. Wie wir wissen, fahren die meisten Familien nur einmal im Jahr in den Urlaub und das im Sommer. Auch ist uns klar, dass dieser zumeist in der Zeit zwischen Dezember und Februar gebucht wird. Nur selten wird in einem Sommer bereits der nächste Urlaub geplant. Dennoch haben wir satte dreiundvierzig Buchungen für den nächsten Sommer, zwölf Buchungen für die Osterferien im nächsten Jahr und drei Buchungen für die Herbstferien.«

»Das ist ordentlich«, meint Malte.

»Allerdings!«, stimmt Sonja ihm grinsend zu. »Außerdem haben wir satte einhundertdreißig Anfragen. Alle wegen unterschiedlicher Dinge. Einige Eltern möchten mehr über die Unterkunft erfahren, andere mehr über die Umgebung und wieder andere haben gesonderte Wünsche, die es zu berücksichtigen gibt.«

Ohne ein Lob auszusprechen oder wenigstens eine kleine Geste der Anerkennung, fährt Herr Bergmann Senior fort. »Haben wir nicht genügend Informationsmaterial auf der Website oder warum wurden diesbezüglich Anfragen gestellt?«

»Das müssen wir genauer eruieren«, entgegnet Laura, doch weiß ich längst, wo das Problem liegt, und mische mich ein.

»Eigentlich ist es ziemlich simpel. Diese Infos, von denen Sie sprechen, sind Dinge, die Eltern nicht interessieren. Sie möchten nicht wissen, wo sich der beste Club befindet, auch nicht, wie tief der Pool ist oder dass es Kaviar zum Frühstück gibt«, sage ich. Malte schaut kurz zu mir auf, nur um dann wieder auf sein Handy zu blicken. Dieses Mal jedoch habe ich das Gefühl, er ist nicht ganz bei der Sache und lauscht meinen Worten. »Die Eltern möchten lieber wissen, wo der nächstgelegene Kinderclub ist, ob es ein Kinderschwimmbecken gibt und dass es auch Spaghetti Bolognese zum Abendessen gibt und nicht nur Meeresfrüchte«, erkläre ich. »Sie sollten es ein wenig einfacher halten. Mir scheint, als sei der Text für die Luxusvillen einfach übernommen worden auf die Familienunterkünfte. Er passt dort leider so gar nicht hin.«

»Haben Sie das notiert?«, fragt Bergmann Senior an Laura gewandt und wieder kommt kein Kompliment.

Ich werde diesem Kerl früher oder später noch den Kopf abreißen. Wenn ich wenigstens wüsste, was an mir so schlimm ist.

»Frau Sturm, Ihre Aufgabe in der letzten Woche wird sein, dass Sie das Fischerfest als Werbung aufgreifen und die Leute nicht vergessen lassen, was wir alles zu bieten haben«, sagt er und wieder einmal versetzt es mir einen Stich, als er mir mitteilt, dass es meine letzte Woche hier ist. Selbstverständlich weiß ich das, aber es zu hören, tut einfach weh.

»Schreiben Sie einen Bericht für unseren Newsletter, verteilen Sie Prospekte, bombardieren Sie die Besucher mit Werbung, ist mir egal. Hauptsache, wir geraten nicht in Vergessenheit«, fordert er mit Nachdruck.

»Ist gut«, antworte ich nur und mache mir Notizen. Mehr kann ich nicht sagen. Nicht, ohne meine zittrige Stimme zu präsentieren, die zeigt, dass ich mich bald nicht mehr beherrschen kann.

»Dann ist das Meeting hiermit beendet. Hervorragende Arbeit an alle«, meint er schlicht und steht auf. Malte hält seinen Vater am Arm fest, lehnt sich zu ihm und flüstert ihm etwas ins Ohr. In diesem Moment schaut Herr Bergmann zu mir und ich ahne, was Malte ihm mitteilt.

Er räuspert sich. »Frau Sturm, auch Ihnen dankt das Unternehmen für Ihre Arbeit und Ihren Einsatz. Wie sich gezeigt hat, hat es sich gelohnt, dass mein Sohn sich so für Sie eingesetzt hat«, sagt er emotionslos und verschwindet aus dem Besprechungsraum.

Malte blickt kurz zu mir und dann geht auch er, während mir der Mund offen steht. Malte hat dafür gesorgt, dass ich die Stelle hier bekomme? Wieso hat er das nie erwähnt?

Verwirrt gehe ich in mein Büro, schließe die Tür hinter mir und versuche, mir darüber im Klaren zu werden, wieso Malte so geheimnisvoll ist. Er hätte doch erwähnen können, dass er dafür verantwortlich ist, dass ich diesen Job bekommen habe. Ich verstehe es einfach nicht. Das alles macht doch gar keinen Sinn und so langsam wandelt sich meine Traurigkeit in Wut. Seit Samstag spüre ich ständig einen Wechsel dieser beider Gefühle.

Ohne weiteres Nachdenken stürme ich wieder hinaus, laufe die Treppe hoch in den ersten Stock und platze in Maltes Büro, ohne anzuklopfen. Dabei erwische ich ihn, wie er mit Sonja spricht. Sie stehen sehr dicht beieinander und sehen erschrocken aus. Ich kann eins und eins zusammenzählen.

»Oh, ich wollte nicht stören«, sage ich langsam, gehe rückwärts aus dem Raum und ehe ich abdüse, werfe ich Malte einen vernichtenden Blick zu.

»Finny!«, ruft er mich, doch ich bleibe nicht stehen und er läuft mir hinterher. »Finny, bitte bleib stehen.«

»Du musst mir nichts erklären.« Ich laufe weiter die Treppe hinunter bis hinaus an die frische Luft.

»Hör doch, es ist nicht so, wie du denkst«, redet er weiter und hält mich am Arm fest, als ich gerade die ersten Stufen der Treppe zum Parkplatz runterlaufen will.

»Was willst du? Was, Malte?«, schreie ich unkontrolliert. »Ich verstehe dich einfach nicht mehr. Du willst nicht mit mir zusammen sein, das ist offensichtlich, aber für Sex bin ich gut genug. Dann ignorierst du mich und ich weiß nicht, womit ich das verdient hat. Schlussendlich sehe ich dich nur wenige Tage nach unserer Nacht mit dieser Frau.«

Er hebt die Hände. »Okay, ich verstehe, dass du verwirrt bist, aber es war nicht so, glaub mir.«

»Ach ja, wie war es denn dann?«, erkundige ich mich.

»Sonja ist seit längerer Zeit hinter mir her und immer wieder habe ich ihr zu verstehen gegeben, dass ich kein Interesse an ihr habe. Auch habe ich ihr mit einer Kündigung gedroht, sollte sie diese Annäherungsversuche nicht unterlassen. Als ich sie eben gefeuert habe, weil sie erneut einen Versuch gewagt hat, hat sie sich gedacht, dass sie nichts mehr zu verlieren hat und den nächsten Versuch gestartet. In dem Moment kamst du zur Tür rein«, erklärt er verlegen und ich kann nicht anders, als ihm jedes Wort zu glauben. Ich vertraue ihm blind. Mir erscheint es ausgeschlossen, dass er mich belügen könnte.

»Dann ... dann ist sie verrückt«, sage ich nur, weil mir nichts Besseres einfällt.

»Das ist sie wohl. Und jetzt sag du mir, warum du zu mir wolltest?«

Ich zucke mit der Schulter. »Ich wollte nur wissen, warum du mir nicht gesagt hast, dass du derjenige warst, der mir die Stelle verschafft hat?«

»Das ist alles?«, fragt er enttäuscht.

Ich verschränke die Arme vor der Brust. Was hat er geglaubt? Dass ich ihn anflehe, er möge bitte mit mir zusammenkommen?

»Ja, das ist alles.«

Malte nickt und reibt sich die Stirn. »Gut, wenn es dich so brennend interessiert. Dein Lebenslauf hat mir gefallen. Du hattest gute Qualifikationen, die zu uns und unserem Vorhaben gepasst haben. Außerdem waren deine Werbebeispiele modern und ihrer Zeit voraus, sodass ich mich für dich entschieden habe. Und warum ich dir nichts gesagt habe, dürfte klar sein. Zu Anfang, als ich dich in deinem Vorgarten gesehen habe, wollte ich mir nur einen Scherz daraus machen. Doch dann sind wir uns nähergekommen und ich konnte dir unmöglich sagen, dass ich dich eingestellt habe. Ich wollte nicht, dass du glaubst, ich hätte irgendwas zwischen uns geplant.«

Ich schnaube verächtlich.

»Mir war es wichtig, dass du weißt, dass du diese Stelle verdient hast und du gut bist in dem, was du tust. Du hast sie nicht wegen deines Bildes bekommen«, stellt er klar und mein Gesichtsausdruck wird sanfter. »Nachdem wir uns nähergekommen sind, war es für mich unmöglich, dir das zu sagen. Eigentlich wusste mein Vater das auch. Er hielt es nur nicht für nötig, mir diesen Gefallen zu tun.«

»Oh.« Ich beiße mir auf die Unterlippe. »Das war nett von dir, danke.«

»Mein Vater müsste dir mehr danken und ich werde dafür sorgen, dass er dir den Respekt entgegenbringt, den du dir verdient hast. Du hast großartige Arbeit geleistet und das weiß er genauso gut wie wir alle hier. Ohne dich wäre das Fest niemals so erfolgreich geworden«, betont er.

»Danke dir«, erwidere ich und er nickt. So, als hätte er seine Arbeit erledigt. »Du musst nicht mit deinem Vater reden. Er wird schon seine Gründe haben, weswegen er es nicht für nötig hält, mir zu danken. Außerdem kann es mir egal sein.«

»Egal?«, wiederholt Malte.

»Wo ich doch in einigen Tagen weg sein werde«, erläutere ich abermals und kann die emotionale Ohrfeige sehen, die ich Malte gebe. Schon wieder steigen Tränen in mir auf und wieder muss ich mich beherrschen, um sie nicht zum Vorschein zu bringen. »Ich muss weiterarbeiten.« Schnell stürme ich an ihm vorbei zurück in mein Büro, wo ich meiner Traurigkeit freien Lauf lassen kann.

Kapitel 24

Der Tag heute war beschissen. Man kann es nicht anders sagen. Zuhause lasse ich ihn Revue passieren. Malte habe ich gar nicht zu sehen bekommen. Was vielleicht besser war. Ich wäre doch nur wieder tieftraurig geworden und hätte nicht gewusst, wie ich meine Gefühle im Zaum halten kann. Auch wenn es schmerzt, ihn nicht zu sehen, ist der Schmerz wesentlich größer, wenn ich ihm begegne. In seine Augen zu schauen, sein Gesicht zu sehen – das erinnert mich an all die schönen Momente, die wir zusammen hatten.

Meine Arbeit konnte ich so weit gut voranbringen, auch wenn ich mittlerweile nicht mehr gespannt wegen des Feedbacks von Herrn Bergmann bin. Er wird sowieso wieder nichts sagen, selbst wenn er es gut findet. Was kümmert es mich, was er also von meiner Arbeit hält? In ein paar Tagen bin ich nicht mehr hier und kann versuchen, mein Leben wieder auf die Reihe zu bekommen.

Es klopft an der Tür. Sofort pocht mein Herz schneller und ich hoffe, dass Malte vor der Tür steht. Doch als ich sie öffne, steht meine Nachbarin Nina mit einer Flasche Wein in der Hand vor mir.

»Hallöchen«, begrüßt sie mich erfreut. »Ich dachte, wir könnten noch einen Mädelsabend machen, bevor du weggehst?«

»Das klingt wirklich nach einer super Idee«, sage ich und halte ihr die Tür auf, damit sie eintreten kann. Mir ist überhaupt nicht danach allein zu sein und sie kommt wie gerufen.

»Wie schön, dass du Zeit hast. Ich muss mich unbedingt irgendwo aussprechen«, sage Nina und nimmt auf der Couch Platz, während ich zwei Gläser und einen Korkenzieher hole.

»Was hast du auf dem Herzen?«, frage ich und versuche mit aller Gewalt die Flasche zu öffnen, was mir nicht gelingen will. Nina schnappt sie sich und auch den Öffner. Innerhalb von Sekunden hat sie die Flasche geöffnet, schenkt uns ein und nimmt einen großen Schluck.

»Max«, sagt sie nur und trinkt noch einen Schluck. »Du glaubst nicht, was er angestellt hat. Hat er doch tatsächlich mit irgendeiner Kollegin geschrieben. Sie haben ständig Nachrichten ausgetauscht. Ehrlich, auf seinem Handy reihte sich SMS an SMS.«

Ich versuche zu begreifen, was genau das Problem ist, doch ich komme nicht dahinter. »Okay, und das macht dich offenbar sehr wütend.«

»Und wie mich das wütend macht. Aber das ist lange nicht alles. Weißt du, was ich so richtig schlimm finde? Er hat es mir nicht gesagt. Kein Sterbenswort«, erzählt sie weiter, doch sie sieht mir anscheinend an, dass ich nicht so recht weiß, was das Problem ist und erklärt. »Verstehst du denn nicht? Er hat mir verschwiegen, dass es da eine Frau gibt, mit der er sich austauscht. Und das mit voller Absicht. Nicht, dass er nicht darüber gesprochen hätte. Nein, er hat es mir verheimlicht.«

»Und wie hast du das herausgefunden?«, will ich wissen.

»Na, ich habe in sein Handy geschaut. Und wehe, du sagst jetzt was von wegen Privatsphäre, dann drehe ich noch durch. Mir ist schon klar, dass man so etwas nicht tut, aber ich war mir sicher, dass ich etwas finden werde. Er hat in den letzten Wochen ständig sein Handy dabei und nie lässt er es für eine Sekunde aus den Augen. Einmal hatte es geklingelt und ich bin drangegangen. Da hat er mich doch tatsächlich angeschrien, dass ich das nicht mehr tun sollte, es wäre schließlich sein Telefon.«

»Das tut mir sehr leid«, sage ich. »Und hast du ihm das alles vorgehalten? Was meint er denn dazu?«

»Das da nichts wäre und ich mir keine Gedanken machen soll. Auch, dass sie nur eine Kollegin sei und sie sich halt hin und wieder schreiben. Sie hat wohl ebenso einen Mann und er würde kein Theater machen.«

»Sie ist auch verheiratet?«

»Ja, und offensichtlich ist ihm das egal. Ich habe Max dann gesagt, dass es vielleicht daran liegt, dass er davon wusste, dass sie sich schreiben, wohingegen ich belogen wurde und das über mehrere Wochen.« Sie stellt ihr Glas auf den Tisch und lässt sich nach hinten fallen gegen die Lehne. »Ich fühle mich so betrogen«, jammert sie.

»Max sollte verstehen, dass das nicht in Ordnung war. Er hätte es dir sagen sollen, dann wäre alles gut. Aber es muss einen Grund geben, weswegen er das Gefühl hatte, er könne dir gegenüber nicht ehrlich sein«, bemerke ich.

»Er sagt, weil ich immer so übertrieben eifersüchtig reagieren würde und er hatte keine Lust auf Streit. Also hat er lieber den Mund gehalten.«

»Okay, irgendwie verständlich, wenn auch nicht richtig. Aber sag mal, worum ging es denn bei den Nachrichten?«, will ich nun wissen.

Nina verzieht den Mund. »Um ... um die Arbeit.«

»Wie bitte?«

»Nicht hauptsächlich!«, fügt sie sofort hinzu und springt auf, stemmt die Hände in die Hüfte und läuft umher. »Ich weiß, das klingt bescheuert, aber so, wie er geschrieben und sich verhalten hat in den letzten Wochen, hat mir Angst gemacht. Ich hatte das Gefühl, er betrügt mich. Dass er gar nicht mehr mit mir zusammen sein will. Und als ich dann diese Nachrichten auf dem Handy gesehen habe, ergab alles plötzlich ein Gesamtbild.«

»Wenn es aber nur um die Arbeit ging, dann ist da doch rein gar nichts dabei«, bemerke ich.

»Nicht nur. Sie haben über ihren Sohn geschrieben und er sagte, er möchte Kinder haben. Am besten zwei«, erzählt Nina.

Ich schmunzle.

»Findest du meinen Schmerz so amüsant?«

»Nein«, erwidere ich. »Aber deine Blindheit. Siehst du denn nicht, was er damit gesagt hat? Er möchte Kinder – mit dir. Er hat über die Arbeit gesprochen oder geschrieben und ist dabei kurz persönlich geworden und hat erwähnt, dass er Kinder möchte. Er hat nicht nach einem heimlichen Treffen gefragt, ihr nicht gesagt, wie hübsch sie doch sei oder erzählt, er wäre so unglücklich in seiner Ehe. Nein, Max schrieb darüber, dass er mal Kinder möchte.«

»Und du denkst, die will er mit mir?«

»Da er dich geheiratet hat, denke ich – ja«, meine ich und Nina wird ruhiger. Sie setzt sich zu mir und schaut mich mit großen Augen an.

»Wir haben schon öfter über das Thema gesprochen, aber immer wieder sagte Max mir, dass wir noch Zeit hätten und er erst mal seine Karriere verfolgen möchte. Es könnte also sein, dass er endlich so weit ist und offen ist für ein Baby.«

Ich lächle. »Dann solltest du keine Zeit verlieren und ihn danach fragen«, schlage ich vor.

Nina springt auf und möchte schon losrennen, als sie stehen bleibt und sich zu mir umdreht. »Ist alles okay bei dir?«

»Aber sicher«, meine ich nur.

»Finny, wir kennen uns noch nicht wirklich lange, aber ich mag dich sehr. Du weißt, dass du auch mit mir sprechen kannst, wenn dich irgendwas bedrückt.«

Augenblicklich muss ich meine Tränen unterdrücken, die schon wieder an die Oberfläche wollen. »Das ist lieb, aber es ist wirklich alles bestens«, lüge ich standhaft.

Nina legt den Kopf schief. »Sieh mal, ich hab mich dir auch anvertraut und so etwas tut gut. Einfach mal alles rauslassen und sich eine andere Meinung einholen kann helfen.«

Ich schweige, weiß nicht, ob sie recht hat oder ob ich alles mit mir selbst ausmachen soll. Allerdings würde ich mich zu Hause mit einer Freundin treffen und über mein Leid klagen. Dort würde ich nicht lange überlegen und mir einen Rat einholen. Warum also nicht auch hier?

»Hast du ein bisschen Zeit?«, frage ich dann.

Nina setzt sich sofort hin und schenkt uns noch etwas von dem Wein ein. »Max kann ruhig ein bisschen warten. Soll er sich doch auch mal Gedanken machen. Also, leg los!«

Und dann erkläre ich alles, was in den letzten paar Tagen geschehen ist. Ich lasse nichts aus und berichte von der Nacht mit Malte und davon, wie traumhaft sie war und wie verbunden wir uns fühlten. Auch von Jens erzähle ich und unserer Vorgeschichte. Davon, was er sagte in Maltes Gegenwart und wie verletzt dieser wirkte. Eine geschlagene Viertelstunde rede ich ohne Unterbrechung, dann schaue ich Nina an und warte auf eine Reaktion. Als sie nichts sagt, frage ich nach: »Und? Was meinst du?«

»Zuerst habe ich noch ein paar Fragen«, sagt sie skeptisch wirkend. »Du hattest eine Beziehung mit deinem ehemaligen Chef?«

»Beziehung würde ich es nicht unbedingt nennen. Wir haben Zeit zusammen verbracht und es gab Momente, ziemliche wenige, die ganz nett waren. Ja, wir hatten auch Sex, aber das war eher aus der Not heraus.«

»Aus der Not?«

»Nun ja, als Frau, die Single ist, wollte ich nicht einmal im Monat irgendeinen Typen aus einer Bar abschleppen und ich mochte Jens, ich mag Jens, von daher schien mir das der vernünftigere Weg. Außerdem wusste ich nicht, ob nicht doch noch etwas aus uns werden würde, bis zu einem bestimmten Moment.«

»Dann hast du dich getrennt?«, fragt Nina interessiert weiter und ich nicke.

»Und wie war der Sex, verglichen mit dem mit Malte? Übrigens … Ich finde es der Hammer, dass ihr im Bett gelandet seid, aber eigentlich war es mir von Beginn an klar. Wie er dich angeschaut hat, meine Güte, da muss man kein James Bond sein, um zu sehen, was er für dich empfindet.«

Ihre Worte sorgen nicht gerade dafür, dass ich mich besser fühle. »Der Sex mit Jens war solide, zuverlässig, in Ordnung und angenehm. Das mit Malte war mehr als Sex. Wir waren uns so nah und hatten Spaß, er hat mich überrascht und es war … einfach atemberaubend.« Ich verliere mich in der Erinnerung.

»Wow, das klingt … ich weiß gar nicht, welche Worte ich dafür wählen soll. So spektakulär?«, will sie es genau wissen.

Ich trinke einen Schluck meines Weines. »Du glaubst nicht wie spektakulär.«

»Malte wirkte schon immer wie ein Frauenheld auf mich. Einer, der eigentlich keiner sein möchte. Verstehst du, was ich meine?«

»Nur zu gut«, erwidere ich beinahe schmachtend.

»Aber was ist dann das Problem?«

»Dass ich bald sechshundert Kilometer von ihm entfernt bin.«

Nina zuckt mit der Schulter. »Das ist heutzutage doch kein Problem mehr. Ein Problem ist wirklich etwas anderes. Meine Güte, dann lebt ihr eben nicht Tür an Tür. Aber es ist doch möglich, dass ihr eine Fernbeziehung führt.«

»Mit Problem meine ich eher Maltes Art mir gegenüber. Ich weiß nicht, was los ist. Plötzlich ignoriert er mich und ist so distanziert. Dass ich ihm sicherlich wehgetan habe, weiß ich und du kannst mir glauben, wie sehr ich mich dafür verabscheue.« Ich pausiere und denke nach. »Weißt du, ich denke, er möchte keine wirkliche Beziehung mit mir.«

»Malte ist niemand, der mit einer Frau schläft, wenn er nicht Gefühle für sie hat. Dafür kenne ich ihn zu gut. Das macht er nicht.«

»Das mag ja sein. Aber warum behandelt er mich dann so?«

Ninas Blick zu deuten, den sie mir zuwirft, fällt mir schwer. Darin liegt etwas Mitleid und auch Absonderliches. »Das ist dir nicht klar?« Sie stöhnt. »Süße, weil er dich liebt. Er schützt sich selbst vor einem gebrochenen Herzen. Das ist doch eindeutig.«

»Deine Denkweise ist schön und romantisch, aber wenn du heute gesehen hättest, wie er mit mir umgegangen ist, dann wüsstest du, dass das nicht sein kann«, beteure ich.

»Tja, dann wirst du es wohl herausfinden müssen«, meint Nina salopp.

»Und wie?«

»Sprich mit ihm. Schau, wie er reagiert. Aber nicht oberflächlich, sondern betrachte ihn eingehend. Weicht er deinen Blicken aus, weil er es nicht schafft, dir in die Augen zu schauen, wenn er so distanziert ist? Hält er Gespräche kurz, weil er nicht in deiner Nähe sein kann? Wird er weich, wenn er dich länger ansieht? Das sind alles Zeichen.«

»Das sind alles Zeichen dafür, dass er mich nicht mehr sehen will.«

»Ach Finny, dann frag ihn halt plump«, meckert Nina und ich lache.

»Das wäre wohl die sicherste Variante, jedoch auch die schwierigste. Ich werde es mit einem Gespräch versuchen.«

»Tu das. Du wirst sehen, es wird alles gut werden«, versichert sie mir.

»Und du sprichst jetzt mit Max und schenk ihm etwas mehr Vertrauen«, rate ich. »Du hast schließlich deinen Deckel gefunden. Da darfst du auch mal etwas großzügiger sein, was dein Vertrauen angeht. Offenbar will er nur eure gemeinsame Zukunft ausbauen. Was gibt es Schöneres?«

»Ja, ich rede mit ihm. Aber ich sage ihm auch, dass ich ihm in den Hintern trete, wenn er mir noch einmal etwas verschweigt«, droht sie grinsend.

»Das ist auch gut«, stimme ich zu und wir umarmen uns.

Nina ist seit zwei Stunden weg und ich kann einfach nicht einschlafen. Obwohl der Wecker in fünf Stunden wieder klingelt, ist es mir unmöglich, die Augen zu schließen. Immer wieder schaue ich nach, ob Maltes Auto in seiner Einfahrt steht, doch dem ist nicht so. Egal, wann ich nachsehe, sein Jeep taucht einfach nicht auf. Diese Tatsache macht mich verrückt und automatisch male ich mir aus, wie er den Abend mit einer anderen Frau verbringt. Ist Malte in Wirklichkeit kein treuer, monogam lebender Mann, sondern eher ein Macho, der eine Frau nach der anderen abschleppt, ihr etwas vorlügt und sie glauben lässt, er wäre der perfekte Mann? Das kann ich mir beim besten Willen nicht vorstellen. Ich kann mich nicht in ihm getäuscht haben, das darf einfach nicht sein!

Hör einfach auf, dich so verrückt zu machen.

Plötzlich wirft ein Autoscheinwerfer Licht ins Wohnzimmer und ich schrecke auf. Sofort springe ich zum Fenster und verstecke mich hinter der Gardine. So weit ist es also gekommen. Ich verstecke mich, damit man nicht sieht, wie ich jemanden ausspioniere. Tiefer kann ich nicht mehr sinken.

Malte steigt aus seinem Jeep und er sieht wie immer umwerfend aus. Augenblicklich muss ich an unsere gemeinsame Nacht denken und unterschiedliche Bilder strömen mir durch meinen Kopf. Wie er mich genommen hat, seine Küsse auf meinen Lippen, seine Art, mich zu nehmen, wie ein Mann, der genau weiß, was er tut.

Er steht vor seiner Haustür und dreht sich plötzlich um, sieht zu meinem Haus und ich erschrecke. Schleunigst ziehe ich die Gardine ein Stück weiter ins Fenster, bis ich sicher sein kann, dass die Luft rein ist und ich wieder hinausblicken kann.

In der Zwischenzeit ist Malte ins Haus gegangen und ich kann Licht in seinem Wohnzimmer sehen. Er zieht sich die Jacke aus, schmeißt sie auf das Sofa und fährt sich mit einer Hand durch sein Haar.

Oh, wie gerne ich durch sein Haar fahren würde.

Irgendwie wirkt er nachdenklich. Aber worüber macht er sich Gedanken? Vielleicht über mich? Hat er genauso viel Kummer wie ich oder tangiert ihn das alles nicht so richtig? Er wirkt ständig so ausgeglichen und kein bisschen aufgebracht oder ungehalten. Ich selbst bin ein Wrack. Meine Mutter hat mir als Kind schon immer gesagt, dass man meine Gefühle sehen kann. Ich wäre nicht in der Lage, sie geheim zu halten. Und dem kann ich nur zustimmen. Ich spüre es selbst jedes Mal, wie wenig ich mich kontrollieren kann, und es ärgert mich unfassbar. Wenn ich mal wieder in Tränen ausbreche, weil mich ein Kellner unhöflich behandelt, ich rot vor Scham werde, weil ich das Geld an einer Kasse falsch abgezählt habe oder vor Lachen beinahe platze, weil ich mich nicht beherrschen kann.

Genauso sieht man mir aber auch meine Wut, Enttäuschung oder Angst an und ich bin mir sicher, dass Malte mich gelesen hat wie ein Buch. Das bedeutet, er weiß genau, wie es mir geht und dass ich mich schlecht fühle. Schlecht, weil ich ihn so enttäusche, weil ich ihm wehgetan habe und schlecht, weil ich tatsächlich nach Hause fahre.

Ob er wirklich gedacht hat, ich bleibe hier und ziehe nach Scharbeutz?

Mittlerweile hat Malte eine Flasche Bier in der Hand und läuft von links nach rechts und wieder zurück.

Ich vergesse ganz die Gardine und stehe unverdeckt vor dem Fenster. Müde und jedoch nicht in der Lage zu schlafen, beobachte ich ihn weiter.

Nachdenklich geht er in seinem Wohnzimmer auf und ab. Wenn ich doch nur wüsste, worüber er grübelt. Über mich? Vielleicht hat es gar nichts mit mir zu tun und er denkt über die Arbeit nach.

Auf einmal bleibt er stehen und sieht zu mir rüber. Da ich ebenfalls das Licht im Zimmer anhabe, kann er mich bestens am Fenster stehen sehen. Ich bin mir unsicher und will schon weggehen, als ich die Hand hebe und ihm zuwinke. Malte nickt lediglich und dann entfernt er sich und ich kann ihn nicht mehr sehen.

Er ist weg.

Und wieder mal versuchen die Tränen auszubrechen, allerdings habe ich die Schnauze voll von den vielen Tränen, der Traurigkeit und all dem Trübsinn, der mich umgibt, und ich reiße mich zusammen. Nein, nicht mehr heute. Heute haben die Tränen keine Chance mehr. Heute wehre ich mich und heute lasse nicht zu, dass sie über mich bestimmen. Denn heute, da entscheide ich mich dafür nach vorn zu schauen ... und wenn es nur bis morgen reicht.

Kapitel 25

Das Mittagessen habe ich gerade hinter mir und betrübter könnte ich nicht sein. Auch Laura ist das aufgefallen, der ich auf Nachfrage hin erzählte, mir sei heute etwas unwohl zumute.

Meine Arbeit neigt sich dem Ende und ich spüre immer deutlicher, dass ich bald nicht mehr hier sein werde. Ein Auszubildender kam bereits zu mir ins Büro und fragte nach, ob er sich mal kurz umsehen könnte, da er demnächst das Büro mit einem Kollegen zusammen beziehen würde. Diese Tatsache hat mich frustriert. Fast habe ich das Gefühl, ich werde hier herausgeschmissen.

Doch das macht nichts. Ich will nur mein Geld und mein Arbeitszeugnis, dann bin ich weg. Es sind nur noch drei Nächte und ich fahre wieder zurück in meine Heimat. Sobald ich dort bin, werde ich gewiss alles vergessen und darüber lachen, wie dämlich und naiv ich mich verhalten habe. Ich werde meinem neuen Job nachgehen und darin vollkommen aufgehen. Dann werde ich in kürzester Zeit nicht mehr über Scharbeutz, Malte oder die *Villa Bergmann* nachdenken.

Es klopft an der Tür und ich ärgere mich, weil ein Teil in mir hofft, dass Malte davor steht.

Hör endlich auf, an ihn zu denken!

»Herein«, sage ich und Laura tritt in mein Büro.

»Hi, ich wollte nur mal fragen, wie gut du vorankommst? Es sind nicht mehr viele Tage, die du hier bist und vielleicht benötigst du noch ein bisschen Unterstützung?«, fragt sie.

Ich blicke auf meine Arbeit, die auf dem Schreibtisch vor mir liegt. »Ganz lieb von dir, aber ich komme gut voran. Freitag gegen Mittag werde ich mit allem fertig sein.«

»Das klingt sehr zufriedenstellend. Bist du traurig, dass du uns wieder verlässt oder ist die Freude größer nach Hause zu kommen?«, möchte sie wissen.

»Ähm ... wohl ein bisschen von beidem«, erwidere ich, da ich nicht möchte, dass sie glaubt, ich könnte es kaum erwarten, hier weg zu sein.

»Kann ich mir gut vorstellen. Ich meine, du hattest eine recht tolle Aufgabe und für deinen Job würden so manche töten. Aber sicherlich ist es auch schön, zurückzukehren zu den Menschen, die dir nahestehen.«

Ich nicke nur. Was soll ich darauf schon sagen?

»Wie lange arbeitest du am Freitag denn?«, hakt sie nach und ich zucke mit der Schulter.

»Da habe ich mir noch keine Gedanken gemacht. Ich schätze mal, dass ich im Laufe des Nachmittags gehen werde. Ich habe im Haus einiges vorzubereiten und kann nicht einfach so abdüsen«, erkläre ich.

»Klar, ist nicht wie in einem Hotel«, stimmt sie mir zu. »Alles klar, dann will ich dich mal nicht weiter stören. Wir sehen uns«, sagt sie und verschwindet aus meinem Büro.

Sowie sie draußen ist, drehe ich mich auf meinem Stuhl herum und blicke aus dem Fenster nach draußen auf die See. Der Wellengang ist heute deutlicher zu erkennen. Das Wasser schlägt auf und wieder ab und bewegt sich mit rasantem Tempo. Auch das Wetter ist heute unbestimmter. Es ist grau und windig. Diese tosenden Winde erinnern mich an die Nacht mit Malte. An diesem Abend hatte es ebenfalls sehr gestürmt und der Wind war kaum aufzuhalten.

Ich lächle vor mich her und will gerade in den Erinnerungen an diese Nacht versinken, als ich mich zusammenreiße, den Kopf schüttle und mich wieder der Arbeit zuwende.

Schluss damit!

Noch eine halbe Stunde arbeite ich ohne Unterbrechung, als ich an einen Punkt gelange, an den ich ohne Zustimmung von Herrn Bergmann Senior nicht weiterkomme. Ich stöhne genervt und habe wenig Lust, nach oben zu gehen und ihn nach seiner Meinung zu fragen. Er wird es wie wieder vermeiden, mich anzusehen, höflich zu sein oder wenigstens ein anständiges Wort mit mir zu wechseln. Vielleicht grunzt er auch nur vor sich her. Das wäre gut möglich bei seinem Verhalten, das er mir von Anfang an präsentiert hat.

Doch es nützt alles nichts und so greife ich mir die Unterlagen, gehe hinaus und drücke den Fahrstuhlknopf. Zu wenig Schlaf hatte ich in der letzten Nacht, um die Treppe zu nutzen. Ich bin froh, wenn mein Körper dieses Tag mitmacht und nicht irgendwann einfach umfällt vor Müdigkeit. Satte drei Stunden habe ich lediglich geschlafen und ich gähne, als ich auf den Fahrstuhl warte. Die Tür öffnet sich und Malte steht mitten im Aufzug in einem schwarzen Anzug mit weißem Hemd und einer Krawatte. Attraktiv schaut er wieder einmal aus.

»Hallo Finny«, begrüßt er mich und ich lächle zaghaft. »Hallo«, sage ich nur, er steigt aus und geht an mir vorbei. Am liebsten möchte ich etwas sagen, doch weiß ich nicht was. Ich möchte ihn aufhalten, festhalten und küssen. Will in seinen Arm und von ihm gehalten werden. Dort, wo ich mich beschützt und geborgen fühle, wo ich sicher bin und wo ich mich fallen lassen kann.

Doch tue ich nichts davon. Stattdessen lasse ich ihn gehen und fahre in den ersten Stock. Unter keinen Umständen darf ich gleich mit zittriger Stimme zu Herrn Bergmann, also versuche ich, mich zu beherrschen. In nur zehn Sekunden schaffe ich es meine Tränen zu unterdrücken.

Als ich ankomme, bin ich bereit, um mich meinem Chef zu stellen. Da ich weiß, dass ich nichts erwarten kann, nehme ich mir vor, dieses Mal nicht enttäuscht zu sein, wenn er mich abermals unhöflich behandelt.

An seiner Tür räuspere ich mich und klopfe an. Es dauert eine gefühlte Ewigkeit, bis ich eintreten kann.

»Guten Tag, Herr Bergmann«, begrüße ich ihn, warte jedoch nicht auf eine Reaktion und spreche weiter. »Ich habe hier die digitale Werbung, die ich gerne schalten möchte. Allerdings benötige ich hierfür Ihre Zustimmung.«

»Warum benötigen Sie diese?«, fragt er nur und schaut nicht von seinen Unterlagen auf, auf die er starrt.

»Weil Frau Jakobs mir dazu geraten hat«, erwidere ich ehrlich. »Sie sagte, dass Sie gerade bei der digitalen

Werbung sehr wählerisch seien und wenn ich sichergehen wollte, sollte ich Sie um Ihre Meinung fragen.«

»Haben Sie die andere Werbung bereits fertig?«

»Sie meinen die Plakate und anderes?«

Herr Bergmann nickt.

»Ich bin in den letzten Zügen und es wird alles rechtzeitig fertig sein.«

»Was bedeutet rechtzeitig?«, will er wissen.

»Das bedeutet am Freitag. Rechtzeitig, bevor ich das Unternehmen verlasse.«

»Zeigen Sie her«, meint er und ich lege ihm die Unterlagen vor die Nase. Noch immer schaut er nicht auf, was mich rasend macht.

Bestimmt drei oder vier Minuten stehe ich stillschweigend vor ihm und warte geduldig, bis er sich endlich äußert. »Können Sie so online stellen.«

Ohne weiter darüber nachzudenken, hake ich nach. »Das heißt, es gefällt Ihnen?«

»Soweit.«

Ich balle meine Hände zu Fäusten, versuche mich zu bändigen, aber es will mir nicht gelingen. »Dann sagen Sie das doch.«

Nun blickt er nach oben, schaut mich an und nimmt langsam seine Brille von der Nase. »Wie bitte?«

»Ich möchte wirklich nicht unhöflich sein, aber Sie sind es, und zwar seit meinem ersten Tag hier und ehrlich gesagt, weiß ich nicht, was ich getan habe, um das zu verdienen. Außerdem würde es Ihnen kein Zacken aus der Krone brechen, wenn Sie mir mal ein Lob für meine Arbeit aussprechen. Ich habe dafür gesorgt, dass das Fischerfest zu einem Erfolg wird, und habe ich auch nur ein nettes Wort von Ihnen erhalten? Nein! Doch warum das so ist, würde mich wirklich brennend interessieren.«

»Wenn ich mich richtig erinnere, habe ich Ihnen für Ihre Arbeit gedankt«, erinnert er mich.

»Ach, kommen Sie«, erwidere ich plump und da ich nun begonnen habe, etwas zu sagen und mich zu beschweren, kann ich gar nicht mehr damit aufhören. »Das war auf Anforderung von Ihrem Sohn und ehrlich gemeint war es ebenfalls nicht. Seien Sie wenigstens so freundlich, mir zu sagen, warum Sie mich offensichtlich nicht leiden können.«

»Frau Sturm, ich würde Sie bitten, das Büro zu verlassen und Ihre Arbeit zu erledigen, wofür Sie reichlich entlohnt werden. Das ist übrigens alles, was Sie interessieren sollte, und wie ich gehört habe, ist es auch alles«, sagt er und ich habe keine Ahnung, was genau er damit meint. Doch lasse ich die Angelegenheit nun nicht einfach ruhen. Jetzt will ich es wissen.

»Was meinen Sie denn damit?«

»Sie wissen genau, was ich meine«, entgegnet er geheimnisvoll.

»Glauben Sie mir, ich habe keine Idee, was Sie meinen könnten. Wie wäre es, wenn Sie mich ins rechte Bild rücken?«, schlage ich vor.

Herr Bergmann lehnt sich in seinem Stuhl zurück und sein Blick verrät mir, dass er sich mir überlegen fühlt. »Frau Sturm, sicherlich wissen Sie, dass mein Sohn dafür verantwortlich ist, dass Sie Ihre Stelle erhalten haben.«

»Das haben Sie im Meeting am Montag erwähnt, ja«, bestätige ich kurz.

»Tja, mein Sohn ist ein toller Geschäftsmann, aber er hat noch einiges zu lernen und dazu gehört nun mal, dass man sich über seine potenziellen Arbeitnehmer Referenzen einholt. Andere als die, die man lesen kann. Ich war schon immer ein Freund davon, ein paar Telefonate zu führen und nachdem mein Sohn so von Ihnen und Ihrer Bewerbung geschwärmt hat, war mir klar, dass ich einige Nachforschungen anstellen sollte.«

Ich schlucke und frage mich, mit wem er wohl gesprochen hat, doch ich kann mir das bereits denken.

»Was ich da herausgefunden habe, hat mir nicht gefallen. Wie Sie wissen, hatte Ihr ehemaliger Chef Herr Lauer mir einiges mitzuteilen. Ihre Arbeitsweise war wohl unterdurchschnittlich und Ihre Kreativität hat von Woche zu Woche nachgelassen. Was ich aber sehr interessant fand, war die Tatsache, dass Sie und Herr Lauer eine Liebesbeziehung miteinander hatten.«

»Ich wüsste nicht, was Sie das anginge«, unterbreche ich ihn und werde wütend. Warum hat er sich so in mein Leben gemischt und warum sucht er unbedingt nach einem Haar in der Suppe?

»Wenn Sie in meinem Unternehmen arbeiten wollen, dann habe ich das Recht, mir Informationen über Sie einzuholen«, meint er.

»Informationen über meine beruflichen Tätigkeiten ist eine Sache, aber was ich privat mache, ist meine Angelegenheit und geht Sie gar nichts an.«

»Da möchte ich widersprechen«, sagt er sofort. »Wenn Sie sich mit meinem Sohn einlassen, dann darf ich mir ebenso ein Bild über Sie machen und darüber, was Sie privat machen. Und was ich da erfahren habe, ist durchaus aufschlussreich.«

»Ich verstehe nicht, was Sie meinen.«

»Frau Sturm, Sie verstehen aber sicherlich, dass ich als Vater meinen Sohn schützen möchte und laut Herr Lauer sind Sie eine Frau, die gerne ihre Männer sitzen lässt und verschwindet. So haben Sie es doch auch mit ihm gemacht. Sie haben ihn verlassen und sind an die Ostsee geflohen, um sich dann an meinen Sohn ranzuschmeißen, nur um ihn auch zu verlassen.«

»Ich wollte ihn nicht verlassen.«

»Aber Sie tun es. So jedenfalls hat es mir mein Sohn mitgeteilt.«

Plötzlich dämmert es mir. »Sie haben noch einmal mit Jens Lauer gesprochen?«, frage ich schockiert und wäre Jens jetzt hier, müsste er auf seinen Hals aufpassen, denn mir wäre danach ihn umzudrehen.

»Natürlich! Ich bleibe gerne auf dem Laufenden. Mir war von Anfang an klar, was hier abläuft. Mein Sohn hat Sie eingestellt und so, wie er immer wieder von Ihnen gesprochen hat, war ich mir schnell sicher, dass er etwas für Sie empfindet. Ich jedoch wusste, was Sie für eine Frau sind und auch, dass Sie Malte verlassen werden, wenn Ihre Arbeit hier erledigt ist. Ihnen lag doch nie wirklich etwas an ihm. Dann hat Herr Lauer Sie mit dem Jobangebot gelockt und siehe da, Sie nehmen sofort an. Ihre Karriere ist Ihnen wichtiger als alles andere und das akzeptiere ich, aber ich muss meinen Sohn schützen.«

»Warum denn schützen?«

»Seine letzte Beziehung hat ihm ziemlich zugesetzt und ich lasse nicht zu, dass er noch einmal durch die Hölle geht. Und Sie würden dafür sorgen. Wenn er sich auf Sie einlassen würde und Sie ihn dann verlassen –

was denken Sie, wie lange er dieses Mal am Boden liegen würde?«

»Und da haben Sie gedacht, es wäre besser, wenn Sie mich wie eine Aussätzige behandeln?«, hinterfrage ich.

»So kann ich gewährleisten, dass Sie schnellstmöglich wieder weg sind und sich hier nicht einnisten wollen. Nicht, wenn Sie ja doch die Stelle bei Ihrem ehemaligen Arbeitgeber annehmen und dass Sie das tun würden, war mir von Anfang an klar.«

»Woher wissen Sie denn von diesem Angebot?«

»Herr Lauer war sehr freizügig mit den Informationen«, erwidert Herr Bergmann. »Ich habe nicht viel nachfragen müssen, ehe er geplaudert hat. Ihm lag wohl viel daran, dass Sie sich hier nicht allzu wohlfühlen.«

Ich nicke und würde ihm am liebsten sagen, dass Malte sich auf mich eingelassen hat. Aber was würde das bringen? Schlussendlich bringe ich Malte noch in irgendwelche Schwierigkeiten. So sehr ich auch die Vorstellung gutheiße, dass ein Vater seinen Sohn schützt, so sehr bin ich geschockt darüber, dass er glaubt, er müsse Malte vor mir schützen. Es ist alles aus dem Ruder gelaufen und so sehr ich mich auch anstrenge, spüre ich, dass ich nichts mehr zurechtbiegen kann. Malte ist stinksauer auf mich und unendlich enttäuscht, Herr Bergmann hat sich ein Urteil über mich gebildet und wird nicht mehr davon ablassen und ich? Ich kann mich selbst auch kaum leiden im Moment. Was Jens angeht, so würde ich ihm am liebsten den Kopf abreißen, aber was soll das bringen? Vielleicht würde er sein Angebot zurückziehen und ich stünde dann ohne irgendetwas in der Hand da. Nein, ich sollte das runterschlucken und vergessen. Gerade will ich nur noch nach Hause. Nach Hause zu meinen Freunden und meiner Familie.

»Ich danke Ihnen für Ihre Ehrlichkeit, Herr Bergmann«, sage ich. »Wissen Sie, ich finde es bewundernswert, mit welcher Sorgfalt Sie versucht haben, irgendeinen Dreck über mich zu finden. Allerdings sollte einem so intelligenten Menschen wie Ihnen durchaus bewusst sein, dass der Ex-Partner nie etwas Gutes zu sagen hat. Dass Sie darüber einfach hinwegschauen, zeigt mir deutlich, dass Sie gar nicht so intelligent sein können. Einen schönen Tag noch.« Damit drehe ich mich um und verlasse sein Büro.

Mein Herz schlägt mir bis zum Hals, während ich den Korridor entlanglaufe und die Treppe nach unten renne. In meinem Büro rechne ich schon beinahe mit einer Flut von Sicherheitskräften, die mich hochkant aus dem Gebäude werfen, doch niemand erscheint.

Was hast du da nur angestellt?

Das gute Zeugnis kann ich mir wohl abschminken. Ich gehe stark davon aus, dass in diesem Schreiben nichts drinstehen würde, was ich gerne präsentiere. Noch ein Grund mehr, weswegen ich einfach nur noch weg von hier möchte. Es ist mir alles zu viel. Wie konnte alles nur so dermaßen schieflaufen? Wie habe ich es geschafft, alles zu vermasseln? Ich schüttle den Kopf und ärgere mich über meine Entscheidungen, mein lautes Mundwerk und meine unüberlegten Handlungen in den letzten Wochen.

Dabei hatte ich mir das so schön vorgestellt. Ich verrichte hier eine gute und professionelle Arbeit, werde mich von meiner besten Seite zeigen und nach vier Wochen ohne jegliche Probleme nach Hause fahren. Dann lasse ich diesen einen Monat hinter mir, als wäre er nicht passiert und alles, was übrig bliebe, wäre ein ausgezeichnetes Zeugnis von der *Villa Bergmann*.

Warum lief alles nur so falsch? Vom ersten Tag meiner Ankunft und vom ersten Augenblick, in dem ich Malte sah, wusste ich bereits, dass ich all meine Pläne über Bord werfen kann. Ich wusste, dass ich verloren bin. Verloren in seinen Armen, in meinen Gedanken an ihn und dem Traum, dass wir zusammengehören.

Kapitel 26

Heute ist bereits der letzte Arbeitstag für mich und ich bin heilfroh, wenn ich endlich weg bin. Ich kann das alles nicht mehr ertragen. Mal sehe ich Malte und er ignoriert mich, mal sehe ich ihn nicht und frage mich ständig, wo er wohl steckt. Das schafft mich. Außerdem habe ich wahnsinnige Angst davor, dass Herr Bergmann mit mir noch nicht fertig ist und mir eventuell auch noch einige Takte zu meinen unhöflichen Worten sagen möchte. Das will ich mir nicht ausmalen und das brauche ich wirklich nicht. Nein, ich will weg sein, ehe irgendetwas dazu führt, dass ich noch zu weinen anfange – und das vor versammelter Belegschaft.

Ich speichere meine letzte Datei ab, lehne mich nach hinten und kann nicht fassen, dass es nun vorbei ist. Mit gepackter Tasche will ich flott Laura und ein paar anderen Kollegen auf Wiedersehen sagen und dann weg sein, ehe mich jemand aus der oberen Etage sieht. Ich brauche kein Drama mehr. Davon hatte ich sicherlich genug in den vergangenen Wochen. Ich werde ins Haus meiner Großeltern fahren, mich von meinen Nachbarn verabschieden und alles vorbereiten, um pünktlich früh am Morgen abfahren zu können. Sehr früh am Morgen. So früh, dass alle noch schlafen und niemand mitbekommt, dass ich weg bin.

Ich klopfe an Lauras Büro, doch niemand scheint drinnen zu sein. Da fällt mir auf, dass all die anderen Büroräume ebenfalls leer sind.

»Wo sind die denn alle?«, nuschle ich vor mich her und gehe den Flur entlang, suche nach irgendeiner Menschenseele. Als ich an der Küche vorbeikomme und einen Blick hineinwerfe, stehen alle Mitarbeiter der *Villa Bergmann* versammelt um die Ecke und rufen laut: »Wir werden dich vermissen!«

»Oh mein Gott.« Ich halte mir meine Hände vor den Mund. Ich bin absolut überrascht, damit hatte ich nicht gerechnet.

Über der Belegschaft hängt ein Spruchband, auf dem steht ‚Alles Gute für deinen Weg‘ und Marcel hält eine Torte in der Hand.

Laura tritt vor. »Du dachtest doch nicht wirklich, dass wir dich ohne eine Abschiedsfeier gehen lassen?«, fragt sie skeptisch und umarmt mich. »Wir alle haben dich sehr gerne in unserem Team gehabt und wir sind traurig, dass diese kurze Zeit schon vorbei ist.«

»Ihr seid so lieb, das wäre doch nicht nötig gewesen«, sage ich.

»Sollte es dich jemals an die Ostsee verschlagen, dann kommst du auf jeden Fall zurück«, fordert Jenny aus dem Kundenservice.

Dazu äußere ich mich lieber nicht, denke ich mir und nicke nur lächelnd.

Feierlich schneide ich den Kuchen an und wir genießen allesamt ein Stück davon. Lachend erzählt Laura von einer peinlichen Situation auf dem Fischerfest, wo ich einem Mann gut zugeredet habe, weil ich glaubte, er sei alleinerziehend. Dabei stellte sich jedoch raus, dass seine Frau die ganze Zeit neben ihm stand. Ich jedoch hielt sie für eine Mutter eines vollkommen anderen Kindes.

»Und sie hat sich alles angehört. Denkt ihr, sie kam einmal auf den Gedanken, mich zu unterbrechen?«, sage ich lachend und beinahe hätte ich für eine Sekunde vergessen, wie sehr mich dieser Abschied belastet, als Malte plötzlich im Raum steht.

»Oh, hallo, Herr Bergmann«, meint Jenny. »Wir feiern nur ein bisschen den Abschied von Frau Sturm.«

»Das dachte ich mir«, erwidert er ernst.

»Möchten Sie vielleicht ein Stück von der Torte?«, hinterfragt Laura, doch winkt er ab und lässt mich die gesamte Zeit nicht aus den Augen.

Mir bleibt mein Stück Kuchen im Hals stecken und ich überlege, was ich tun oder wie ich reagieren soll.

»Nun, ich glaube, unsere Pause dauert schon fast ein bisschen zu lang. Also, ran an die Arbeit«, fordert Laura, die anscheinend genau spürt, dass wir zwei Privatsphäre benötigen, was nicht sehr schwer ist, wenn man bedenkt, wie wir uns anstarren.

»Du machst noch einmal die Runde, ehe du gehst?«, hakt Sven nach und ich nicke.

Damit sind restlos alle Kollegen innerhalb von wenigen Augenblicken aus dem Büro verschwunden und Malte und ich stehen uns allein gegenüber.

»Dein letzter Arbeitstag«, bemerkt Malte.

»Mein letzter Arbeitstag«, stimme ich wiederholend zu.

»Wie geht es dir?«, hakt er nach.

Ich verschränke die Arme vor der Brust. Ob ihm wirklich wichtig ist zu wissen, wie es mir geht? Ich bezweifle es. Er hat doch sicherlich nur ein schlechtes Gewissen, weil er mich so blöd ignoriert hat. »Mir geht es gut.«

»Das sagen Menschen immer. Vor allem immer dann, wenn sie glauben, ihr Gegenüber interessiert nicht, wie es ihnen geht.« Es schaut mich eindringlich an und kommt einen Schritt auf mich zu. »Mich interessiert es aber, Finny.«

»Mir geht es gut, Malte«, lüge ich weiter. »Ehrlich, es ist alles okay. Ich meine, natürlich bin ich ein bisschen wehmütig, dass ich nun hier wegmuss. Es war eine gute Zeit, aber alles endet irgendwann einmal.«

»Alles endet irgendwann einmal« wiederholt er schmunzelnd. »Ziemlich theatralisch, findest du nicht?«

»Malte, ich muss hier weg.« Ich bin ernster, als ich es beabsichtigt hatte.

»Ich weiß.«

»Und deswegen ist es auch egal, wie ich mich dabei fühle. Es macht keinen Unterschied. Es macht es nur schlimmer.«

»Auch das weiß ich«, meint er.

»Ja, was willst du denn dann?«, hake ich frustriert nach und hoffe immer noch, dass er mir sagt, dass er mich liebt und mich anfleht, nicht zu gehen, auch wenn mir bewusst ist, wie dämlich das wäre.

»Ich möchte dich nur noch einmal sehen«, sagt er dann und wenn ein Herz mehrmals brechen kann, dann tut es das gerade.

»Es ist Zeit.« Ich schaue auf die Uhr, die an der Wand rechts von mir hängt. »Ich muss noch einige Sachen erledigen und meine Dinge zusammenpacken. Also, ich sollte wohl los.«

Malte nickt. »Wenn du denkst, dass du gehen musst, dann solltest du das wohl auch.«

Ich gehe an ihm vorbei, wodurch mir sein Aftershave wohl zum letzten Mal in die Nase steigt, und bleibe mit geschlossenen Augen neben der Tür stehen. »Ich werde dich nie vergessen.« Damit verlasse ich den Raum, die Firma und auch Malte.

Nachdem ich zu Hause ankomme, habe ich Hunderte von Tränen geweint, mich selbst bemitleidet und mir immer wieder vorgestellt, dass mich Malte mit rasender Geschwindigkeit einholen und mir endlich seine Liebe gestehen würde. Da das nicht geschehen ist, gehe ich ins Haus und verliere keine Zeit damit, meine Sachen zu packen. Nur noch weg heißt die Devise!

Mit voller Wucht schmeiße ich meine Kleidung, meine Artikel aus dem Badezimmer und alles, was ich sonst noch mitgebracht habe, in die Koffer. Nur das Nötigste für den nächsten Morgen lasse ich noch stehen und verfrachte schnellstens sämtliches in meinem Auto. Ungern möchte ich es beladen, wenn Malte zu Hause ist und das eventuell sieht.

Die Küche ist beinahe komplett ausgeräumt, als ich mir erst mal eine Tasse Kaffee aufkoche und mich hinsetze. Während ich mich so umschaue und das Haus betrachte, das ich zu einem Zuhause gemacht habe, überkommt mich erneut die Schwermut.

Es hatte mir so viel Spaß gemacht, endlich etwas selbst zu gestalten. Anzupacken und zu sehen, wie etwas entsteht. Klar, ich hatte einiges an Hilfe, aber dennoch war ich der auslösende Faktor, weswegen es hier so aussieht, wie es aussieht.

Fehlen wird es mir, in dieses gemütliche Heim zu kommen. Meine Wohnung erscheint mir plötzlich so kühl und unwohnlich. Sie gleicht einer Anzeige in einem Magazin und viel Persönliches findet man nicht. Hier ist es warm, einladend und auch wenn es nicht ganz so modern und zueinanderpassend eingerichtet ist, ist es irgendwie gemütlicher.

Hier zu sitzen, meinen Kaffee zu trinken und mich auf den Tag mit den tollen Menschen, die hier leben, zu freuen ist etwas, was ich mitnehmen möchte. Ich will mein Leben anders gestalten. Will nicht mehr von einer Bar zur nächsten springen, sondern etwas Echtes. Wie ich das anstelle oder was es genau sein soll, weiß ich noch nicht, aber eine Veränderung muss her!

Ich nicke mir selbst zu, trinke einen Schluck aus meiner Tasse und beschließe, für ein letztes Mal Herrn Nielsen und auch die anderen Nachbarn zu besuchen.

Wie zu erwarten, sitzt er auf der kleinen Bank, auf der ich ihn zum ersten Mal getroffen habe. Er schaut zu mir auf und lächelt.

»Finny, was machen Sie denn hier?«, fragt Herr Nielsen sofort.

Ich setze mich neben ihn. »Ich mache meine letzte Runde.«

»Ach, sagen Sie so etwas doch nicht«, meint er und winkt ab. »Die letzte Runde hat einen schlechten Beigeschmack. Hört sich an wie die Runde vor dem Tod.«

»So fühle ich mich auch beinahe«, erwidere ich ehrlich. »Es geht mir nicht gut.« Bei ihm konnte ich von Beginn an ehrlich sein, ihm kann ich alles sagen.

»Warum ändern Sie nicht etwas daran?«, will er wissen und schaut mich nachdrücklich an.

»Wie sollte ich das anstellen?«

»Na, sagen Sie schon, was Sie belastet«, fordert er mich auf und legt die Stirn in noch mehr Falten als die, die ohnehin vorhanden sind.

»Es ist Malte«, meine ich nur.

Herr Nielsen nickt. »Er ist ein guter Mann. Wo kann da das Problem sein?«

»Nun ja, zuerst einmal, dass ich morgen wieder abreise«, sage ich.

»Dann bleiben Sie doch«, schlägt er vor. »Dann besteht das Problem nicht mehr.«

»Ach, so einfach soll das sein?«

»Ja, so einfach ist das, Finny. Ihr jungen Dinger, ihr macht es immer nur komplizierter, als es ist. Nicht so viel nachdenken und einfach machen.«

Ich schnaufe. »Herr Nielsen, Sie können davon ausgehen, dass es diesmal leider nicht so einfach ist. Glauben Sie mir, wenn es das wäre, würde ich mir nicht den Kopf zerbrechen. Er … er liebt mich nicht«, sage ich dann.

»Das ist doch Unsinn«, kontert er mürrisch. »Liebe ist in Ihren Augen immer rosarot und voller Sonnenschein und Glitzer. So ist die Liebe aber nicht. Liebe ist Arbeit! Das ist sie zuallererst einmal und das sollten Sie sich merken«, mahnt er mit erhobenem Finger. »Dann ist Liebe anstrengend und nicht immer fair. Sie bringt einen zum Äußersten und zwingt einen, Dinge zu tun, Kompromisse einzugehen, auf die man keine Lust hat. Die Liebe macht einen blind und ehe man sich versieht, kommt man nicht mehr raus.«

»Das klingt aber alles andere als aufbauend«, entgegne ich.

»Ja, das glaube ich.« Er bedenkt mich mit einem wissenden Blick. »Aber ... die Liebe kann auch aufregend und magisch sein. Sie schafft es, dass man sich selbst mit besseren Augen sieht und zu mehr Selbstvertrauen gelangt. So sehr die Liebe auch verletzend sein kann, so sehr kann sie auch heilen. Und darauf sollten Sie sich konzentrieren. Nicht auf das Drama – die Tragödie, die es in jedem Leben gibt. Sehen Sie es wie ein Buch und überspringen Sie diese dunklen Seiten. Die Katastrophe braucht keine Zuschauer. Sie sollten sich auf die Seiten stürzen, die voller Glücksgefühle sind, voll mit Lachen und Frohsinn. Meine Hilde hat immer gesagt, dass das Leben wie eine Achterbahn sei. Zuerst fährt man ganz langsam und mit Bedacht hinauf und danach folgt ein Absturz. Dieser ist jedoch schnell, kurz und nimmt einem den Atem, aber man ist bald schon wieder auf dem Weg nach oben, dort, wo es schön ist. So ist das Leben nun mal.«

Ich denke über seine Worte nach und genieße die Dämmerung, die über unseren Köpfen hereinbricht. »Und wenn ich die dunklen Seiten überspringe, was passiert dann? Ich meine, Malte liebt mich nicht und selbst wenn ich das übergehe, weiß ich doch, dass ich nicht mein Happy End bekomme.«

»Tja, um das zu bekommen, muss man selbst erst mal etwas tun«, bemerkt er.

»Was tun? Was kann ich denn noch tun? Ich habe ihm jegliche Chance gegeben, habe mit ihm gesprochen, aber er ignoriert mich und ... und lässt mich gehen. Das tut mir am meisten weh.«

»Dass er Sie nicht aufhält?«, hakt er nach.

Ich nicke.

»Sind Sie sicher, dass er nicht versucht hat, Sie aufzuhalten? Vielleicht nicht mit Worten, aber möglicherweise mit seinen Taten oder den Augen.« Er steht auf, stützt sich auf seinen Spazierstock und schaut zu mir herunter. »Sie werden mir fehlen, wenn Sie weg sind. Sollten Sie wiederkommen, dann bin ich mir sicher, wird sich jeder in dieser Straße darüber freuen. Und sollten Sie sich dazu entscheiden, nicht mehr wiederzukommen ... nun, dann hoffe ich, Sie schicken mal eine Karte.« Er lächelt mir zu und geht langsam in sein Haus, während ich noch sitzen bleibe und die Sterne betrachte, die immer deutlicher am Firmament werden.

Kapitel 27

Noch eine ganze Weile sitze ich auf der Bank und denke über die letzten vier Wochen nach. Wieder mal. Ich kann gar nicht mehr aufhören, zu grübeln. Jeder Moment geht mir durch den Kopf. All die Augenblicke, die schön, anstrengend, traurig und lustig waren. So sehr ich auch versuche, die Worte von Herrn Nielsen zu berücksichtigen, so wenig will es mir gelingen. Aber wenn er recht hat, dann bin ich gerade auf dem steilen Weg nach unten und danach folgt wieder ein Hoch. Ich muss nur geduldig sein.

Schwerfällig trotte ich zurück zu meinem Haus. Maltes Auto steht noch nicht in seiner Einfahrt, was ich gerade begrüße. Es wäre nicht gut, würde ich ihn noch sehen. Das würde mich nur doch dazu bringen, dass ich wieder in Tränen ausbreche.

Gerade als ich die Tür aufschließen möchte, höre ich ein Auto vorfahren, doch drehe ich mich nicht um, bis ich eine Stimme höre, die mir bekannt vorkommt.

»Frau Sturm.«

Ich drehe mich um und da steht Herr Bergmann Senior vor mir. Mir fällt beinahe die Kinnlade herunter, doch ich reiße mich zusammen und lächle bedachtsam.

»Herr Bergmann, was ... was kann ich für Sie tun?«, frage ich und hoffe, ich habe nicht aus Versehen irgendetwas aus dem Büro eingepackt, was mir nicht gehört.

Vielleicht ist mir ein Locher in den Karton mit meinen Habseligkeiten gefallen oder aber ich habe einen fürchterlichen Fehler gemacht, weswegen er mich nun zur Rede stellen möchte.

»Nun, besteht die Möglichkeit, dass Sie einen Tee für mich haben?«, fragt er dann.

Ich bin ziemlich überrascht. Was auch immer ich für Ideen hatte, weswegen er hierhergekommen ist, Tee war es sicherlich nicht.

»Gerne«, erwidere ich skeptisch, doch ich schließe die Tür auf und lasse Herr Bergmann in mein Haus treten. Sowie ich selbst drinnen bin, schaue ich mich um, in der Hoffnung, dass ich nicht irgendwas Peinliches herumliegen habe. Wie schrecklich wäre es, wenn ein BH über der Couch liegt oder meine Tampons auf dem Esstisch verteilt sind.

Ich setze Wasser auf und lasse Herr Bergmann zwischen den zwei Teesorten wählen, die ich zur Verfügung habe. Er entscheidet sich für einen Kamillentee und ich bereite alles vor. Er sieht sich in der Zwischenzeit um, ohne sich vom Fleck zu bewegen.

Mit zwei dampfenden Tassen in den Händen komme ich zurück ins Wohnzimmer zu ihm. »Setzen Sie sich doch gerne.«

»Danke«, erwidert er, greift nach seinem Tee und nimmt Platz.

Eine unangenehme Stille herrscht zwischen uns und ich warte ungeduldig darauf, dass er diese unterbricht. Offenbar hat er das allerdings nicht so schnell vor und ich räuspere mich. »Und? Warum sind Sie hier?«, frage ich so höflich, wie ich nur kann.

»Ich habe über Ihre Worte nachgedacht«, sagt er dann und ich könnte nicht schockierter sein. Herr Bergmann denkt über etwas nach, was ich zu ihm gesagt habe. »Sie haben mir vorgeworfen, ich hätte mit allen Mitteln versucht, irgendetwas Schlechtes über Sie in Erfahrung zu bringen und das stimmt. Ich habe genau das gewollt. Ich wollte etwas in der Hand haben, das ich gegen Sie verwenden kann.«

»Aber warum?«, will ich wissen.

»Das ist wohl die richtige Frage«, meint er und trinkt einen Schluck seines Tees. »Der schmeckt gut.« Nachdem ich nichts erwidere, steht er auf und stellt sich an das Fenster mit Blick auf Maltes Haus. »Sie haben eine schöne Aussicht. Wissen Sie, mein Sohn ist ein guter Mensch. Ein sehr guter, wenn Sie mich fragen. Natürlich bin ich befangen«, sagt er schmunzelnd. Ich habe meinen Sohn schon immer bewundert. Er geht Dinge so ganz anders an als ich. Ja, wir sind vollkommen verschieden, aber es gibt eine Sache, bei der wir uns einig sind.« Er schaut mich an. »Bei der Liebe.«

Ich frage mich, ob Malte mit ihm über uns gesprochen hat. Weiß er von der gemeinsamen Nacht? Nie hätte ich für möglich gehalten, dass sie sich so nahestehen, doch es scheint, als wüsste ich ziemlich viel von Malte.

»Und warum erzählen Sie mir das?«, hake ich nach und tue unberührt.

»Mein Sohn muss nicht viel sagen, damit ich sehe, was in ihm vorgeht. Ob Sie es glauben oder nicht, ich bin ein ganz guter Vater und kenne mein Kind. Er bedeutet mir sehr viel. Vor längerer Zeit hatte er eine Beziehung. Ich bin mir nicht sicher, wie viel Sie davon wissen.«

»Mit Lydia«, unterbreche ich ihn und er nickt.

»Richtig. Diese Frau hat Malte das Herz gebrochen.« Er blickt wieder nach draußen. »Ich meine, richtig gebrochen. Sie hat ihn so verletzt, wie ich es niemals für möglich gehalten hätte.«

»Und dann hat Ihr Geschäft gelitten, ich weiß schon. Sehr tragisch«, entgegne ich schnippisch.

Herr Bergmann lacht. »Das war nicht meine beste Ausrede, das gebe ich zu. Um ehrlich zu sein, habe ich mir Gedanken gemacht, weil ich zusehen musste, wie Malte sich in die Arbeit vertieft, so wie ich es all die Jahre zuvor getan habe. Meine Frau ist vor ein paar Jahren verstorben und erst in den letzten zwei Monaten davor, als ich sie gepflegt und mich um sie gekümmert habe, ist mir bewusst geworden, wie viel Zeit ich vergeudet habe mit meiner Arbeit. Verstehen Sie mich nicht falsch. Ich bin stolz auf die *Villa Bergmann*, auf all das, was ich erreicht habe. Aber es rechnet nicht die Zeit auf, die ich mit meiner geliebten Frau verpasst habe.« Kurz wird er still. »Jahrelang hat sie mir in den Ohren gelegen, ich solle kürzertreten, solle mehr delegieren, aber ich wollte nicht hören. Nachdem Malte sich von Lydia getrennt hatte, fing er genauso an. Aus ihm wurde ein Arbeitstier und ich musste zusehen, wie er sein Privatleben auf das Abstellgleis manövrierte. Immer wieder habe ich ihm gesagt, er soll nicht den gleichen Fehler wie ich machen, aber er hörte nicht zu. Vielleicht wollte er es auch gar nicht hören, wer weiß. Er interessierte sich nicht mehr für die Frauen, für eine

Familie oder für ... für Kinder. Die Firma war alles, was ihn beschäftigte«, erzählt er, doch noch immer verstehe ich nicht, worauf er hinaus möchte. Gebannt lausche ich weiter. »Tja, dann kamen Sie und mit einem Mal war mein Sohn ein anderer Mensch. In ihm erwachte eine Lebensfreude, die ich schon sehr lange nicht mehr gesehen habe. Er war glücklicher und energiegeladener. Plötzlich ging er auch mal vor mir nach Hause, wenn er zuvor doch immer bis in die Nacht hinein im Büro saß. Endlich ging er wieder zum Angeln und unternahm etwas. Ich denke, Sie haben dazu beigetragen.«

»Mir fällt es schwer zu glauben, dass Malte jemals anders gelebt hat. Ich kenne ihn nur so«, erwidere ich.

»Weil er sich geändert hat, als er Sie traf. Ich habe keinen Schimmer, was Sie getan haben oder wie, aber es hat ihn wachgerüttelt«, sagt er energisch und wendet sich mir zu.

»Wieso haben Sie mich dann so schlecht behandelt, wenn ich doch angeblich der Grund für Maltes Wandel gewesen sein sollte?«

»Weil er noch nie eine Frau so angesehen hat wie Sie. Ich habe mich eingemischt, weil ich Angst hatte um meinen Sohn. Weil ich sah, dass er im Begriff war sich zu verlieben. So sehr, wie er sich zuvor noch nie verliebt hatte. Aber ich wusste auch, dass Sie nicht hierbleiben werden und um ehrlich zu sein, war ich doch ein wenig befangen wegen der Geschichten von Ihrem ehemaligen Chef. Es war nicht richtig von mir. Vermutlich wäre alles ganz anders gekommen, wäre meine Frau noch am Leben. Ich war ein anderer Mensch.

Nicht so verbittert und vorsichtig. Man muss mehr riskieren, nur dann bekommt man etwas zurück – das sagte meine Frau immer. Sie hätte mir auf jeden Fall den Kopf gewaschen, wenn sie gesehen hätte, wie sehr ich mich in das Leben unseres Sohnes eingemischt habe. Das war ein Fehler, das gebe ich zu!«

Ich schüttle den Kopf. »Warum aber lässt Malte mich dann gehen?«

»Was für Möglichkeiten hat er denn?«

»Er könnte mir sagen, dass er will, dass ich hierbleibe, dass ich nicht gehen soll, dass ich bei ihm bleiben soll«, zähle ich auf. »Aber er möchte es nicht. Zumindest bedeutet es ihm nicht so viel, sonst wäre er doch längst hier. Sonst würde er hier stehen und mir sagen, dass er mich liebt. Aber das tut er nicht. Kann sein, dass ich etwas verändert habe. Es ist möglich, dass ich ihn wachgerüttelt habe, wie Sie sagen, aber es ändert nichts. Absolut nichts.«

»Frau Sturm, ich kann nicht in den Kopf meines Sohnes hineinblicken. Ich kann Ihnen nur sagen, was ich sehe. Und was ich sehe, ist, dass er gar keine Ahnung hat, welche Macht er hat. Sicherlich weiß er nicht, dass er überhaupt die Option hat, etwas zu sagen. Haben Sie ihn gefragt? Haben Sie nach seiner Meinung gefragt?«, will er erfahren.

»Nein, aber ich denke auch, das würde nichts ändern. Im Gegenteil – er würde mir sagen, was ich ohnehin weiß, und diesem Schmerz setze ich mich garantiert nicht aus.«

»Ich habe hier Ihr Arbeitszeugnis«, wechselt Herr Bergmann abrupt das Thema. Vermutlich, weil er einsieht, dass er hier nichts mehr ausrichten kann. In wenigen Stunden schon sitze ich im Auto auf dem Weg nach Hause und ich habe die Schnauze voll, mir Gedanken zu machen, ob es eine Chance gibt, hierzubleiben. Eine Chance für Malte und mich. Wenn er sie wollen würde, stünde er bereits vor meiner Tür.

Hin und wieder kommt mir ein kleiner Gedanke, dass ich dies nur als Ausrede nutze, um abhauen zu können. Weil ich mich vielleicht gar nicht traue, hierzubleiben und mein Leben zu verändern. Egal, was es ist, es ändert nichts mehr.

»Sie haben hervorragende Arbeit in meinem Unternehmen geleistet und genau das habe ich auch so notiert. Ich denke, Sie werden somit eine gute berufliche Perspektive haben.«

»Ich danke Ihnen vielmals.« Ich nehme das Schreiben entgegen.

Herr Bergmann geht zur Tür und öffnet sie. Dann bleibt er stehen und dreht sich noch einmal zu mir um. »Sollte es Sie jemals hierher verschlagen, dann zögern Sie nicht und geben mir Bescheid. Für so qualifizierte Mitarbeiter habe ich immer einen Platz in meiner Firma. Und vielen Dank für den Tee.«

Damit verlässt er mein Haus, steigt in sein Auto und fährt die Straße entlang. Die Straße, die ich zum letzten Mal betreten werde.

Mein Wecker klingelt um halb fünf am Morgen. Völlig verschlafen trotte ich ins Badezimmer und versuche mit kaltem Wasser im Gesicht wach zu werden. Weniger gut will es funktionieren und ich mache mir gähnend einen letzten Kaffee in diesem Haus. Für mich ist ausgeschlossen, dass ich hier nochmals herkomme, um

Urlaub zu machen. Niemals könnte ich es ertragen, nach vielen Monaten oder Jahren Malte wieder über den Weg zu laufen. Womöglich hat er dann eine Frau oder sogar Kinder, während ich nach wie vor Single bin und versuche mein Leben irgendwie in den Griff zu bekommen. Nein, danke! Da verzichte ich liebend gerne drauf.

Das Koffein bezweckt schon mehr. Etwas munterer ziehe ich meine Kleidung über, die ich für die sechsstündige Autofahrt herausgelegt habe und packe die restlichen Sachen zusammen. Nach einer halben Stunde ist das Haus komplett leer geräumt. Übrig sind nur die Dinge, die bereits vor mir hier waren.

Ich spüre Tränen der Traurigkeit aufkommen, doch unterdrücke ich sie sofort. Dafür habe ich keine Zeit. Ich muss nach Hause, muss sehen, dass ich mein Leben irgendwie auf die Reihe bekomme. Das fängt damit an, dass ich aufhöre, ständig und immerzu zu weinen. Das nützt alles nichts. Keine Träne dieser Welt ändert etwas an der Situation. Ich muss nach vorn sehen, muss weitermachen und muss vor allem eines – weg von hier.

Fest entschlossen greife ich den letzten Koffer, gehe hinaus und schließe die Tür ab. Ich hieve ihn in den Kofferraum und setze mich ans Steuer.

Noch ein letztes Mal sehe ich mich um. Die Straße schläft noch und dann sehe ich in der Dunkelheit Malte in seiner Einfahrt stehen. Lässig, mit einem offenen Hemd und einer Hand in der Hosentasche, steht er da und schaut zu mir. Genauso will ich ihn in Erinnerung behalten, denn nichts anderes wird er bald sein – eine Erinnerung.

Ich schlucke schwer, blicke zu ihm und unterstehe dem Drang, aus dem Auto zu steigen, zu ihm zu rennen und ihn zu küssen. Wie bescheuert wäre es denn auch? Doch mit einem Mal schaltet mein Kopf aus, mein Herz bestimmt jede meiner Bewegungen und ehe ich mich versehe, springe ich aus dem Auto, laufe auf Malte zu und bleibe vor ihm stehen. Selbst in dieser Dunkelheit kann ich das Funkeln in seinen Augen erkennen. Ich zögere nicht lange und küsse ihn so intensiv, dass ich hoffe, er reicht so lange, bis mein Kummer vorübergezogen ist. Voller Leidenschaft umarme ich ihn und auch er drückt mich an sich. Ich spüre, dass auch er weiß, dass dieser Kuss der endgültige Abschied bedeutet.

Langsam lasse ich von ihm ab und präge mir jede Einzelheit, die ich in dieser Finsternis erspähen kann, seines Gesichtes ein.

»Leb wohl«, flüstere ich und warte nicht darauf, dass er etwas erwidert, sondern renne genauso schnell wieder zurück zu meinem Auto. Mit zittrigen Händen starte ich den Motor und blicke nicht mehr zurück, als ich die Straße entlangfahre. Würde ich zurückschauen, würde ich es vermutlich nicht schaffen, mich von Malte zu entfernen. Dann würde mein Herz nur doch wieder die Führung übernehmen.

Kapitel 28

Als ich am Morgen in meiner eigenen Wohnung wach werde, habe ich eine beinahe schlaflose Nacht hinter mir. Viele Tränen hat es gestern gebraucht, bis ich endlich habe schlafen können. Nun gut – Tränen, Schokolade und Sekt.

Jetzt stehe ich zu Hause. Dort, wo ich hingehöre. Dort, wo ich glaube hinzugehören und fühle mich alles andere als angekommen. Irgendwie fremd erscheint mir alles, was ich betrachte. Seien es die Möbel, die ich mit Sorgfalt ausgesucht habe, die vielen Bilder mit abstrakter Kunst anstatt von meinem Leben oder die Aussicht aus den Fenstern, die eine hektische Stadt zeigt und nicht das Leben auf einer ruhigen und besonnenen Straße. Das Einzige, was mir ein gutes Gefühl gibt, sind die Koffer, die neben der Eingangstür stehen und nur darauf warten und hoffen, dass ich sie wieder ins Auto packe und davonrase.

Ich habe vor, mir mit viel Ablenkung meinen Kummer beiseitezuschieben und mein Leben wieder aufzunehmen. Auf keinen Fall sitze ich nun wochenlang trauernd hier herum und warte auf einen Anruf von Malte, der nie kommen wird. Er macht sich sicherlich nicht so viele Gedanken. Ganz bestimmt ist er gerade am Strand und angelt oder ist in der Stadt unterwegs und vergießt nicht pausenlos irgendwelche dämlichen

Tränen. Nein, er lebt sein Leben und das werde ich auch tun!

Gleich heute Abend bin ich mit meinen Freunden verabredet und freue mich auf einen Abend, wie er sich gehört. Mit lauter Musik, guten Menschen in einer Stadt, die niemals schläft.

Bis dahin werde ich meine Wohnung umräumen und für etwas mehr Gemütlichkeit sorgen. Auch wenn ich wieder hier bin, so weiß ich, dass ich mehr Persönliches um mich herum brauche. Mehr Wärme und mehr Individuelles und das werde ich hier schaffen.

Mein Handy klingelt und reißt mich aus meinen Gedanken. Sofort renne ich zum Couchtisch, auf dem es liegt und hoffe für einen kurzen Moment, dass Malte anruft, doch ich liege so was von falsch. Stattdessen ist es Jens.

»Hallo«, sage ich, als ich abnehme.

»Willkommen zurück, meine Schöne«, begrüßt er mich. »Freust du dich, dass du wieder hier bist? Du bist doch wieder hier?«, vergewissert er sich.

Ich rolle mit den Augen. »Natürlich, was hast du denn gedacht?«

»Wenn ich ehrlich sein soll, dann, dass dich dieser Hinterwäldler doch dazu bekommen hat, dass du in diesem Dörfchen bleibst.«

»So klein ist Scharbeutz gar nicht«, sage ich, doch ich weiß, dass Jens mir sowieso nicht zuhört. Er hört nur das, was er hören möchte. »Was willst du eigentlich?«

»Fragen, wann du diese Woche deine neue Stelle antrittst?«

»Lass mich erst mal ankommen«, erwidere ich genervt.

»Deswegen rufe ich ja an. Lass dir alle Zeit der Welt, wenn du es nur diese Woche noch schaffst! Das ist wichtig. Da wir spätestens am Donnerstag ein Meeting haben, um dich auf den aktuellen Stand zu bringen.«

»Gut, dann Donnerstag«, sage ich, ohne darüber nachzudenken. Aber wahrscheinlich ist es gar nicht so verkehrt, wenn ich ein paar Tage für mich habe, ehe ich wieder ins Arbeitsleben einsteige.

»Das klingt doch gut. Dann erwarte ich dich am Donnerstag. Und was hältst du davon, wenn wir morgen Abend essen gehen? Ich lade dich ein, zu dem Italiener, zu dem du so gerne gehst. Dann können wir deine Rückkehr feiern«, meint er.

»Das ist sehr nett, aber ich habe leider keine Zeit.«

»Ist das etwa eine Ausrede?«

»Jens, ich bin seit ein paar Stunden erst wieder zu Hause und muss einige Dinge klären, ehe ich wieder zurückkann in mein altes Leben. Wir sehen uns am Donnerstag, in Ordnung?«

»Ist gut, bis Donnerstag und vergiss nicht, dass du die richtige Entscheidung getroffen hast«, mahnt er mich, doch ich erwidere nichts mehr und lege auf.

Mir ist das alles zu viel und das wird mir mit jeder Sekunde deutlicher bewusst. Wie gerne würde ich nun einfach an den Strand gehen und die Füße in die kühlende Ostsee stecken. Vollkommen allein kann man an der See zu klaren Gedanken finden. Hier könnte ich allenfalls an den Rhein fahren. Zwischen betrunkenen Jugendlichen, die an der Promenade herumirren oder schaulustigen Touristen wäre die Atmosphäre vermutlich eine vollkommen andere.

Mit einem Mal sehe ich alles um mich herum negativ. Nichts hat mehr die Bedeutung, die es einmal hatte. Allmählich frage ich mich jedoch, ob mein Leben jemals glänzend war oder ob ich es nur so sehen wollte. Vielleicht war es schon immer einfallslos und weniger prunkvoll, als ich dachte, aber es nicht wahrgenommen?

Ich denke nicht weiter darüber nach. Bevor ich mich um mich selbst kümmern kann, muss ich einige Telefonate erledigen. Meine Schwester bat um einen Rückruf, nachdem sie mich heute ziemlich früh angerufen hatte. Meine Eltern erwarten ebenfalls, dass ich mich bei ihnen melde. Außerdem will ich bei meinen Großeltern vorbeifahren und ihnen die Fotos zeigen, die ich von ihrem Haus geschossen habe. Dafür fahre ich extra in einem Geschäft vorbei, um sie von meinem Handy auszudrucken. Meine Oma hat lieber etwas in ihrer Hand. Sicherlich werden sie sich sehr freuen, wenn sie sehen, dass es dem Haus gut geht und ich mich um alles gekümmert habe.

Mit energischer Entschlossenheit starte ich in den Tag und versuche mich nicht von irgendwelchen Gedanken ablenken zu lassen.

Es ist bereits dunkel, als ich mir ein Taxi rufe und ins *Cube* fahre, einem der angesagtesten Clubs hier in der Stadt. Mit meinen Freunden will ich mich vor Ort treffen. Unterwegs denke ich über meine Großeltern nach und an die Tränen, die Oma in den Augen hatte, als sie die Bilder ihres Hauses sah. Tausende von Geschichten habe ich zu hören bekommen über die Urlaube, als ich ein Kind war und ihre Aufenthalte von ihr und Opa. Sie haben es so sehr geliebt, doch die Strecke ist für sie mittlerweile zu anstrengend geworden.

Unter anderen Umständen hätte ich versucht, ihr eine Fahrt dorthin zu ermöglichen. Ja, es wäre sicherlich traumhaft gewesen, wenn sie noch einmal in das Haus hätte zurückkehren können. Noch einmal mit den Nachbarn sprechen und Kartenspielen und allem voran, noch einmal an den Strand. Aber so ist das nicht machbar, was mich frustriert und noch wütender macht.

Doch nun lasse ich mir die Stimmung nicht nehmen. In einem eng anliegenden Kleid und hohen Schuhen steige ich vor dem Club aus dem Taxi und werde mit Jubelgeschrei von meinen Freunden empfangen. Meine beste Freundin Sarah, die ich bereits seit zehn Jahren kenne, meinen Freund Ricky, der mit seinem Mann seit zwei Jahren verheiratet und unendlich glücklich ist und unser verliebtes Pärchen André und Franzi, die schon seit der Schule zusammen sind. Ich freue mich unendlich, sie alle wiederzusehen und für einen kurzen Moment spüre ich keinen Schmerz in meinem Herzen.

»Da bist du ja endlich. Wir haben dich so sehr vermisst«, sagt Sarah und umarmt mich.

»Ich habe euch auch vermisst«, erwidere ich und drücke alle fest an mich.

»Lass dich anschauen«, meint Ricky skeptisch und dreht mich im Kreis. »Hm, also wie mir scheint, hat das Dorfleben nicht dafür gesorgt, dass du deinen Geschmack verlierst.«

Ich grinse schief. »So ein Dorfleben, wie ihr euch das vorstellt, ist es gar nicht gewesen. Ehrlich nicht, es war mehr los, als ihr denkt.«

»Also, ich habe Scharbeutz gegoogelt. Wie du es da geschlagene vier Wochen ausgehalten hast, ist mir ein Rätsel«, mischt Franzi sich ein.

»Nun seid nicht so«, bitte ich. »Es war eine schöne Zeit.«

Alle schauen mich entgeistert an.

»Aber ich bin froh, nun endlich wieder bei euch zu sein!«, rufe ich laut und alle jubeln.

»Keine Ahnung, wie es euch geht, aber ich will einen Cocktail und mich nach den Kerlen umsehen«, meint Ricky.

»Du bist verheiratet«, erinnert Sarah ihn.

Er winkt ab. »Schätzchen, als hätte mich das jemals gestört.«

Wenig später sind Franzi und André am Tanzen und wir anderen stehen mit überteuerten Cocktails an einem Tisch und stoßen an. Irgendwie will die Stimmung bei mir nicht aufdrehen. Immer wieder denke ich darüber nach, wie schön es wäre, wäre Malte bei mir. Zu gerne würde ich ihm alles zeigen und vermutlich würde er sich über diese Oberflächlichkeit kaputtlachen. Doch er wäre dabei und es mir wäre alles egal. Nichts würde mich interessieren und nichts würde mir die Stimmung vermiesen.

»Was ist los, Süße?«, fragt Ricky nach einiger Zeit.

»Nichts, ich bin nur noch ein bisschen müde von der Autofahrt«, lüge ich.

»Ich habe deine Schwester die Tage gesehen«, meint Sarah. »Sie hat mir erzählt, dass du es ganz schön an der Ostsee findest.«

»Und?«, hake ich nach. Ich kenne Sarah und höre an ihrem Unterton, dass Anna irgendwas verraten haben muss. Sarah weiß etwas, so viel ist sicher.

»Nun ja, nach dem Gespräch mit ihr kann ich mir gut vorstellen, weswegen du es gar nicht so übel an der Ostsee fandest.«

»Wovon redest du?«, will Ricky neugierig wissen.

»Unsere liebe Finny hat dort oben jemanden kennengelernt«, antwortet Sarah geheimnisvoll.

»Nein«, wispert Ricky und macht große Augen.

»Ach, kommt Leute, als wäre das irgendwas Aufregendes. Ja, ich habe einen Mann kennengelernt, na und? Was ist schon dabei? Wir lernen ständig irgendwelche Menschen kennen«, entgegne ich ausweichend und will wirklich kein großes Thema daraus machen. Mir erscheint es nicht richtig, über Malte zu sprechen. Meine Freunde, so gerne ich sie habe, würden sich sowieso nur lustig über das machen, was wir zusammen erlebt haben. Sie würden es nicht verstehen.

»Laut Anna war es keine so beiläufige Sache, das mit dir und dem Handwerker«, spricht Sarah weiter und ich runzle die Stirn.

»Wer sagte denn etwas von einem Handwerker?«

Sarah zuckt mit der Schulter. »Niemand, aber so stelle ich ihn mir vor.«

»Oh, oder ein Landschaftsbauer«, mischt Ricky sich ein.

»Hervorragender Vorschlag.«

»Kommt schon. Ihr seid grässlich«, sage ich energisch. »Heute Abend habe ich absolut keine Lust, darüber zu sprechen. Lasst uns die Tage bei einem Kaffee darüber quatschen und jetzt diesen wunderbaren Abend einfach nur genießen. Ich will feiern, will tanzen und einen Cocktail nach dem anderen trinken.«

»Also gut, wenn du das unbedingt willst«, sagt Sarah und gibt nach. Sie merkt mir an, dass mir nicht danach ist, darüber zu reden.

»Und was das Trinken angeht – na, da kann ich doch glatt helfen«, sagt Ricky und bestellt noch eine Runde Cocktails.

Wir tanzen, singen und haben einen spaßigen Abend. Tatsächlich schaffen es meine Freunde, dass ich für ein paar Stunden Malte und die letzten Wochen vergessen kann. Auch wenn der Schmerz nicht vollends verschwindet, so spüre ich ihn nicht mehr ganz so stark und kann einfach ein bisschen meine Zeit genießen.

»Schaut mal da drüben«, sagt Franzi und deutet auf einen Kerl, der hinten an der Bar steht. Ich bin mittlerweile bei meinem vierten Cocktail und bestelle mir gleich den nächsten. So schwindet auch das letzte Bisschen des Schmerzes und ich brauche nichts mehr fühlen. Nichts, was mir Sorgen bereitet. Stattdessen schaue ich den Mann an, auf den Franzi deutet. Er sieht gut aus, wenn auch nicht ganz so attraktiv wie Malte.

Hör auf immerzu an ihn zu denken!

»Eine Granate«, sagt Ricky und seine Augen werden zu Schlitzen.

»Wirklich nicht von schlechten Eltern«, stimmt Sarah zu und mit einem Mal sind alle Augen auf mich gerichtet.

»Und?«, hakt Franzi nach. »Was sagst du?«

Ich zucke mit der Schulter. »Ganz nett.«

»Ganz nett?«, wiederholt sie ungläubig. »Wie kannst du so was sagen? Wir alle wissen, welchen Geschmack du bei Männern hast und der hier passt genau in dein Beuteschema. Wie wäre es, wenn du ihn ansprichst?«

»Nein, darauf habe ich keine Lust.«

»Wieso denn nicht? Er ist ohne Begleitung da und freut sich sicherlich über eine reizende Gesellschaft«, mischt Sarah sich ein.

»Lasst doch, ich habe wirklich kein Interesse an ihm.«

»Warum? Schwebt dir der Holzfäller noch im Kopf?«, meint Ricky und ich versehe ihn mit einem bösen Blick.

»Ich will doch nur nicht meinen Abend mit irgendeinem fremden Mann verbringen, sondern mit meinen Freunden, die ich seit einem Monat nicht mehr gesehen habe. Also könnten wir bitte damit aufhören?«, flehe ich abermals.

Endlich sehen sie ein, dass sie mich in Ruhe lassen müssen. Während Franzi und André tanzen und Sarah und Ricky noch immer über den Typen philosophieren, kann ich nicht anders als über Malte nachdenken – mal wieder. Er fehlt mir unglaublich und ich kann nicht anders als über mein Leben nachzugrübeln. Darüber, wie ich es lebe und was ich daraus mache. Ist es wirklich erfüllend für mich? Bis vor Kurzem glaubte ich das jedenfalls. Ich war zufrieden. Nein, mehr als das. Ich war glücklich, so richtig glücklich. Nichts hätte ich ändern wollen. Meine Wohnung fand ich klasse, meine Freunde waren unersetzlich und die Stadt, in der ich lebe, hätte ich niemals eintauschen wollen. Nichts hat mich gestört und ich habe immer geglaubt, dass die Menschen, die dörflicher leben, uns Stadtmenschen irgendwie beneiden.

Jetzt weiß ich, wie dumm und arrogant meine Denkweise war. Wie falsch ich doch lag und wie sehr ich nun hinterfrage, ob das Leben hier das ist, das ich führen möchte? Will ich weiterhin in einer Wohnung leben, in der es so aussieht, als wohne niemand darin? Eine Beziehung führen, die keine Zukunft hat und die mich nicht berührt?

Sarah schaut mich an. »Ist alles in Ordnung?«

Ich schüttle den Kopf. »Ich glaube, nichts wird mehr in Ordnung sein. Nicht, wenn ich nichts ändere.«

»Was willst du denn ändern?«, hinterfragt sie.

»Alles, denke ich«, erwidere ich nachdenklich. »Wenn ich es nicht tue, dann werde ich nicht mehr glücklich, glaube ich. Ich meine, was tue ich in meinem Leben? Was tun wir alle? Ständig sind wir in irgendwelchen Clubs oder den angesagtesten Cafés, aber wir unternehmen nichts. Auch wenn wir glauben, es ist immer wieder aufregend, so ist es doch immer wieder das Gleiche.«

»Wo liegt das Problem? Bisher hat dir doch gefallen, wie wir unsere Freizeit verbringen«, mischt Ricky sich ein.

»Das war auch so und ein Teil von mir wünscht sich, es wäre auch immer noch so. Aber nun kann ich nicht mehr anders. Jetzt sehe ich, was ich zuvor nicht gesehen habe, und ich kann nicht einfach die Augen schließen. Es muss sich etwas ändern.«

»Und, was änderst du?«

»Alles!«

Meine beiden Freunde schauen mich mit großen Augen an und tauschen skeptische Blicke aus.

»Ja, ich weiß, wie das klingt. Aber ich muss mehr haben und mehr erreichen. Wisst ihr, was ich meine? Vielleicht könnt ihr es auch gar nicht verstehen. Ich verstehe es ja selbst kaum und vor einem Monat wäre mir das vollkommen fremd gewesen. Aber nun ... nun schaue ich anders auf die Welt.«

»Du warst nicht im Dschungel und hast mit Bären gekämpft. Du warst nur sechs Stunden entfernt an der Ostsee«, wirft Ricky ein.

Ich lache. »Zuerst einmal – im Dschungel gibt es keine Bären und zweitens, die Ostsee hat vieles in mir erweckt.«

»Ich gehe mal stark davon aus, dass es nicht nur die See gewesen ist«, meint Sarah.

»Gut, ich gebe zu. Es ist nicht nur die Umgebung. Es war das Leben dort, die Menschen und auch ... auch Malte. Sie haben mich bekehrt.«

Noch stundenlang könnte ich darüber reden, was ich alles in meinem Leben verändern muss, mir ist aber klar, dass sie sowieso nichts verstehen können. Ich mache ihnen nicht einmal einen Vorwurf. Irgendwann werden auch sie begreifen, was ich meine. Es dauert eben nur ein bisschen länger und in der Zwischenzeit kremple ich mein Leben um!

Kapitel 29

Heute ist mein erster Arbeitstag und auch wenn ich zurückkehre in eine alte und mir bekannte Firma, so bin ich ziemlich nervös. Die letzten Tage habe ich genossen und war nochmals bei meinen Großeltern. Wir haben viel über Herr Nielsen gesprochen. Sie waren so erfreut zu hören, dass er wieder am Leben teilnimmt und sich nicht aufgibt. Auch meine Eltern habe ich noch einmal besucht und ich durfte mir erneut anhören, wie stolz mein Vater auf mich ist, weil ich es an der Ostsee alleine hinbekommen habe. Dass ich Hilfe erhalte habe, weiß er zwar, doch es spielt keine große Rolle für ihn. Ich bin allein dorthin und habe mich irgendwie durchgeboxt.

Zum zehnten Mal werfe ich einen Blick in den Spiegel und frage mich, ob ich das richtige Outfit für den Tag gewählt habe. Für einen Zweiteiler in einem hellen Gelb habe ich mich entschieden und trage dazu passende High Heels.

Nach weiteren fünf Blicken in den Spiegel bin ich mir sicher, dass ich so arbeiten gehen kann. Außerdem muss ich ohnehin los, denn ich möchte unter gar keinen Umständen zu spät kommen. Es wird ohnehin schwer, den Mitarbeitern als Führungsposition gegenüberzutreten, wo sie doch vor nicht allzu langer Zeit noch Kollegen waren und wir gemeinsam über die

Bosse geschimpft haben. Nun bin ich einer dieser Bosse und muss zusehen, dass sie mich respektieren.

Ich packe meine Handtasche und greife nach meinem Handy, als ich an die SMS denken muss, die Nina mir gestern gesendet hat. Sofort war ich wieder in einer Spirale gefangen, aus der ich nicht rauskam. Malte begleitet mich jeden einzelnen Tag und wenn ich zu Beginn noch traurig und einsam war, so bin ich mittlerweile nur noch sauer. Keine einzige Nachricht habe ich von ihm bekommen. Auch wenn ich nicht damit gerechnet habe, dass er sich meldet, finde ich, wäre es anständig von ihm gewesen.

Du meine Güte, wir hatten Sex miteinander. Mehr noch als das. Wir waren auf einer Wellenlänge und haben … haben uns geliebt. So jedenfalls habe ich es empfunden und es tut weh festzustellen, dass es für ihn offenbar nur eine Nacht war. Irgendeine Nacht mit irgendeiner Frau.

Ob er schon wieder mit einer neuen Frau anbändelt? Meine Eifersucht steigt ins Unermessliche, wenn ich darüber nachdenke, und ich kann mich kaum noch kontrollieren. Mein Puls steigt und ich am liebsten würde ich mich ins Auto setzen, um nachzusehen, was er treibt.

Hin und wieder stehe ich am Fenster und blicke hinaus auf die belebte Straße. Dann stelle ich mir vor, ich wäre noch in Scharbeutz und schaue auf Maltes Haus. Wenn ich mich nur genug anstrenge, kann ich ihn sogar sehen. Wie er seinen Rasen mäht oder in seinem Haus auf und ab geht. Wie er Fisch kocht und wie er mich ansieht.

Ich frage mich, wie lange es noch dauern wird, bis ich endlich über ihn hinweg bin. Bis ich nicht mehr ständig an ihn denke und mir vorstelle, wie er sein Leben ohne mich weiterlebt.

Die Arbeit wird mich ablenken und dafür sorgen, dass ich auf andere Gedanken komme. Das mein Leben endlich weitergeht und ich nicht mehr Nacht für Nacht von Malte träume. Diese Träume, die mich wach halten und mich immer noch zum Weinen bringen.

Zügig fahre ich durch die Stadt, höre dabei Radio und singe die Lieder mit, die ich kenne. Eine Ampel nach der anderen ist rot und ich muss stehen bleiben und warten. Wieder mal denke ich an Scharbeutz und daran, wie entspannt der Arbeitsweg war. Keine roten Ampeln, kein Stadtverkehr, der grässlich und nervenzerreißend ist und keine Autofahrer, die ständig die Hupe betätigen, nur weil eine ältere Frau länger braucht beim Überqueren des Zebrastreifens. Dort konnte man wenigstens noch in Ruhe in den Morgen starten. Das ist in dieser Stadt leider nicht möglich. Hier braucht ein Autofahrer starke Nerven, viel Geduld und eine Menge Koffein ist sicherlich nicht verkehrt.

Auf dem Parkplatz ist wenig los, was gut ist. So weiß ich, dass noch nicht viele Mitarbeiter im Büro sind und ich erst mal ankommen kann. Jens' Auto aber erblicke ich ganz vorn auf seinem reservierten Platz gleich neben dem Eingang.

Ich steige aus, greife mir meine Tasche, atme durch und gehe durch die Tür, die mir so vertraut vorkommt und doch fühlt es sich anders an. Leider nicht so gut, wie ich gehofft habe. Statt der Treppe nehme ich den Fahrstuhl, da meine Beine zu zittrig sind. Im ersten

Stock steige ich aus und betrete einen noch leeren Flur. Alles hier erscheint in einem düsteren Licht. So als würde ich einen Fehler begehen, doch wische ich diesen Gedanken beiseite und gehe durch in das Büro von Jens, dessen Tür offen steht.

Sachte klopfe ich an und er blickt auf. »Finny, da bist du ja. Wie schön«, begrüßt er mich, kommt um den Schreibtisch herum und umarmt mich, was ebenso befremdlich ist wie alles andere.

»Guten Morgen«, sage ich zurückhaltend.

»Toll, dass du hier bist. Ehrlich, ich war mir bis zum letzten Moment nicht sicher, ob du wirklich kommst. Aber hier stehst du«, meint er fröhlich. »Wie wäre es erst mal mit einer Tasse Kaffee?«

»Das ist eine gute Idee«, erwidere ich.

»Komm, ich begleite dich«, schlägt er vor und zusammen gehen wir in die Küche. Er gießt mir einen Kaffee ein und überreicht mir die Tasse. »Nun sag mal, wie geht es dir, seitdem du wieder hier bist?«

»Sehr gut«, lüge ich.

»Hast du die Wochen gut hinter dich gebracht?«, hakt er nach.

Ich trinke einen Schluck. »Wie meinst du das? Ich habe den Monat dort genossen.«

Jens lacht. »Genossen? Wie kann man denn ein Leben in solch einer Einöde genießen? Da ist nichts los und um sechs Uhr am Abend werden die Bordsteine hochgeklappt.«

»So ist das dort doch gar nicht«, entgegne ich. »Es ist zwar etwas ländlich, aber eher idyllisch. Glaub mir, wenn man erst mal da ist und sich auf das Abenteuer einlässt, dann kann es einem einfach nur gefallen. Und wenn du mal an der See stehst, den Sand zwischen den Zehen spürst, dann kannst du dir gar nicht mehr vorstellen, von dort wegzugehen.«

»Tja, dann bin ich ja froh, dass du es noch dort weggeschafft hast«, sagt Jens und lacht abermals. »Wir sollten zuerst einmal das Meeting besprechen und ich zeige dir dein Büro.

»Darauf bin ich sehr gespannt«, erwidere ich und wir gehen los. Gleich neben Jens Büro öffnet er eine Tür und ich sehe in einen tristen Raum. Zwar voller moderner Ausstattung, aber dunkel und ohne jegliche Atmosphäre. Wenn ich da an mein Büro bei der *Villa Bergmann* denke, war das etwas ganz anderes. Allein der Ausblick aus dem Fenster gleich auf die Ostsee war atemberaubend. Von hier aus kann ich lediglich auf das chinesische Restaurant gegenüber und dessen Werbereklametafel schauen. Das sorgt nicht gerade für kreative Schwingungen.

»Oh, schön«, sage ich nur.

Jens grinst. »Finde ich auch. Hier kannst du bald walten und regieren.«

»Regieren?«, hake ich nach.

»Nun ja, du musst dich nur noch mit mir abstimmen. Wenn mir deine Ideen gefallen, dann kannst du gerne richten.«

»Gehen wir noch durch, was genau meine Aufgaben sein werden? Oder muss ich mich bei jeder Kleinigkeit mit dir absprechen?«

»Natürlich«, meint er sofort und hebt die Hände. »Keine Panik, du hast deine Entscheidungsgebiete, bei denen du walten kannst, wie du möchtest. Wir sollten

nur gerade zu Beginn schauen, dass wir uns einig sind
bei manchen Dingen, findest du nicht?«

Ich stimme zu, auch wenn ich ein wenig skeptisch
bin. Ob Jens mich nur hierhergelockt hat, mit einem
Jobangebot, das so gar nicht existiert?

»Um wie viel Uhr findet das Meeting statt?«, hake ich
nach.

Jens blickt auf seine Armbanduhr. »In zwei Stunden.
Ich habe dir einige Mails geschickt und die nächsten
Termine sind schon im Kalender eingetragen. Mit den
Programmen kennst du dich ja noch aus. Dann komm
erst mal gut an und wir sehen uns gleich.«

Einen Augenblick lang setze ich mich auf den Stuhl
an meinen Schreibtisch, blicke mich um und warte auf
die Freude, von der ich erwartet habe, dass sie mich einholt. Doch da ist nichts. Möglich, dass sie sich erst blicken lässt, wenn ich angekommen bin und wir das
Meeting hatten. Wenn alle Bescheid wissen und mir
auch ein gutes Gefühl geben.

Kurz entschlossen stehe ich auf und suche meine ehemalige Kollegin und Vertraute hier in den Unternehmen – Linda. Sie sitzt an ihrem Schreibtisch und schaut
überrascht, als ich plötzlich vor ihr stehe.

»Das gibt es doch nicht«, sagt sie, steht auf und umarmt mich. »Dass ich dich hier noch einmal sehe, damit
hatte ich echt nicht gerechnet. Wie geht es dir?«

»Gut, danke. Wie läuft es bei dir? Alles so weit in Ordnung?«

Sie nickt. »Aber ja, du kennst das ja. Die Arbeit, der
Mann, das Kind und meine grässliche Schwiegermutter, die einfach nicht aus dem Haus raus möchte«, zählt
sie auf und ich erinnere mich an die Geschichten, die

sie mir immer wieder von ihrer Schwiegermutter erzählt hat. Auch wie sie sich darüber beschwerte, dass sie nun für einige Tage bei ihnen einziehen möchte, weil die Wohnung von ihr renoviert wird.

»Wie bitte? Sie wohnt nach wie vor bei euch?«

»Frag nicht, sonst bekomme ich nur graue Haare. Erzähl lieber, was dich hierher verschlägt.« Sie greift nach meiner Hand und schaut mich mit großen Augen an. »Moment mal, du hast doch nicht wieder etwas mit Jens laufen?«

Augenblicklich schüttle ich den Kopf. »Aber nein. Ich arbeite doch jetzt wieder hier. Du weißt nichts davon?«

»Nein, woher denn? Aber mir sagt ja auch niemand was, von daher wundert es mich nicht. Hast du deine alte Stelle wiederbekommen?«

»Nicht ganz. Ich arbeite nun enger mit Jens zusammen.« Ich weiche aus und will nicht gleich mit der Tür ins Haus fallen.

»Aha, ob das so eine gute Idee ist? Dieser Mensch ist einfach so unausstehlich. Doch lass uns von etwas Schönem reden. Wie waren die vier Wochen an … an der Nordsee?«

»Ostsee«, korrigiere ich. »Sie waren traumhaft und ich habe sie sehr genossen, wenn ich auch verdammt viel Arbeit hatte. Jeder Tag war schön, weswegen ich auch ein bisschen wehmütig bin. Aber als Jens vor mir stand und mir von dem Jobangebot hier erzählte, da konnte ich einfach nicht anders und musste wieder zurück«, erkläre ich.

»Es freut mich, dass die Zeit so beachtlich war. Aber ein bisschen merkwürdig ist es schon, dass ich so rein gar nichts über dieses Angebot weiß. Normalerweise unterrichtet Jens uns über sämtliche Änderungen im Team.«

»Vielleicht wollte er nichts sagen, weil ihr mich alle schon kennt und eventuell befangen seid«, schlage ich vor, finde es jedoch ebenso seltsam.

»Das wird es sein«, stimmt Linda mir zu und grinst. »Ach, es ist so schön, dass du wieder hier bist. Ehrlich, du hast mir gefehlt. Die Neue, die für dich eingestellt wurde, ist nicht so helle, das kannst du mir glauben. Ich muss ihr Dinge fünfmal erklären und selbst dann kapiert sie nichts.«

»Na ja, sie braucht bestimmt nur Zeit und wird von Tag zu Tag besser«, meine ich positiv gestimmt.

»Hatte Jens dir eigentlich auch mitgeteilt, wie es ihm nach deinem Weggang ging?«, fragt mich Laura, doch ich verneine und weiß gar nicht, worauf sie hinaus möchte. »Er war doch am Boden zerstört, nachdem du fort warst.«

»Er hat mich rausgeschmissen«, erinnere ich sie schnaubend.

»Das hat er sich wohl vorgeworfen. Als er hörte, dass du an die Ostsee bist, um dort deine Karriere nach vorn zu bringen, wurde er richtig deprimierend. Er hat uns tagelang angemeckert. Egal, was wir ihm präsentiert haben, nie war ihm etwas gut genug. Es war eine schreckliche Zeit.«

»Wie bitte? Das kann doch nicht wahr sein.«

»Doch, er war wohl ziemlich frustriert, weil er hoffte, dass du nach dem Rausschmiss angekrochen kommen würdest und wieder mit ihm zusammen sein möchtest. Stattdessen bist du fortgegangen und hast ihm damit

anscheinend sein kleines Herzchen gebrochen«, erzählt sie süffisant.

»Hör doch auf. So ist Jens nicht. Und selbst wenn, woher willst du das alles wissen?«, hake ich nach.

»Von Matthias. Du weißt doch, dass er und Jens gute
Freunde sind und auch, dass ich gut mit ihm kann. Immer wieder unterhalten wir uns und tauschen uns über
die neuesten Neuigkeiten aus. Offenbar hat Jens sich
kräftig bei Matthias ausgeweint über eure Trennung
und wie sehr ihn das mitnimmt. Er sagte auch, dass er
alles in Bewegung setzen würde, um dich wiederzube-
kommen.«

Mit einem Mal wird mir alles klar. Sein Auftritt an der
Ostsee und das grandiose Stellenangebot waren nur
Ausreden, damit ich wieder hierherkomme. Doch was
erhofft er sich? Dass wir wieder ein Paar werden? Eher
friert die Hölle zu. Ihm muss doch klar sein, dass ich
nicht mehr mit ihm zusammen sein möchte nach alldem, was wir durchgemacht haben. Ich war ziemlich
deutlich bei meiner Ansage. Und auch, dass ich ihm die
hinterlistige Kündigung nicht einfach verzeihe, muss
ihm bewusst sein. So arrogant und blind kann nicht
einmal Jens sein.

»Okay, vielleicht sollte ich mich dann für das Meeting
vorbereiten.« Verkniffen lächle ich. »Wir sehen uns
später.«

Schnurstracks gehe ich zurück, jedoch nicht in mein
Büro, sondern in das von Jens. Ohne anzuklopfen,
stürme ich hinein und er ist gerade dabei, ein Telefon-
gespräch zu beenden, und schaut mich mit großen Augen an.

»Finny, alles okay?«

»Sag ehrlich. Warum habe ich diese Stelle bekommen? Oder besser noch – gibt es diese Stelle überhaupt?« Ich will Informationen von ihm und ebenso die Wahrheit.

Jens grinst verlegen, faltet die Hände und legt sie auf seinem Bauch ab. »Worauf möchtest du hinaus?«

»Ich denke, du weißt sehr wohl, worauf ich hinaus möchte. Also, sei ehrlich zu mir. Gibt es diese Stelle, die du mir angeboten hast, überhaupt?«

»Wie kommst du darauf, dass dem nicht so ist?«

»Du hast es bereut, dass du mich rausgeschmissen hast. Ist es nicht so? Und du willst mich wieder zurück«, werfe ich ihm an den Kopf.

Er lacht. »Das ist ja herzallerliebst. Von wem hast du denn diese Informationen?«

»Jens«, sage ich scharf. »Spiel keine Spielchen mit mir. Ich habe die Schnauze echt voll. Was mache ich hier?«

»Du bist hier, weil du dir diese Stelle verdient hast und sonst aus keinem anderen Grund. Es gibt keine Verschwörung oder sonst irgendwelche Hintergründe.«

»Das bedeutet, du willst nicht wieder mit mir zusammen sein?«, hake ich nach und glaube ihm kein einziges Wort.

Er bewegt den Kopf von rechts nach links. »Wenn du mich so direkt fragst, dann sage ich natürlich nicht nein.«

»Aha.«

Er steht auf, geht um seinen Schreibtisch herum und lehnt sich mit der Hüfte dagegen. »Es ist richtig, dass ich mir ein paar Gedanken zu uns beiden gemacht habe. Und ja, ich bereue, dass ich dich gekündigt habe.

Es war unüberlegt und dumm. Eigentlich nahm ich an, du würdest nach wenigen Tagen zu mir zurückkehren und mich bitten, dir die Stelle wiederzugeben. So hätten wir dann auch noch mal über uns beide als Paar sprechen können. Doch du kamst nicht. Das Gegenteil war der Fall. Du bist sogar weggegangen, an die Ostsee. Als ich davon hörte, war ich so erschrocken, aber auch stolz auf deine Art und Weise, Dinge anzugehen. Du lässt dich nicht unterkriegen und das bewundere ich.«

»Und, was ist nun mit der Stelle?«, will ich es genau wissen.

»Mir war klar, dass ich nicht einfach so vor deiner Tür erscheinen kann und alles ist wieder gut. Auch war ich mir sicher, dass du ganz bestimmt nicht mit mir zusammen sein willst – zumindest nicht einfach so. Wir müssen uns erst mal wieder näherkommen. Und da dachte ich, biete ich dir einen Job an. Allerdings war mir bewusst, dass du niemals für deine alte Stelle hierher kämst. Vor allem nicht nach dem Zeugnis der *Villa Bergmann*. Mir war bewusst, dass du nach dieser Zeit dort oben überall arbeiten kannst, mit dieser Referenz, und ich musste dir etwas anbieten, was du nirgends anders erhältst.«

»Also hast du gelogen?«

»Also habe ich ein bisschen was erfunden«, gibt er zu und senkt kurz den Kopf. Es wäre aber nicht Jens, würde er sich nicht sofort wieder aus dem Dreck herausziehen wollen. »Du musst mir aber glauben, dass ich es mit den besten Absichten getan habe. Außerdem gibt es die Stelle. Ich habe mit dem Vorstand gesprochen und erklärt, dass ich eine rechte Hand benötige. Wie ich diese Position nun betitele, interessiert keinen und so ist der Job für dich entstanden.«

»Du willst also, dass ich als deine Sekretärin arbeite und wir nennen es lediglich stellvertretende Geschäftsführerin?«

»Finny, sieh doch nicht alles immer so schwarz. In deinem Lebenslauf kannst du genau diesen Titel hinschreiben. Es muss ja niemand wissen, was dein Arbeitsgebiet war.«

»Willst du mich auf den Arm nehmen?«

»Ich habe das für uns getan und eines Tages wirst du sehen, dass es richtig war. Denkst du etwa, dass du dorthin gehörst? Zu diesem Typen in seinem Flanellhemd? Das ist nicht dein Stil und nicht deine Klasse. Du willst jemanden wie mich«, sagt er arrogant und zeigt auf sich selbst.

Am liebsten würde ich mir gerade selbst ohrfeigen, weil ich mich tatsächlich mal auf solch einen Menschen wie Jens eingelassen habe.

»Dort würdest du nie glücklich werden. Selbst wenn du glaubst, du könntest da leben, würdest du irgendwann merken, dass du nicht dort hingehörst.«

»Ich denke mittlerweile eher, dass ich hier nicht mehr hingehöre«, erwidere ich streng.

»Natürlich, genau hierhin gehörst du. Zu mir«, kontert er und kommt auf mich zu. »Genau das habe ich diesem Dilettanten auch gesagt.«

Langsam hebe ich den Kopf und schaue Jens in die Augen. »Was hast du genau zu ihm gesagt?«

»Nur, dass du wieder zu mir zurückkommst und auch, dass wir es noch mal versuchen wollen. Du weißt doch noch, dass wir draußen standen, als ich etwas aus dem Auto holen wollte. Dort hatten wir ein nettes Gespräch. Er war ganz schockiert, als ich ihm sagte, dass du nach Hause kommst. Als wäre es wirklich eine Überlegung für dich gewesen, dortzubleiben«, sagt er und lacht laut.

Mit einem Mal wird mir klar, warum Malte sich mir gegenüber so benommen hat. Warum er so abweisend und distanziert war und warum er so verletzt aussah. »Wie konntest du nur so was sagen?« Ich bin entsetzt.

»Ach Finny, ich nahm an, dass wir beide es schaffen werden. Aber jetzt stehst du hier und vermittelst mir nicht gerade, dass du wieder mit mir zusammen sein willst. Du musst dich einfach ein bisschen darauf einlassen, dann wird das schon.«

»Jens, ich will niemals wieder mit dir zusammen sein«, sage ich dann. »Weißt du eigentlich, wie wenig ich dich leiden mag? Ich mochte dich schon nicht wirklich, als wir diese Beziehung geführt hatten, wenn man das überhaupt so nennen kann.«

»Und was willst du tun? Wieder zurück zu deinem Einsiedler?«

»Diese Aussicht ist um Tausende Male besser als auch nur einen Tag für dich zu arbeiten. Du sagst, ich passe dort nicht hin. Weißt du, wo ich nicht mehr hingehöre? Hierhin! Ich passe nicht mehr in diese Welt. Vermutlich habe ich noch nie hierhin gepasst, aber durch die Ostsee und vor allem durch Malte wurde mir das erst bewusst. Ich will nicht mehr hier sein und ich will definitiv nie wieder für dich arbeiten«, sage ich entschlossen und genieße Jens' bestürzten Gesichtsausdruck, als ich zu lächeln beginne und aus seinem Büro hinausstürme.

Nun weiß ich, wo ich hin will und auch ganz genau,
wo ich suchen muss, um meinen neuen Anfang zu finden.

Kapitel 30

Voller Hektik packe ich meine Koffer wieder zusammen, die ich erst gestern ausgeräumt habe. Ohne ein weiteres Wort bin ich aus der Firma gerannt, habe mich ins Auto gesetzt und versuche nun wie wild, so schnell wie möglich hier wegzukommen. Wie konnte ich nur auf Jens reinfallen? Ich ärgere mich über mich selbst. Kein Wunder, dass Malte mir gegenüber so unnahbar war. Er wollte sich schützen und nahm an, dass wir als Paar sowieso keine Zukunft haben. Er glaubte Jens und dass ich es noch einmal mit ihm versuchen würde.

Ich schüttle den Kopf und will nur eines: zurück in Maltes Arme.

Rasch wähle ich die Nummer von Ricky, um ihn darüber zu unterrichten, dass ich heute Abend nicht mit ihm essen gehen werde. Es klingelt zweimal, ehe er abnimmt.

»Hallo Schätzchen, du, sag mal, was steht mir besser? Ein helles und freundliches Blau oder doch lieber das dunkle Tiefrot?«

»Definitiv rot!«, erwidere ich entschlossen. »Hör mir zu, Ricky, ich kann heute Abend leider nicht mit dir essen gehen.«

»Kein Problem, wollen wir was für morgen ausmachen?«

»Nein, da werde ich auch keine Zeit haben«, sage ich. »Weißt du, ich habe soeben gekündigt.«

»Du hast was? Du hast doch eben erst die neue Stelle angetreten.«

»Ich weiß, aber Jens hat mich reingelegt und Malte erzählt, ich würde nach Hause zurückkehren, um wieder mit ihm zusammen sein zu können. Nun ist mir klar, warum Malte so kalt zu mir und ich weiß auch, dass er mich liebt. Ganz bestimmt liebt er mich. Ich setze mich also gleich ins Auto und fahre zu ihm.«

»Wie bitte? Moment mal, das geht mir alles zu schnell. Jens ist ein Arsch, so viel habe ich verstanden, aber was hat das mit deinem Urlaubsflirt zu tun?«

»Erstens hatte ich keinen Urlaub und zweitens war Malte nicht irgendein Flirt. Er ist mehr. Ich liebe ihn, weißt du. Es ist so, ich liebe ihn einfach. Deswegen kann ich nicht hierbleiben. Ehrlich, das muss sich verrückt anhören und naiv, aber ich kann mir nicht vorstellen, noch länger ohne ihn zu sein.«

»Du musst ja ziemlich verschossen sein.«

»Oh ja«, betone ich. »Sag ehrlich – bin ich leichtsinnig?«

Kurzer Zeit herrscht Stille, was schon selten bei Ricky vorkommt.

»Ja, das bist du«, sagt er dann. »Aber in der Liebe muss man manchmal leichtsinnig sein, um das zu finden, wonach man sucht.«

»Danke.«

»Versprich mir nur, dass du uns oft besuchen kommst und um Himmels willen, was auch immer du tust, fang

nicht an, irgendwelche Hausschuhe in der Öffentlichkeit zu tragen«, fleht er mich theatralisch an und ich lache.

»Das verspreche ich dir.«

Damit lege ich auf und renne mit einem einzigen Koffer zum Auto. Unterwegs telefoniere ich mit meinen
Großeltern, meiner Schwester, Sarah und meinen Eltern. Allen berichte ich, was ich vorhabe und dass ich
nicht weiß, wann ich wieder nach Hause komme. Dass
ich erst einmal an der Ostsee bleiben möchte und hoffe,
dass Malte sich genauso sehr freut, mich zu sehen.

Während meine Großmutter vor Freude weint und
mir alles Glück dieser Erde wünscht, hält meine
Schwester mich für durchgeknallt. Sarah ist traurig,
weil wir uns nicht mehr so oft sehen, drückt mir allerdings die Daumen, dass alles gut ausgeht und meine Eltern? Tja, die reagieren, wie Eltern nun mal reagieren.
Ich soll mich melden, wenn ich angekommen bin, Bescheid geben, wenn ich etwas brauche und nach vorn
sehen, dann würde ich meinen richtigen Weg schon sehen.

Und ich kann die ganze Zeit nur darüber nachdenken, wie Malte reagieren wird. Sämtliche Szenarien
gehe ich im Kopf durch. Es gibt die Möglichkeit, dass er
sich von mir abwenden wird, weil er sauer ist. Dass er
jegliche Erklärung nicht hören möchte und mich auch
nie wieder sehen will.

Auch die Theorie spielt sich in meinem Kopf wieder,
dass ich an seiner Haustür klopfe und nicht er, sondern
Lydia mir die Tür öffnet. Doch weiß ich eigentlich, dass
dies die unwahrscheinlichste Variante ist.

Möglich ist es auch, dass ich ihn antreffe, ihm alles erkläre und wir uns küssen, als hätten wir niemals damit aufgehört.

Mein Herz pocht bei der Vorstellung daran und ich drücke etwas mehr auf das Gaspedal, um schneller in Scharbeutz zu sein als in den vom Navigationsgerät vorgegebenen sechs Stunden. Wenn mich kein Stau überrascht, werde ich im Laufe des späten Nachmittags ankommen und ich kann es kaum erwarten.

In weniger als der geplanten Zeit habe ich es nach Scharbeutz geschafft. Auch wenn ich erst wenige Tage hier fort war, so habe ich jede einzelne Straße sehr vermisst. Alles hier kommt mir so vertraut vor und ich muss unentwegt lächeln.

Durchgehend schaue ich nach Malte Ausschau, da es denkbar ist, dass er hier irgendwo unterwegs ist.

Es dauert nicht lange, bis ich in die Straße reinfahre, die ich vor Kurzem noch mein zu Hause nennen konnte. Ich halte am Haus meiner Großeltern und muss feststellen, dass Maltes Jeep nicht in seiner Einfahrt steht. Dennoch renne ich rüber und klopfe fest gegen seine Tür. Vielleicht ist das Auto in einer Werkstatt oder er hat es irgendwo stehen lassen und sich ein Taxi genommen.

Als aber niemand öffnet, weiß ich, dass er nicht da ist.

Plötzlich höre ich Nina hinter mir rufen.

»Finny? Was machst du denn hier?« Sie steht vor ihrem Haus auf dem Gehweg und grinst über beide Ohren.

Ich laufe zügig auf sie zu und wir umarmen uns.

»Ach, wie schön«, sagt sie. »Aber was tust du denn hier? Bekommst du etwa nichts genug von der Ostsee?«

»Um ehrlich zu sein – nein«, erwidere ich.

»Aber du bist doch erst vor wenigen Tagen abgereist. Was willst du denn schon wieder hier?«, fragt Nina mich, als auch Max zur Tür rauskommt und seiner Frau lässig einen Arm über die Schulter legt.

»Wie mir scheint, geht es dir besser.« Kurz wechsle ich das Thema, denn das breite Grinsen in Ninas Gesicht ist kaum zu übersehen.

Sie zwinkert mir zu. »Mir geht es fantastisch. Uns geht es fabelhaft und wir arbeiten an unserer Zukunft, wenn du verstehst, was ich meine.«

Nur zu gut, verstehe ich, was sie damit meint und lächle freudig.

»Aber nun sag schon, was du hier zu suchen hast!«

»Das ist eine lange Geschichte und ich verspreche, ich erzähle sie dir noch, aber zuerst brauche ich deine Hilfe. Weißt du, wo Malte ist?«, frage ich und hoffe, dass Nina einen Tipp für mich hat.

Sie legt den Kopf schief und beäugt mich. »Was für einen Tag haben wir heute?«

»Donnerstag«, antworte ich, weiß aber nicht, worauf sie hinaus möchte.

»Und kannst du dir nicht denken, wo Malte an einem Donnerstagnachmittag sein könnte?«, hinterfragt sie neckisch und plötzlich dämmert es mir.

»Oh, stimmt.« Voller Vorfreude laufe ich schon in Richtung meines Autos. »Du bist ein Goldstück, du hast mir unheimlich geholfen.«

»Kann ich sonst noch etwas für dich tun?«, ruft sie mir nach, während ich die Autotür öffne.

»Ja, drück mir die Daumen.« Damit steige ich ein und düse los zum Strand. Dass ich nicht selbst darauf gekommen bin, dass Malte beim Angeln ist, wie jeden Nachmittag eines jeden Donnerstages.

So schnell es mir die Verkehrsschilder erlauben, brause ich durch die Ortschaft, parke auf einem Parkplatz und renne, was das Zeug hält, zum Strand. Dieses Mal mache ich mir nicht die Mühe, die Schuhe auszuziehen, sondern laufe einfach drauflos.

Weit vorn auf einem Steg steht Malte, mit den Händen wieder mal in den Hosentaschen vergraben, und schaut auf die See hinaus. Zu meiner Überraschung hat er heute keine Angel bei sich.

Auf dem alten Holzsteg angekommen, verlangsamt sich mein Tempo und ich komme wieder zum Atmen.

»Heute keine Angel dabei?«, frage ich, als ich ihm näherkomme. Er dreht sich um und schaut mich an. Ich sehe ihm an, dass er überrascht ist.

»Heute beißen sie nicht«, erwidert er und ich nicke.

»Ich ... ich ... also, es ist ... weißt du ...«, stottere ich vor mich her und weiß nicht so recht, wie ich beginnen soll.

»Was tust du hier?«, fragt Malte vorsichtig und seine Augen durchdringen mich.

»Ich hatte ganz vergessen, dir etwas zu sagen.«

»Und das wäre?«, will er wissen.

Ich schlucke und trete ein Stück näher an ihn heran. »Dass ... dass du nicht alles glauben darfst, was ein Mensch wie Jens dir erzählt und dass du niemals denken darfst, dass ich von dir weg möchte.«

»Er sagte mir, dass du seinetwegen zurückkehren würdest.«

»Das weiß ich – jetzt. Aber das stimmte nicht. Nicht eine Sekunde war es seinetwegen und all die Zeit habe ich mich nur nach ... nach dir gesehnt. Du hast mir sehr gefehlt«, sage ich und bin ehrlich zu ihm.

»Du hast mir auch gefehlt, Finny«, erwidert er und mein Herz macht einen Sprung. »Ich wollte nie, dass du gehst. Aber ich hatte nicht das Recht, dir zu sagen, wo du hingehörst. Das musst du schon selbst entscheiden.«

»Und ich habe entschieden«, sage ich deutlich. »Ich gehöre zu dir.« Maltes Augen taxieren mich. »Zumindest, wenn du das auch möchtest?«

Er kommt den letzten Schritt auf mich zu, nimmt mein Gesicht in seine Hände und blickt mir tief in die Augen. »Ich habe niemals etwas anderes gewollt. Ich liebe dich, Finny!«

»Und ich liebe dich!«

Dann legt er seine Lippen auf meine und dieses Mal weiß ich, dass ich angekommen bin. Jetzt bin ich dort, wo ich hingehöre und wo ich sein will.

»Also, was machen wir jetzt?«, hake ich nach, als er von mir ablässt.

»Ich würde sagen – zusammenbleiben.«

Wir lachen gemeinsam, küssen uns abermals innig und voller Liebe und schauen beide hinaus auf die weite See. Nun kann unsere Zukunft beginnen und ich könnte mir keinen schöneren Start vorstellen.

Ende